세 가지 열쇠말로 여는 문학 이야기

전국국어교사모임 지음

첫 번째 이야기

세 가지 열쇠말로 여는 문학 이야기
첫 번째 이야기_ 성장

초판 1쇄   2024년 1월 15일

지은이   전국국어교사모임
펴낸이   송영석

개발 총괄   정덕균
기획 및 편집   조성진, 김민애, 한은주
마케팅   이원영, 최해리
도서 관리   송우석, 박진숙
디자인   책읽는소리

펴낸곳   (주)해냄에듀
신고번호   제406-2005-000107
주소   서울시 마포구 잔다리로 30 해냄빌딩 3, 4층
전화   (02)323-9953
팩스   (02)323-9950
홈페이지   http://www.hnedu.co.kr

ISBN 978-89-6446-087-0 43810

* 파본은 본사나 구입하신 서점에서 교환하여 드립니다.

네이버
오디오 클립
문학 채널

세 가지
열쇠말로 여는
문학 이야기

전국국어교사모임 지음

첫 번째 이야기
성장

해냄에듀

여는 말

　문학은 경험해 보지 못한 다양한 삶의 공간으로 우리를 데려다줍니다. 이를 통해 우리는 재미를 느끼고, 때로는 삶의 지혜를 얻기도 합니다. 그래서 학창 시절에 문학 작품을 배우고, 어른이 되어서도 읽는 것이겠지요. 많은 작품이 세상에 쏟아져 나오다 보니, 무엇을 읽어야 할까 고민되기도 합니다. 조금 난해한 작품을 만났을 때는, 내가 이해한 것과 내가 느낀 재미를 남들도 비슷하게 느꼈을지 궁금하기도 합니다. 때로는 조금 더 깊이 있는 감상을 하고 싶을 때도 있습니다.

　국어 교사는 직업적인 이유로 문학 작품을 많이 읽는 편입니다. 이를 바탕으로 전국국어교사모임에서는 '세 가지 열쇠말로 여는 문학 이야기'라는 오디오 채널을 운영하고 있습니다. 우리 모임의 국어 교사들이 문학 작품을 골라 소개하며, 3개의 열쇠말(키워드)을 바탕으로 작품을 해설하는 채널입니다. 2018년 4월에 시작하여 지금까지 600개가 넘는 작품 해설이 올라갔는데, 댓글을 살펴보면 청소년에서부터 어른까지 다양한 분들이 듣고 있다는 것을 확인할 수 있습니다.

　이 책은 바로 이 오디오 채널에 올린 작품 중 일부를 골라 엮은 것입니다. 지금까지 소개된 작품들을 모두 모아 보니 시대도 다양하고 내용도 제각각이었습니다. 고민 끝에 주제별로 작품을 분류하였고, 각기 주제가 다른 책을 순차적으로 발간하게 되었습니다.

　이 책은 오디오 방송의 대본을 바탕으로 하고 있습니다. 그런데 오디오 방송 매체와 책은 서로 성격이 다르다 보니, 정리하는 과정에서 방송 대본을 책에 맞게 수정, 보완한 부분이 있습니다. 오디오 방송의 성격을 살리기 위해 말하는 어투는 그대로 살렸으나, 읽기에 알맞도록 한 명이 설명하는 것으로 각색하여 수록하였습니다. 교사와 학생 간의 대화로 이루어진 것은 '국어 교사'라는 우리 모임의 정체성과 어울렸기 때문에 그대로 두었습니다.

   작품을 해설하는 방법에는 여러 가지가 있겠지만 이 책은 세 가지 열쇠말을 먼저 정하고 그것을 중심으로 이야기하는 방식을 선택했습니다. 그러나 작품의 해석과 감상은 독자마다 다양한 것이어서, 이 책에 실린 해설 역시 절대적인 것은 아닙니다. 다만, 이 책이 여러 문학 작품에 대한 마중물이자 해석의 한 길잡이가 되길 희망합니다. 청소년들은 물론, 문학에 관심 있는 성인들에게도 우리 문학을 다양하게 접할 수 있는 기회가 되길 바랍니다. 이 책에는 소개하는 작품의 전문이나 줄거리 요약이 별도로 실려 있지 않습니다. 독자분들이 이 책을 읽은 후, 관심 가는 작품은 꼭 전문을 읽고 자신만의 열쇠말과 해석을 찾아가길 기대합니다.

   전국국어교사모임의 '세 가지 열쇠말로 여는 문학 이야기' 오디오 클립 채널은 지금도 새 연재분을 꾸준히 올리고 있으며, 현대 소설 이외에도 시, 고전 소설, 세계 문학 등 다양한 장르의 작품을 소개하고 있습니다. 이 방송을 들은 적이 없는 분이라면, 오디오 방송 채널에도 관심을 보여 주시면 좋겠습니다. 감사합니다.

엮은이 일동

 **차례**

여는 말 • 4
차례 • 6

1부
나와 마주 보기

성석제/ 내가 그린 히말리야시다 그림 • 11
김려령/ 완득이 • 16
최진영/ 오늘의 커피 • 21
은희경/ 새의 선물 • 28
김중혁/ 나와 B • 34
백수린/ 고요한 사건 • 39
윤후명/ 모든 별들은 음악 소리를 낸다 • 46
현덕/ 하늘은 맑건만 • 50
권정생/ 강아지똥 • 56
김애란/ 노찬성과 에반 • 62
송기원/ 아름다운 얼굴 • 67

2부
사연 없는 가족은 없다

김애란/ 달려라 아비 • 77
유하순/ 불량한 주스 가게 • 83
공선옥/ 나는 죽지 않겠다 • 92
이희영/ 페인트 • 100
김선영/ 특별한 배달 • 108
박완서/ 그 많던 싱아는 누가 다 먹었을까 • 115
심윤경/ 설이 • 121
최은영/ 쇼코의 미소 • 128

3부
친구, 함께 성장하다

공선옥/ 라면은 멋있다 • 137

해이수/ 십번기 • 144

임태희/ 가식덩어리 • 151

이꽃님/ 행운이 너에게 다가오는 중 • 158

이도우/ 잠옷을 입으렴 • 163

이경화/ 지독한 장난 • 170

임솔아/ 최선의 삶 • 176

김려령/ 우아한 거짓말 • 182

황영미/ 체리새우: 비밀글입니다 • 188

4부
세상 속으로 나아가다

박완서/ 자전거 도둑 • 197

황석영/ 아우를 위하여 • 202

안도현/ 짜장면 • 208

백온유/ 유원 • 213

남상순/ 사투리 귀신 • 219

김선영/ 시간을 파는 상점 • 226

최시한/ 허생전을 배우는 시간 • 232

이경화/ 담임 선생님은 AI • 239

박완서/ 배반의 여름 • 245

송병수/ 쑈리 킴 • 250

손원평/ 아몬드 • 256

은희경/ 내 고향에는 이제 눈이 내리지 않는다 • 263

성석재/ 내가 그린 히말라야시다 그림

김려령/ 완득이

최진영/ 오늘의 커피

은희경/ 새의 선물

김중혁/ 나와 B

백수린/ 고요한 사건

윤후명/ 모든 별들은 음악 소리를 낸다

현덕/ 하늘은 맑건만

권정생/ 강아지똥

김애란/ 노찬성과 에반

송기원/ 아름다운 얼굴

나와 마주 보기

1부

성석제

내가 그린 히말라야시다 그림

만남
기회
선택

　우리 시대의 이야기꾼 성석제 작가의 『내가 그린 히말라야시다 그림』에 대해 이야기해 볼까 합니다.

　성석제 작가는 1986년 『문학사상』에서 소설이 아닌, 「유리 닦는 사람」이라는 제목의 시로 신인상을 수상하며 등단했습니다. 고층 건물의 유리를 닦는 사람의 죽음과 그를 둘러싼 사람들의 시선과 태도를 그린 시로, 지금 읽어도 여전히 공감과 생각할 거리를 안겨 주는 작품입니다. 이후 1994년 소설집 『그곳에는 어처구니들이 산다』를 발표하면서 소설을 쓰기 시작합니다. 성석제 작가의 작품을 아직 접해 보지 않은 분이라면 2001년 이효석문학상과 2002년 동인문학상을 수상한 「황만근은 이렇게 말했다」를 추천합니다. 세상을 바라보는 작가의 날카롭고도 따뜻한 시선을 느낄 수 있을 것입니다.

『내가 그린 히말라야시다 그림』은 '0'과 '1'로 소개되는 화가 백선규와 그의 초등학교 동창생인 '여자'가 과거를 회상하는 시점이 교차하면서 진행됩니다. '0'으로 시작하는 글은 백선규의 시점이고, '1'로 시작하는 글은 '여자'의 시점입니다. 우연히 일어난 사건과 그들의 선택에 따라 운명의 장난처럼 인생이 뒤바뀌는, 아주 흥미진진한 소설입니다.

사람은 각기 다르게 태어납니다. 성향도 다르고 처한 환경도 다르지요. 우리는 수많은 것들에 영향을 받으며 선택을 합니다. 내가 어떤 선택을 하느냐에 따라 기회가 주어지기도 하고 기회를 놓치기도 하죠. '아, 그때 다른 걸 선택했어야 하는데.', '아, 그때 놀지 말고 좀 더 열심히 할 걸.' 이런 생각들, 다들 한번은 해 보셨죠? 이 작품에서는 어떤 일들이 벌어지는지 '만남', '기회', '선택', 이 세 가지 열쇠말로 풀어 보도록 하겠습니다.

🗝 첫 번째 열쇠말_ **만남**

우리는 세상에 태어나 정말 많은 사람을 만납니다. 가장 먼저 만나는 사람은 '부모'입니다. 이후에 친구들을 만나고 선생님들도 만나죠. 어떤 누구와 만나는가 하는 것은 우리 인생에 아주 큰 영향을 미칩니다.

이 소설 속에 등장하는 백선규의 아버지와 '여자'의 아버지는 좀 많이 다릅니다. 백선규의 아버지는 화가를 꿈꾸었지만 가난으로 인해 꿈을 접고 가족들을 보살피기 위해 농사에 전념합니다. 가난한 살림에도 불구하고 아들이 그림에 재능이 있을 거라고 믿었기에 염소를 팔아 좋은 크레파스와 스케치북을 사 줍니다. 아이가 재능을 발견할 수 있도록 기회를 마련해 준 것이지요.

반면 '여자'의 아버지는 읍내에서 가장 큰 제재소를 운영하는 부자로, 자식들이 원하는 것을 다 경험해 볼 수 있도록 지원해 주었습니다. 그러나 미술 과외 선생님이 '여자'의 미술 재능이 뛰어나다고 말하자, 아들과 달리 딸은 예쁘게 커서 시집만 잘 가면 된다고 말합니다. 가장이 되어 밥벌이할 것도 아닌데, 힘들게 공부할 필요가 없다고 대꾸하지요. 이 말을 전해 들은 '여자'는 그림을 열심히 그려야겠다는 의욕을 상실합니다. 그 뒤에 이어지는 천수기 선생님과의 만남, 백선규와 '여자'와의 만남은 서로의 인생에 크나큰 전환점이 됩니다.

🗝️ 두 첫 번째 열쇠말_ 기회

'기회는 준비된 자에게 찾아온다'라는 말, 들어 보셨죠? 저도 이 말을 듣고는 저에게 찾아온 기회를 놓치지 않기 위해 평소에 부단히 노력해야 한다고 생각했습니다. 그런데 이 작품에서 성석제 작가는 좀 다르게 말합니다. 누구에게나 자신이 어떤 사람으로 성장할지 발견할 기회가 주어지긴 하지만, 대체로 그 기회는 다른 사람에 의해서 만들어진다고 말이지요. 이 책을 읽으면서 저도 자신을 발견하는 기회에 대해 다시 생각해 보게 되었습니다.

저는 한때 교사가 안 어울린다고 생각하여 다른 곳에 취업을 준비하고 있었습니다. 그런데 우연히 만났던 학생들 덕분에 교사의 길을 다시 걸어갈 수 있었습니다. '나도 어쩌면 누군가에게 위로가 되고 힘이 되는 교사가 될 수 있지 않을까?' 하는 걸 그 친구들을 통해서 발견하였지요. 선택은 제가 했지만, 기회를 만들어 준 건 분명 그 친구들이었습니다.

　백선규는 원래 그림보다도 축구를 좋아하는 소년이었습니다. 사생 대회에 나가느라 군민 체육 대회 축구 결승전을 보지 못하게 되자 눈물을 흘릴 정도였지요. 그런 백선규는 천수기 선생님이 억지로 내보낸 사생 대회에서 상을 타게 되고, 그 다음 해에 나간 사생 대회에서는 이런 생각을 합니다. 일단 사생 대회에 나가서 그림을 빨리 제출하자, 그러면 축구 결승전 끄트머리는 볼 수 있을 것이라고 말입니다. 하지만 백선규는 실제로 그렇게 하지 않습니다. 진짜 궁금한 건 사생 대회의 심사 결과였거든요. 이것으로 주인공인 백선규는 자신의 인생에 있어서 축구 경기 관람보다 더 중요한 것을 발견한 것으로 보입니다. 여러분에게도 자신을 발견할 수 있는, 그런 기회가 찾아올 겁니다. 그게 언제가 될지, 무엇으로 오게 될지는 저마다 다르겠지만요.

🔑 세 번째 열쇠말_ **선택**

　백선규는 그림이 뒤바뀐 일을 겪고 난 후부터 어딘가에 자신보다 더 뛰어난 재능을 지닌 사람이 있다고 생각하며 한 작품 한 작품마다 자신의 모든 것을 쏟아붓습니다. 사실 히말라야시다 그림은 자신이 그린 것이 아니라고, 자신의 재능을 믿고 있는 사람들에게 용기 내어 말하지 못했습니다. 그 대신 그 비밀을 품은 채로 자신의 재능을 믿고 있는 사람들을 위해 매 순간 최선을 다해 그리겠다는 선택을 합니다.

'여자'는 잘못된 일을 바로잡고 재능을 인정받을 기회를 저버리는 선택을 합니다. 그렇다고 '여자'가 불행해졌을까요? '여자'는 현재 주어진 삶에 만족하며 자신이 좋아하는 그림을 즐기면서 살고 있습니다. 자신은 그림을 계속 좋아하고, 백선규는 그림 그리는 걸 좋아하면 그걸로 족하다면서 말입니다.

어느 삶이 더 낫다고, 더 옳다고 할 수는 없어요. 좋아하는 것을 향해 끊임없이 달리는 삶이든, 좋아하는 것을 평생 가까이하며 즐기는 삶이든. 우리는 두 갈래의 길을 모두 갈 수는 없습니다.

여러분이 마주하는 만남과 기회와 선택들이 여러분을 만들고, 또 바꾸어 놓겠지요. 그리고 그 길은 계속 이어져 있어 오늘도, 내일도 우리는 그 길을 걸어가야만 합니다. 자신만의 길을 걸어가는 여러분을 응원합니다.

완득이

『완득이』는 독자들로부터 많은 사랑을 받은 작품입니다. 제1회 창비 청소년문학상을 수상하였고, 연극으로도 각색되었으며, 동명의 영화로도 제작되었지요. 김려령 작가는 우리 주변에서 흔히 접할 법한 대중적인 이야기를 흥미진진하게 풀어내면서도 진지한 주제 의식을 잘 드러내고 있습니다. 특히 『완득이』는 작가의 첫 소설임에도 불구하고 생생한 캐릭터들이 돋보이는 작품입니다.

지금부터 '똥주 선생', '엄마', '목표'라는 세 가지 열쇠말로 『완득이』를 살펴보겠습니다.

소설은 완득이가 교회에서 기도하는 장면으로 시작합니다. 기도 내

용이 매우 직설적이라 독자들의 흥미를 끕니다. 제발 똥주 좀 죽여 달라는 완득이. 벼락을 맞아도 좋고, 자동차에 치여 죽어도 좋답니다. 이렇게 간절하게 죽여 달라고 부탁하는 똥주는 도대체 누구일까요? 알고 보니 똥주는 완득이의 담임 선생님입니다. 거칠고 욕 잘하는 똥주는 늘 완득이를 들볶지 못해 안달입니다.

완득이는 시장에서 춤을 추는 난쟁이 아버지, 아버지를 따라다니는 가짜 삼촌 남민구와 함께 옥탑방에 살고 있습니다. 그러다 어느 날 건너편 옥상에 똥주 선생이 이사를 옵니다. 똥주 선생은 기초 생활 수급 대상자에 완득이의 이름을 올리고, 툭하면 햇반이나 카레 등등을 뺏어 먹습니다. 게다가 굳이 밝히고 싶지 않은 가정사까지 아무렇지도 않게 친구들 앞에서 읊어 줍니다. 이렇게 똥주 선생에게 시달리다 보니 완득이는 하루가 멀다 하고 십자가 앞에서 담임 선생님 명줄을 끊어 달라고 기도를 하는 것입니다.

하지만 똥주 선생의 거친 언행 뒤에는 완득이에 대한 애정이 가득합니다. 자꾸 어둠 속으로 숨으려는 완득이를 끄집어내기 위해 똥주 선생은 완득이를 계속 자극합니다. 완득이 인생의 걸림돌인 줄만 알았던 똥주 선생. 하지만 똥주 선생 덕분에 완득이의 인생은 경쾌한 리듬을 타게 됩니다.

 두 번째 열쇠말_ **엄마**

완득이는 엄마에 대한 기억이 전혀 없습니다. 생각해 본 적도, 그리

위한 적도 없습니다. 하지만 우리의 똥주 선생은 있는지도 몰랐던 어머니를 어떻게 찾아냈는지, 연락처까지 알아내 완득이와 자꾸 엮어 줍니다. 처음 보는 엄마에 대한 어색함과 거부감으로 엄마를 피해 다녔는데, 어느 날 집 앞에 엄마가 떡하니 버티고 서 있습니다.

작가는 완득이와 엄마의 만남을 서로 부둥켜안고 울고불고하는 장면이 아닌, 담담하게 마주 앉아 라면을 끓여 먹는 모습으로 표현하고 있습니다. 공백 기간이 무려 17년이나 되는 모자 사이이다 보니, 완득이는 엄마에 대한 추억이 하나도 없습니다. 눈물 콧물 다 빼는 신파보다 서로 어색하게 존댓말을 주고받고, 엄마를 '그분'이라고 부르며 "라면 먹고 갈래요?"라는 말을 던지는 장면이 훨씬 애틋하고 현실적으로 다가옵니다. 매우 느린 속도이지만 완득이와 엄마는 점점 가까워집니다.

두 모자의 만남에서 중요하게 작용하는 소재가 두 개 있습니다. 하나는 엄마가 완득이에게 건넨 '하얀 봉투'입니다. 완득이는 봉투 속에 돈이 들어 있다고 생각하여 거절하고, 그 돈으로 엄마가 새 신발을 사 신기를 바라지만 '하얀 봉투'는 아들에 대한 미안함과 그리움을 담은 엄마의 편지였습니다. 난생처음 엄마에게 편지를 받아 본 완득이, 그리고 처음으로 아들에게 편지를 쓴 엄마. '하얀 봉투'는 엄마와 아들 간의 애틋한 마음을 드러내는 소재입니다.

또 다른 소재는 '꽃분홍색 술이 달린 엄마의 낡은 단화'입니다. 완득이는 엄마의 낡은 단화가 눈에 걸리기 시작하고, 결국 엄마 손을 이

끌고 시장에 가서 구두 한 켤레를 사 줍니다. 엄마의 낡은 단화가 신경 쓰이는 이유는 완득이가 엄마를 '그분'이라고 여기는 것에서 벗어나 조금씩 자신의 엄마로 인정하고, 마음을 열기 시작했기 때문이지요. '꽃분홍색 술이 달린 낡은 단화'는 완득이와 '그분'을 모자지간으로 발전시키는 촉매제 역할을 하고 있습니다.

세 번째 열쇠말_ 목표

인생에서 '목표'는 매우 중요합니다. 목표가 있는 것과 없는 것은 인생을 마주하는 데 있어서 천지 차이입니다. 완득이는 17년 동안 목표 없이, 삶의 의욕 없이 살아왔습니다. 살기 위해 먹고, 누가 부모님을 욕하면 말보다 주먹이 먼저 나가는 친구입니다. 이렇게 미성숙했던 완득이가 모범생 정윤하와 가까워지면서 첫사랑을 경험하기도 하고, 킥복싱을 배우면서 인생의 목표를 찾게 됩니다. 또한 완득이의 아버지도 카바레, 지하철, 오일장 등등을 전전하던 생활을 청산하고 똥주 선생의 도움으로 삼촌과 함께 댄스 교습소를 열어 생활의 활력을 되찾습니다. 모든 게 멈춰 버린 동네에서 자신도 멈춰 있다고 생각했던 완득이. 그런데 지금은 자신만 움직이는 걸 느낄 수 있습니다. 마침내 킥복싱 대회에 나가겠다는 결심도 합니다.

목표가 생긴 완득이는 달라졌습니다. 지금까지 인생이라는 바다 위에서 고장 난 배처럼 바람 따라 물결 따라 표류하던 완득이는 드디어 돛을 달고 자기 인생의 키를 잡으면서 물살을 헤쳐 나가기 시작합니다.

　완득이와 그 가족은 우리 사회의 소수자와 소외된 인물, 다문화 세대를 상징한다고 볼 수 있습니다. 작가는 '똥주 선생'이라는 인물을 통해서 다문화 사회를 살아가는 우리들이 다른 문화의 사람들을 어떻게 이해하고, 그들과 어떻게 소통해야 하는지를 보여 주고 있습니다. 여러분도 『완득이』 속의 똥주 선생 같은 어른이 되어 보는 것은 어떨까요?

오늘의 커피

    최진영 작가는 작품을 통해 젠더 이슈나 기후 위기 등에 관한 사회적 발언을 많이 하는 것으로 알려져 있습니다. 「오늘의 커피」는 2019년에 발간된 최진영 작가의 두 번째 소설집 『겨울 방학』에 수록된 작품입니다.

    이 작품의 주인공은 '조'라는 이름을 가진 청년입니다. '조'가 여성인지 남성인지는 명확하지 않습니다. 이 작품을 읽고 독서 모임에서 이야기를 나눈 적이 있는데, 남성으로 읽은 분들과 여성으로 읽은 분들의 수가 비슷했습니다. 여러분이 작품을 읽었다면 조의 성별을 무엇으로 파악했나요? 그리고 그 이유는 무엇인가요? 이 부분을 가지고 토론을 해 본다면 생각보다 깊은 이야기가 나올 수 있을 겁니다. 하지만 여기서는 다루지 않겠습니다. 이 작품에서 조의 성별은 사실 그렇게 중요하지 않습니다.

조는 소리에 담긴 습도와 온기를, 온도에 따라 달라지는 미세한 향기를 구분할 줄 아는 사람입니다. 타인이 느끼는 것보다 조가 감각하는 부분이 훨씬 더 미세하지만 조는 자기의 감각도 맞고 타인의 감각도 맞다고 생각합니다.

조의 아버지는 빚만 남기며 떠나 버렸습니다. 모든 사람이 사기꾼이라 부르는 아버지를, 어머니는 착한 사람이라 여기며 하염없이 기다립니다. 그런 어머니를 조는 이해할 수가 없습니다. 교통사고로 입원한 어머니의 요양원 비용과 월세를 내고 대출금을 갚는 데 필요한 160만 원을 벌기 위해 조는 정말 닥치는 대로 일을 해야 했습니다. 다리를 저는 장애가 있는 조는 그 때문에 일하는 곳에서마다 사람들의 편견을 견뎌야 했습니다. 그런 우여곡절 끝에 성실함과 끈기로 프랜차이즈 카페의 아르바이트 자리에 간신히 정착합니다. 그러다 갑자기 어머니의 부고를 듣게 되었고, 장례를 치른 뒤 꽤 오랫동안 일했던 프랜차이즈 카페를 그만둡니다.

조는 숙식 제공이 가능한 새로운 일자리를 알아보다, 매우 한적한 곳에 위치한 카페에 면접을 보러 갑니다. 카페 'the planet'은 프랜차이즈 카페와 달리 그날그날 마련되는 원두에 따라 달라지는 핸드 드립 커피와 그밖에 몇 종류의 차를 파는 곳입니다. 그동안 조가 일했던 곳과는 무언가 다른 분위기, 그리고 다른 태도를 가진 사람들이 있는 것만 같습니다. 그래서일까요? 조는 7년 전 어머니의 사고로 인해 멈

췄던 시간이 자신만의 속도로 흐르기 시작하는 것을 느끼며 작품이 마무리됩니다.

🔑 첫 번째 열쇠말_ **행성**

'행성'이라는 열쇠말은 조가 마지막에 면접을 보러 간 'the planet'이라는 카페 이름에서 가져왔습니다. 이는 상당히 중요한 의미가 있습니다. 행성은 하나의 큰 별 주위를 도는 별을 가리킵니다. 우리가 친숙하게 알고 있는 행성은 지구를 비롯하여 태양 주위를 돌고 있는 수성, 금성, 화성, 목성, 토성, 천왕성, 해왕성 등입니다. 각 행성은 서로의 공전 주기를 침범하지 않은 채 각자의 질량과 속도로 태양 주위를 돕니다. 이 거대한 물리 법칙 아래 태양계라는 세계는 오랜 시간 동안 유지되고 있습니다.

작가는 '행성'을 통해, 행성의 공전 주기와 궤도가 다르듯이 각자의 삶이 다를 수밖에 없고, 서로를 완전하게 이해하는 것은 불가능하다는 말을 하는 것 같습니다. 그런 주장은 작품 여러 곳에 나타나 있는데, 조가 프랜차이즈 카페에서 동료와 나눈 대화에도 잘 드러납니다. 각자가 다른 게 자연스러운 일이고, 그렇기에 여러 명으로 존재할 수 있다는 내용의 대화입니다.

이런 구절을 통해 작가는 결국 인간의 삶은 각각 다를 수밖에 없음을 말하고 싶어 합니다. 같은 소설집에 실려 있는 「겨울 방학」이라는 작품에서도 이러한 작가의 신념을 다시 한번 확인할 수 있습니다. 여러분이 읽고 직접 찾아보시길 바랍니다.

이렇게 서로 다른 행성들이 각자의 공전 주기를 가지고 충돌하지 않은 채 유지되는 균형을 최진영 작가는 아름답다고 생각하고, 우리 인간의 삶도 거기서 답을 찾아야 한다고 여기는 것 같습니다.

그래서일까요? 자기만의 속도로 걸어가야 한다는 점을 강조하기 위해 조가 다리를 전다는 설정을 하였고, 다른 사람들과는 다르게 감각에 더 섬세한 인물로 창조하여 조만의 공전 주기를 부여하였습니다. 조뿐만이 아니지요. 우리는 저마다 타인과 다른 부분을 분명히 하나씩은 가지고 있습니다.

그런데 지금까지 조가 살던 세상, 특히 어머니가 교통사고로 요양원에 입원한 이후의 조의 삶은 조만의 공전 주기로는 도저히 살아갈 수가 없었습니다. 내 공전 주기가 무엇인지 제대로 이해하기 전에 당장 앞에 닥친 문제들을 해결해야 했으니까요. 그러다 보니 다른 사람의 공전 주기를 침범할 수밖에 없었고, 조를 바라보는 불편한 시선들이 생길 수밖에 없었습니다.

그래서 조가 새롭게 찾아가는 'the planet'이라는 카페는 조가 자기 스스로 행성으로서의 공전 주기를 찾게 될 공간이라는 것을 암시합니다. 특히 조가 'the planet'으로 가는 동안 떠올린 상념 중에 'stop도 start도 아닌 그 사이 어디쯤'이라는 표현은 공전의 속성을 정확히 묘사하고 있다고 생각합니다.

이 작품에서 가장 아름답다고 느낀 것은 소설 마지막 부분입니다.

핸드 드립 커피를 내리는 장면인데, 원두의 양, 추출 시간, 물의 양을 정확하게 설명하고 있습니다. 'the planet'은 드립 커피 카페입니다. 드립 커피를 잘 추출하는 사람에게 필요한 것은 온도에 따라 달라지는 향과 맛을 모두 느낄 수 있는 능력입니다. 바로 조가 갖고 있는 것이죠. 그동안 조가 일했던 프랜차이즈 카페의 커피는 커피 머신을 통해 똑같은 맛을 추출한, 다름이 전혀 없는 커피였습니다. 그런데 앞으로 조가 일하게 될 'the planet'의 커피는 같은 맛이 전혀 나올 수 없는, 다 다르지만 그 나름의 가치가 있는 커피입니다. 그날그날 마련된 원두에 따라 달라지는 '오늘의 커피'라는 제목에도 결국 작가의 주제 의식이 담겨 있다고 할 수 있습니다.

🔑 두 번째 열쇠말_ 숫자의 의미

이 작품은 좀 특이한 구성을 하고 있습니다. 10부터 0까지 숫자가 거꾸로 흘러가는 순서로 구성되어 있지요. 그렇다고 해서 영화 「박하사탕」이나 「메멘토」처럼 시간이 완전히 역순으로 흘러가는 것도 아닙니다. 그럼 도대체 작가는 왜 이런 방식을 택했을까요?

그럼 다 같이 숫자를 거꾸로 읽어 볼까요. 10, 9, 8, 7, 6, 5, 4, 3, 2, 1. 무엇이 떠오르나요?

네, 맞습니다. 바로 '카운트다운'을 의미합니다. 함께 독서 모임을 했던 어떤 선생님이 이 의견을 말했을 때, 우리 모두 머리부터 발끝까지 소름이 돋았습니다. 그러면 행성의 의미도 설명이 되겠죠? 조만의 공전 주기를 갖고 있는 행성으로 출발하기 위한 지구에서의 카운트다운. 조가 'the planet'에 갔을 때 '이제야 1초가 흐른 것이다'라는 문장도 설명이 됩니다. 마침 이 문장이 나와 있는 챕터의 번호가 '0'이더군요. 앞으로 조의 시간은 1, 2, 3, 4, 5가 되겠죠?

🔑 세 번째 열쇠말_ 기다림

이 작품에는 세 가지의 기다림이 나옵니다. 먼저 조 아버지의 기다림입니다. 아버지의 기다림은 '땅값이 오를 것'에 대한 기다림입니다. 두 번째 기다림은 조 어머니의 기다림입니다. 어머니는 아버지가 돌아오는 것을 끝까지 기다리지요. 하지만 두 사람의 기다림은 이루어지지 않습니다.

마지막 기다림은 'the planet'에서의 기다림입니다. 이 기다림은 그 대상이 명확하지 않습니다. 'the planet'의 남자 직원이 여기는 기다리는 곳이라고 말합니다. 그곳에 오는 손님들은 대부분 혼자인데 다들 무언가를 기다리는 것 같다고 이야기합니다. 하지만 무언가가 무엇인지에 대해서는 이야기하지 않습니다. 뭔지 모르겠지만 기다리기는 한다고요.

만일 아버지와 어머니의 기다림이 이루어졌다면 어땠을까요? 어쩌면 그 기다림을 성취하기 위해 자기 속도를 넘어서는 가속 페달을 밟은 것이 두 사람에게 비극을 가져다준 것은 아닐까요? 작가는 기다림을 성취하기 위한 삶이 아니라 대상이 불분명하더라도 기다리는 태도 자체가 우리에게 필요하다고 말하고 싶었던 것은 아닐까요?「오늘의 커피」를 읽고 난 뒤, 인간이 이 세상에 태어난 이유는 결국 '기다림'의 삶을 살기 위한 것이 아닌가 하는 생각이 들었습니다.

  이 소설을 읽는 시간이 여러분만의 공전 주기와 속도에 대해 생각해 보는 계기가 되었으면 좋겠습니다.

새의 선물

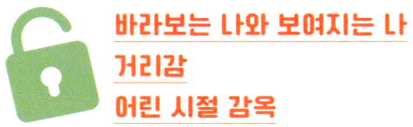

바라보는 나와 보여지는 나
거리감
어린 시절 감옥

　『새의 선물』은 1995년 초판 발행 이후 2022년에 100쇄 기념 개정판이 나올 정도로 재인쇄를 거듭하며 독자들에게 꾸준히 사랑받는 작품입니다. 은희경 작가는 1995년 중편 소설 「이중주」로 등단했고, 같은 해 『새의 선물』로 제1회 문학동네소설상을 수상했는데, 한 해에 등단과 문학상 수상을 동시에 한 작가는 이문열, 장정일 작가 이후 처음이라고 합니다.

　주인공인 진희는 엄마의 자살 후, '감나무집'이라고 불리는 시골의 외할머니 집에서 살게 됩니다. 그러면서 그 집에 세 들어 사는 여러 인물들의 삶을 들여다봅니다. 소설은 1인칭 시점으로 전개되고, 작품의 처음과 끝은 서른여덟이 된 현재의 '나'가 서술하고 있습니다.

　프롤로그에서 '열두 살 이후 나는 성장할 필요가 없었다'라는 말로 시작한 후 열두 살의 삶으로 돌아가 22개의 장으로 이야기를 나누어 서술합니다. 소설은 전반적으로 열두 살 소녀의 시선을 따라 인생의 진실과 상처를 바라보는 구조입니다. 당돌하고 똑똑하지만 어쩐지 슬퍼 보이는 진희의 이야기를 이제 세 가지 열쇠말과 함께 열어 보겠습니다.

🗝 첫 번째 열쇠말_ 바라보는 나와 보여지는 나

소설에서 '보여지는'으로 표현되기에 열쇠말도 이렇게 삼았으나 사실 '보여지다'는 잘못된 표현입니다. '보다'를 피동적인 표현으로 바꾸면 '보이다'가 되므로, '보여지다'는 이중적인 피동 표현입니다. 사실 우리 일상에서 이렇게 잘못된 채로 많이 쓰이기 때문에 작가도 이렇게 표현한 것이 아닌가 싶습니다. 작가가 이렇게 쓴 것을 제가 임의로 수정하면 안 될 듯하여 작가의 표현 그대로 열쇠말을 정해 보았습니다. 자, 이제 다시 본론으로 들어가 보겠습니다.

이미 열두 살 때 삶의 이면을 모두 보아 버린 진희는 어른들의 기대대로 행동하며 귀여움을 받습니다. 이것은 진희가 자신의 자아를 '바라보는 나'와 '보여지는 나'로 분리할 수 있기 때문입니다. 누군가가 자신을 관찰한다고 생각되면 자신을 숨기기 위한 방법으로 하나의 나는 내 안에 그대로 두고, 또 다른 나는 남에게 '보여지는 나'로 분리합니다. 그중에서 진짜 나는 '바라보는 나'이고 남의 시선으로부터 강요를 당하고 수모를 받는 것은 '보여지는 나'이므로, 진짜 나는 상처를 덜 받을 수 있습니다. 주인공이 이렇게 하는 이유는 삶이 자신에게 호의적이지 않다는 것을 일찍 깨달았기 때문입니다.

여섯 살 때 엄마가 자살을 하고, 그런 이력으로 외할머니 집에서 살게 된 사연을 보아도 진희의 삶은 이미 출발선이 불리한 삶입니다. 자신의 뒤에서 수군거리는 사람들과 동정의 시선을 견디는 것은 누구에게나 힘든 일이죠. 주인공 진희는 자아를 분리함으로써 삶에서 주어진 자신의 역할을 소화해 냅니다. 어른들이 자신에게 기대하는 어린이 행세를 훌륭히 해냄으로써 귀여움을 받을 뿐만 아니라 어른들이 가진 삶의 비밀까지 볼 수 있었습니다. 그러므로 진희에게 삶은 열두 살에 이미 그 속 깊은 비밀까지 모두 까발려져 더 이상 새로울 것이 없는 대상이 된 것입니다.

이 소설은 열두 살 서술자의 성장 소설이기도 합니다. 보통의 성장 소설이 주인공의 내적인 성숙을 다루고 있는 데 비해 이 소설의 어린 진희는 성인이 된 자아와 성숙한 정도의 차이가 크게 나지 않는다는 특징이 있습니다.

🔑 두 번째 열쇠말_ **거리감**

'바라보는 나'와 '보여지는 나'의 분리가 가능한 것은 진희가 삶을 멀찌감치 놓고, 미련을 두지 않으려는 태도를 가지기 때문입니다. 열두 살 때부터 20년 넘게 지속해 온 습관이지요.

앞에서 말씀드렸듯이 자신을 분리하는 방법이 가능한 것은 진희가 조금 떨어져서 삶을 보고 있기 때문입니다. 자신의 삶에 거리를 두고 관찰하면 뜨거운 감정들이 식고 정화되기도 하죠. 에필로그에서 진희는 외할머니 집을 떠나 아버지를 따라가며 새로운 삶이 열리는 것에 대해서도 무덤덤합니다. 새롭게 펼쳐질 삶에 대한 기대도 없습니다. 새로운 곳에 가서도 어차피 자신의 삶에 거리를 두기 위해 애쓸 테니까요.

삶이 우리에게 호의적이지 않다는 걸 아는 순간, 우리가 할 수 있는 일은 무엇일까요? 내가 선택한 것이 아닌데 나를 괴롭게 하는 조건들, 내가 놓여 있는 처지를 떠올려 보세요. 저는 냉소적인 진희를 보며 슬픔을 견디는 방법을 생각해 봅니다. 아무래도 진희로서는 그게 최선의 선택인 것 같습니다. 삶에 거리를 두기 시작하면서 진희는 어른들의 비밀, 삶의 이면, 진실에 가까운 것들을 보게 됩니다.

🗝 세 번째 열쇠말_ 어린 시절 감옥

소설을 읽는 중에는 어느 부분에선가 제목과 연관되는 내용이 나오리라는 생각에 이와 관련한 별다른 의문을 가지지 않았습니다. 그런데 소설을 다 읽고 나서 생각해 보니 제목과 직접 연결되는 부분이 작품에 나오지 않았다는 것을 깨달았어요. 이런 의문을 가졌던 독자들이 저 말고도 많았던 모양입니다. 독자와의 만남에서 『새의 선물』의 제목에 대한 질문을 받은 작가가 직접 밝힌 내용을 말씀드립니다.

이 소설의 제목은 프랑스 시인 자크 프레베르의 시 「새의 선물」에서 따왔다고 합니다. 이 시에는, '어떤 앵무새가 태양에게 해바라기씨를 선물하자 해는 그의 어린 시절 감옥으로 들어가 버렸다'라는 내용이 나옵니다. 태양에게 해바라기씨는 흠모, 존경의 의미를 가질 텐데, 그 선물을 거부하고 어린 시절 감옥으로 들어가 버린다는 내용이 주인공 소녀를 담아내기에 적절하다는 생각이 들어서 소설을 다 쓴 후 제목으로 붙였다고 합니다.

'열두 살 이후 나는 성장할 필요가 없었다'라는 프롤로그의 제목처럼 진희는 열두 살의 자신이 만든 삶의 테두리인 어린 시절 감옥으로 들어가 버립니다.

진희는 의젓하고 진중해서 누구에게나 사랑받을 수 있는 아이였고, 그것은 성인 여자가 된 후에도 마찬가지입니다. 서른여덟 살이 된 '나'는 남성 편력의 이력을 이야기하며 사랑을 받는 데 어려움이 없는 노련한 모습을 보이죠. 앞에서 언급한 '바라보는 나'와 '보여지는 나'에서 '보여지는 나'를 상대가 원하는 대로 연출할 수 있기 때문에 가능한 일입니다.

인간관계에서 원하는 결과를 얻기 위해 '보여지는 나'를 적절히 연출하는 동안 '바라보는 나', 즉 진짜 '나'는 슬며시 거리를 두고 어린 시절의 감옥으로 들어가 버리는 게 아닐까요? 사모와 흠모의 감정을 그대로 기뻐하며 받지 않고 숨어 버린 태양처럼 말이지요.

작가는 100쇄 기념 개정판을 내면서 전체적인 구성과 내용은 변화가 없지만 '앉은뱅이책상', '벙어리장갑', '곰보 아줌마' 같은 편견과 비하의 의미가 담긴 단어들은 손질했다고 합니다. 당시에는 무심히 쓰였을 표현들이 지금은 지양되는 변화된 모습과 그런 부분까지 염두에 두는 작가의 세심함도 눈길을 끕니다. 개정판으로 읽어 보시면 더 좋을 듯합니다.

나와 B

자전 소설
나의 발견
음악

　김중혁 작가의 단편 소설 「나와 B」는 2006년에 발표되었고, 작가의 이야기가 반영된 자전 소설로 알려져 있습니다. 김중혁 작가는 팟캐스트, 예능 프로그램 등을 진행할 정도로 재치 있고 말솜씨가 뛰어난 소설가입니다. 또한 음악도 좋아하고 그림도 잘 그려서 작품에 직접 삽화를 그리기도 한다는군요.

　「나와 B」는 음반 가게에서 점원으로 일하던 '나'가 CD를 훔치려던 기타리스트 B를 잡으면서 이야기가 시작됩니다. 이 사건을 계기로 B와 인연을 맺고 그 과정에서 자신을 이해하게 되지요.

 첫 번째 열쇠말_ **자전 소설**

　자전 소설이란 작가 자신의 성장 과정을 바탕으로 자신의 경험을

소재로 쓴 소설을 말합니다. 물론 소설이므로 '일기'나 '자서전'처럼 100% 실제로 있었던 일을 쓴 것이라고 볼 수는 없습니다. 작가의 실제 경험을 바탕으로 하면서도, 작가가 말하고자 하는 바와 상관이 없다면 사건을 삭제하기도 하고, 필요하다면 가상의 인물을 삽입하거나 새로운 사건을 만들어 내기도 하지요.

「나와 B」의 주인공인 '나'는 햇빛 알레르기로 고생하는 인물입니다. 실제로 김중혁 작가는 햇빛 알레르기가 있다고 하네요. 그렇다고 소설 속 사건 모두를 작가가 실제로 겪었다고 할 수는 없습니다. 그가 실제로 음반 가게에서 일을 했을 수도 있고 아닐 수도 있습니다. B라는 사람을 만났을 수도 있고 아닐 수도 있습니다. 다만 음반 가게에서 만난 사람을 B라고 지칭하면서 실제 인물과 같은 느낌을 줍니다. 마치 실제 인물을 드러내지 않기 위해 이니셜을 쓴 것 같은 느낌을 주어 이 소설을 더 사실적으로 만드는 효과가 있는 것이죠.

이런 여러 장치들은 이 글을 읽는 독자가 소설을 읽으면서 마치 수필을 읽는 듯한 재미를 느끼게 합니다. 이런 재미가 자전 소설의 매력이겠지요.

🔑 두 번째 열쇠말_ **나의 발견**

'나'는 무엇을 발견한 걸까요?

김중혁 작가는 이 작품을 통해 B와 기타에 얽힌 추억을 따뜻하게 풀어내고 있습니다. 음반 가게 점원인 '나'는 어느 날 음반을 훔치려던

B를 잡습니다. '나'는 CD를 돌려받고 B를 돌려보냅니다. 그 과정에서 '나'는 B가 무명의 기타리스트라는 것을 알게 되고, B에게 전기 기타를 배우지요. 나는 전기 기타를 치면서 심장에 무리를 느끼고 기타 배우는 것을 포기합니다. 그러면서 자연스럽게 B와도 멀어집니다.

'나'는 이직을 반복하고, B는 신인 기타리스트가 되어 조금씩 인정받는 연주자가 됩니다. 어느 날 '나'는 B와 기타 연습하던 것을 녹화한 동영상을 보다가, 그 동영상 속에서 자신도 모르는 '나'의 습관을 발견합니다. 기타를 연주하는 B를 볼 때마다 '나'는 왼쪽 엄지로 나머지 왼쪽 손가락들의 끝을 비비는 습관이었지요. 그런 습관을 알아챈 다음에도 '나'는 계속 같은 행동을 합니다. '나'는 왜 그런 행동을 했는지 모르겠다고 말합니다. 동영상에서 B는 이런 말도 합니다. 계속 도전하다 보면 어느 순간 딱 좋아지는 순간이 생긴다고요.

'나'는 동영상을 본 이후, 다시 기타를 사고 기타 연주에 도전합니다. 좋아한다면 두세 번은 시도해 봐야 한다는 B의 말 덕분이기도 하고, 대리석처럼 딱딱하게 굳어 있는 B의 손가락 끝이 부럽기도 했습니다. 포기하기엔 아직 '나'의 손가락 끝은 너무 무르기 때문일 수도 있겠습니다.

결국 이 소설이 말하고자 한 것은 B와의 만남을 통해 '나'는 나를 새롭게 발견하고 변화하게 되었다는 사실입니다. 그동안 몰랐던, 나도 모르는 나를 새롭게 발견하고, 한 번 더 도전하게 만들었기에 B와의 만남은 더욱 의미가 있었을 것입니다.

🔑 세 번째 열쇠말_ **음악**

「나와 B」는 『악기들의 도서관』이라는 소설집에 수록된 8편의 소설 중 한 편입니다. 『악기들의 도서관』에는 「자동 피아노」, 「매뉴얼 제너레이션」, 「비닐광 시대(vinyl狂 時代)」, 「악기들의 도서관」, 「유리 방패」, 「나와 B」, 「무방향 버스」, 「엇박자 D」가 실려 있습니다. 제목에서도 알 수 있듯이 이 소설집에는 피아노, LP 음반, 오르골, 600여 가지의 악기 소리가 채집된 음악 파일, 전기 기타 등 소리와 노래와 음악에 대한 이야기가 담겨 있습니다. 작가는 '작가의 말'에서 이 소설집이 독자에게 선물하는 '녹음테이프'라고 말합니다. 자신만의 특별한 노래들을 모아 놓은 녹음테이프처럼, 이 소설집도 작가가 특별한 이야기들을 모아 놓았다고 할 수 있겠지요.

소리를 모아 놓은 한 장의 CD 같은 소설책이라니, 참 멋지지 않나요? 그러고 보면 인생은 소리, 그리고 음악과 비슷한 것 같습니다. 아름다운 순간을 붙잡아 두려고 노력하지만 재생 버튼을 눌러 다시 듣지 않는 이상 그것은 사라지게 됩니다. 그리고 그 소리를 녹음했다고 해서 그 순간이 온전히 반복되고 기억되는 것은 아니지요. 인생 역시 마찬가지 아닐까요? 지나간 것을 붙잡아 둔다고 해서 붙잡아지지 않는 것처럼, 그 순간을 녹음해 놓는다고 해서 인생이 영원해지는 것은 아니기 때문입니다.

소설을 읽고 나면 그동안 잊고 있던 것, 포기하고 있던 것에 대해 재도전하고 싶은 생각이 듭니다. 그리고 손끝이나 신체 어느 곳에 굳은 살이 박일 정도는 아니더라도 두세 번은 다시 해 봐야겠다는 다짐을 하게 됩니다. 여러분은 어떠신가요?

백수린

고요한 사건

회고록
고양이
반성

    작가 백수린은 2011년 경향신문 신춘문예에 단편 소설「거짓말 연습」이 당선되어 작가 생활을 시작했습니다. 등단한 지 10년이 넘었으니 젊은 작가라거나 신인이라는 말이 이제는 더 이상 어울리지 않는 중견 작가라고 할 수 있겠네요. 백수린 작가는 자신이 뿌리박힌 곳 이외의 곳에서 사람이 어떤 경험을 하고 어떻게 삶의 테두리를 확장하는지 꼼꼼한 문장으로 깊이 있는 고민을 전달하는 작품을 씁니다. 오늘 만나게 될 작품은 2020년 7월에 출간된 소설집『여름의 빌라』에 실려 있는 단편「고요한 사건」입니다.

    혹시 여러분은 죽은 고양이를 본 적이 있나요? 오래전 제가 살던 마을에는 길고양이들과 길강아지들이 즐비했는데요. 어느 날 저녁 골목에서 개와 고양이가 짖는 소리가 크게 들리더니 다음 날 아침에 그 자리에 고양이가 죽어 있었습니다. 한겨울이었기 때문에 거의 사물에 가까운 모습으로 고양이 사체가 며칠 동안 그 자리에 놓여 있었던 것을 기억합니다. 어린 마음에 그 모습은 엄청난 공포로 남았고, 지금도 추운 겨울이면 문득 그 죽은 고양이가 생각납니다. 저에게 고향의 골목은 그런 공간이었습니다. 주변에 죽은 쥐와 고양이가 늘 있는 공간이었죠. 여러분에게도 그런 기억이 있는지요? 이 작품에도 죽은 고양이 이야기가 나옵니다. 작가는 죽은 고양이를 통해 무엇을 말하려고 했을까요?

먼저 작품의 줄거리를 살펴보겠습니다.
'나'의 가족이 서울에 정착해 살기 시작한 지 삼 년 가까이 되어 가던 시점의 일입니다. 주민들은 그곳을 소금 고개라고 불렀습니다. 소금 고개는 당시 얼마 남지 않은, 재개발이 되지 않은 달동네였습니다. '나'는 그곳에서 해지와 무호라는 친구를 만납니다. 해지와 무호는 어렸을 때부터 줄곧 그곳에서 자란 아이들입니다. 그들 사이에는 소꿉친구들만이 공유하는 공고한 친밀감이 형성되어 있었기에 '나'가 끼어들 여지가 없었습니다. 그래서 '나'는 그들과 함께 있을 때 가끔 외로움을 느낍니다. 해지 어머니는 처음엔 '나'에게 별로 관심이 없었지만, '나'가 전학 온 그 학기에 치른 중간고사에서 전교 3등을 하자 우호적인 태도로 '나'를 대합니다.
동네에는 오래전 큰 사고로 가족을 잃은 후 동네의 고양이들에게 먹이를 주는 아저씨가 있었습니다. '나'와 해지, 그리고 무호는 그를 '고양이 아저씨'라고 불렀습니다. 여름이 되고 날이 더워지자 고양이들의 배설물 냄새, 아무렇게나 거리에 버려진 음식물 쓰레기 썩는 냄새가 항상 공기 중에 가득했습니다. 이사를 가면 안 되겠냐는 어머니의 제안에 아버지는 '나'의 교육 환경이 더 중요하다는 이야기를 꺼내며 거부합니다. '나'는 자수성가한 아버지의 이야기를 자랑스러워합니다. 아버지는 주어진 환경을 극복하지 않고 안주하려는 것은 잘못이라고 언제나 '나'에게 말했습니다.

 그 시절 '나'에게는 해지가 바깥세상의 전부였습니다. 반면 해지에게는 '나'가 해지의 삶을 구성하는 한 부분에 불과할지도 모른다는 생각이 '나'를 슬프게 합니다.

 '나'는 소수만이 입학할 수 있었던 사립 고등학교에 입학합니다. 그 사이 마을에는 재개발 추진에 대한 이야기가 흘러나오고, 주민들은 입장에 따라 의견을 달리했습니다. 재개발을 염두에 두고 이사 왔던 '나'의 집은 당연히 찬성하는 쪽이었고, 재개발 분담금을 지불할 능력이 없는 무호네 집은 반대하는 입장이었죠. 해지네 집은 세입자였기 때문에 아무런 의견조차 낼 수 없었습니다. 그리고 고양이 아저씨는 고양이들을 위해 반대합니다. 해지네 집이 가장 먼저 떠나기로 합니다. 해지가 떠나기 전에 무호는 해지에게 고백을 하겠다며 '나'에게 도움을 청하고, '나'는 무호를 좋아하면서도 부탁을 들어줍니다. 그리고 결국 해지는 떠납니다.

'나'는 공부도 잘하고 잘사는 학생들이 많은 사립 고등학교에 진학한 후 공부에 대한 흥미를 잃습니다. 공부를 하지 않는 대신 읽는 일에 몰두했습니다. 활자로 된 것은 책이든 국어사전이든 아무것이나 읽었습니다. 읽고 있을 때에는 아무와 이야기하지 않아도 되었기 때문입니다.

그 무렵 마을에서는 젊은 사내들에게 고양이 아저씨가 구타를 당하는 일이 발생합니다. '나'는 겁을 먹고 아버지에게 이 사실을 알리려고 집으로 달려갑니다. '나'의 기대와 달리 아버지는 그들을 말리지 않고 경찰이 다 해결해 줄 것이라고 말합니다. '나'는 놀란 마음에 눈물이 멈추지 않았습니다. 밤이 되고 집 안이 조용해지자, 어떤 이유에서인지 고양이를 묻어 줘야겠다는 생각이 들었습니다. 그런데 현관 앞에 서자 한기가 느껴져, 나가기를 망설입니다. '나'는 고양이 사체가 아직도 있는지 확인하기 위해 현관 유리창에 얼굴을 댑니다. 창밖에는 커다란 눈송이가 떨어져 내리고 있었습니다. '나'는 그저 창밖으로 떨어져 내리는 아름다운 눈송이를 바라보고만 있을 뿐입니다. 모든 것을 까맣게 잊고, 그저 황홀하게.

🔑 첫 번째 열쇠말_ **회고록**

이 작품은 일종의 회고록입니다. 서술자는 어렸을 적 기억을 꼼꼼하게 돌이켜 보고 있습니다. 하나의 성찰적인 작업이라고 볼 수 있는데요, 기억 속에서 서술자는 '현관 밖으로 나가기를 망설이는 자신'을 발견합니다. 당시에는 알 수 없었지만 지금에 와서 돌이켜 보니 알게 된 것입니다. 왜 자신은 나가지 않았나, 왜 동경하던 친구들에게 더 가까이 갈 수 없었나, 왜 무호를 좋아하면서도 무호의 고백에 협조했는가.

이런 개인사에 한국의 재개발 역사가 얽혀 있습니다. 그동안 의식한 적이 없지만, 자신이 한국의 어느 계층에 속해 있었는지 이제야 알게 되었습니다. 더 높은 곳을 위해 뒤도 돌아보지 않고 사다리에 오르기 바빴던 그 시절이 다 지나고 나서야 보이게 된 것이죠. 높은 계층이 아니었던 해지와 무호의 모습이 계층을 모르던 '나'에게는 아름다운 것이었습니다. 그런데 '나'는 바깥세상의 전부였던 해지와 더 가까워질 수 없었습니다. 해지네 집은 재개발에 대해 찬반 의견조차 낼 수 없었던 세입자였기 때문입니다.

이런 모습들이 지금의 한국과 다르다고 할 수 있을까요? 물론 예전과 다르게 기본적인 풍요가 존재합니다. 하지만 재개발과 부동산 문제, 그리고 더 높은 계층과 더 많은 부를 위해 힘겹게 살아가는 모습들이 지금의 한국과 어떻게 다른지 고민해 보는 것도 이 작품을 읽는 의미라고 할 수 있겠습니다. 그리고 과거의 자신과 지금의 자신은 어떤 위치에 있는지 되돌아보는 시간을 갖는 것도 좋을 것 같습니다.

 두 번째 열쇠말_ **고양이**

이 이야기는 고양이가 우리 주변에서 살아가는 이야기입니다. 작

품 속에서 고양이는 당시의 시절을 대변하는 자연물입니다. '나'에게 고양이는 죽은 모습으로 기억됩니다. 동네에는 고양이가 많았고, 죽은 가족을 떠올리며 그 고양이들에게 밥을 주던 '고양이 아저씨'가 있었습니다. 재개발로 인해 이 고양이들은 터전을 잃고, '고양이 아저씨' 또한 폭력에 노출됩니다. 죽은 고양이를 보며 '나'는 일종의 판단을 하는데, 이 판단이 계층적이기도 하고 윤리적이기도 합니다. 하지만 고양이를 묻어 준다는 판단은 실천으로 이어지지는 못합니다. 실천으로 이어지지 못했다는 것이 잘못이라거나 비난받아야 할 일인지는 조금 더 고민을 해 봐야겠지요. 여러분의 생각은 어떠신지요?

🔑 세 번째 열쇠말_ **반성**

이 이야기는 자신의 과거를 되돌아보면서 자신의 위치를 확인하고 반성하는 소설입니다. 소설 속 '나'는 고양이를 묻어 주는 데 실패합니다. 하지만 이 사건은 과거의 일입니다. 이러한 행동이 어떤 의미를 지니는지는 이후의 '나'가 자신의 과거를 되돌아보면서 발견하고 깨달은 것입니다. 즉 이 이야기를 전개하는 서술자가 자신의 삶에 대해 성찰하고 있다는 것을 의미합니다.

더욱이 작품 속 '나'가 눈이 내리는 마을의 풍경을 보고 아름다움을 발견하는 것에서 '나'의 삶에 대한 지향이 현관 안의 삶에 있지 않다는 것을 확인할 수도 있습니다. 즉 이 소설은 '눈 내리는 풍경'에 본인이 끼지 못하는 이유를 살피는 소설이라고 할 수 있습니다. 해지와 더 가까워질 수 없었던 이유, 고양이를 묻어 주지 못했던 이유를 살피는 성찰적인 태도를 볼 수 있습니다. 여러분도 자신의 과거를 돌아보며 반성적으로 회상했던 기억들이 있나요? 이 작품을 통해 그런 기회를 가져 보는 것이 어떤지요?

　백수린 작가의 섬세한 문장들이 켜켜이 쌓여 있는 이 작품을 세 가지 열쇠말로 간단히 소개하는 것은 불가능할지도 모르겠습니다. 이 글을 읽는 독자 여러분이 소설집 『여름의 빌라』를 통해 직접 만나 볼 것을 권합니다.

모든 별들은 음악 소리를 낸다

**자전적 소설
이유 없는 반항
별들의 음악 소리**

  소설 제목이 참 멋지죠?「모든 별들은 음악 소리를 낸다」는 1983년에 발표된 작품입니다. 사건들이 벌어지는 시간적 순서가 뒤섞여 있고, 여러 에피소드가 뒤섞여 있어서 줄거리 파악이 어려울 수 있습니다. 그래서 먼저 줄거리를 대략 정리해 드리려고 합니다.

  주인공인 '나'는 변호사인 아버지의 자격 정지 사건으로 인해 봉천동으로 이사를 옵니다. 아버지는 생계유지를 위해 돼지를 키우고, 돼지 사료를 나르기 위해 말도 키웁니다. 포도 농사도 짓는데, 이 일은 실패합니다. 이런 여러 가지 일로 '나'는 아버지와 갈등을 빚습니다. 이른바 '이유 없는 반항'이 시작되는데요, 물론 이유가 아예 없지는 않습니다. '나'는 아버지의 무능이 마음에 들지 않습니다. 자꾸 '나'에게 법 공부를 하라는 것도 싫고요. 왜냐하면 '나'는 법보다 문학을 더 좋아하기 때문입니다. 아버지는 아버지대로 이런 '나'가 마음에 들지 않습니다. 아들 녀석이 집에 와서 농사와 집안일을 도우면 좋은데, 맨날 방에 처박혀 있거나 집 뒤의 야산을 돌아다니니까 마음에 들지 않겠죠. 게다가 자신처럼 변호사가 되기를 바라는데, 아버지 말을 안 듣고 시를 쓴다고 하니까요. '나'는 방황을 계속하며 방 안에서 이런저런 상상을 합니다. 오랫동안 공상에 빠져 우주와 인간, 시와 사랑, 철학과 행복에 대해 사색합니다. 아버지가 키우던 말은 다시 팔려 가고 돼지를 키우는 일은 실패로 끝납니다. 아버지는 다시 변호사 자격을 얻었지만 사기를 당해 재기할 수 없는 상황에 이릅니다. '나'는 빈방에 홀로 누워 모든 별들은 음악 소리를 낸다는 사실을 깨닫습니다.

🔑 첫 번째 열쇠말_ **자전적 소설**

이 소설에는 실제 작가의 이름이 많이 등장합니다. 그래서 마치 일기 같은 느낌을 줍니다. 서정주, 박남수 등의 이름은 물론, 윤재걸의 「4·19를 맞이하여」, 강은교의 「4월에 던진 돌」과 같은, 시인과 작품 이름도 등장합니다. 소설에는 실제 윤후명 작가가 쓴 시집 이름 『명궁』도 나옵니다. 그래서 소설인지 수필인지 잘 구분되지 않습니다.

이뿐 아니라 이 소설에는 작가의 실제 삶이 반영되어 있습니다. 실제로 검사였으나 서울로 부임한 후에는 인정받지 못하던 아버지와의 불화, 문학에 대한 주관 등 자전적 체험을 그대로 그려 내고 있습니다. 기억과 체험을 중심으로, 자신만의 문학 세계를 형상화하는 과정에서 겪은 방황을 표현하고 있는 것입니다. 이런 자전적 내용은 소설 곳곳에 등장합니다.

🗝 두 번째 열쇠말_ 이유 없는 반항

'나'는 아버지와 불화를 하고, 그것을 '이유 없는 반항'이라고 합니다. 그러나 그것은 이유 없는 반항이 아닙니다. 집안이 몰락하게 된 원인이 사리 판단에 어두운 아버지 탓이라고 생각하기 때문입니다. 아버지와 아들의 불화는 원초적인 적대감일 수도 있고, 4·19 관련 시를 쓰고 부끄러워하는 것에서 알 수 있듯 시대와의 불화 때문일 수도 있습니다. 또한 집안의 경제적 몰락 때문일 수도 있고, 법 공부를 강요당하지만 문학을 하고 싶은 마음 때문일 수도 있습니다. 근본적으로는 자신에 대한 고민에서 비롯된 것이었겠죠. '나'라는 존재에 대해 탐색하는 과정에서 발생하는 철학적 고민, 이를 통한 '나'의 성장. 작가는 이런 것들을 이야기하고 싶었던 것은 아니었을까요?

'나'는 끊임없이 탐구하고 사색합니다. 별을 보며, 말을 보며 존재의 가치를 규명하고자 합니다. 그 결과, '모든 별들은 음악 소리를 낸다'는 결론을 얻게 되는 것이죠.

🗝 세 번째 열쇠말_ 별들의 음악 소리

이 소설의 제목인 '모든 별들은 음악 소리를 낸다'는 말은 읽어 볼수록 참 멋지고 예쁜데요, 이것은 무슨 의미일까요? '나'는 빈방에 누워 이런저런 생각과 상상을 합니다. 그러다 우주에까지 생각이 이어지게 됩니다.

모든 별들은 하나의 악기 소리를 내고, 하나의 곡을 연주한다고 합니다. 모든 생명은 하나의 별이고, 그 별들은 절대 고독에 시달려 노래하고 있다고 생각합니다. 모든 별들이 내는 음악 소리는 고독을 견디는 소리인 것이지요. 암울하고 가난한 현실 속에서 별들이 노래하는 음악 소리를 상상하며 '나'와 인간과 생명에 대한 어떤 깨달음을 얻게 되는 것입니다.

별들이 내는 소리는 절대 고독을 이겨 내는 생명의 소리가 됩니다. 모든 별들, 즉 모든 존재, 모든 생명체들은 고유한 자기만의 소리를 내는 것입니다. 모든 생명체들은 각각의 존재 이유와 가치가 있다는 깨달음을 얻게 되고, 그것을 '별들의 음악 소리'라고 표현한 것입니다.

읽어 보면 아시겠지만, 마치 시와 같은 문체가 소설을 더욱 감성적으로 느껴지게 합니다. 「모든 별들은 음악 소리를 낸다」는 기억과 회상을 바탕으로 젊은 시절의 방황과 자기만의 철학을 깨우치는 과정을 그린 작품입니다.

하늘은 맑건만

거스름돈
선택과 갈등
양심

  이 작품은 중학교 국어 교과서에 많이 실려 있는데요, 작가의 다른 작품 「나비를 잡는 아버지」도 초등학교 국어 교과서에 실려 있습니다. 월북 작가들의 작품이 해금된 것이 1988년이라는 것을 알고 계신가요? 현덕은 서울에서 태어났지만 월북한 작가라는 이유로 1988년 이후에야 이러한 명작들을 만날 수 있게 되었답니다.

  현덕의 본명은 현경윤으로 출생 후 가세가 기울어 친척 집을 전전하였고, 가난으로 인해 결국 고등학교를 중퇴해야 했습니다. 성장기에 경험한 최하층의 생활은 그의 작품에 많은 영향을 미쳤으며, 신춘문예에 당선되어 등단한 후 소설가 김유정을 만나면서 문학을 향한 뜻을 더 굳혔다고 합니다. 또한 도스토옙스키 문학의 영향을 받아 인물의 내적 갈등에 대한 심리를 치밀하게 그려 내는 작가로 평가받습니다. 「하늘은 맑건만」에서도 주인공 '문기'의 심리를 섬세하게 그리고 있지요.

단편 소설 「하늘은 맑건만」은 1938년에 잡지 『소년』에 실렸습니다. 주인공 문기가 숙모의 심부름으로 고기를 사러 갔다가 문기가 낸 돈을 1원이 아닌 10원으로 착각한 주인에게 거스름돈을 잘못 받은 것에서 이야기는 시작합니다. 그리고 문기가 이를 정직하게 고백하지 못하고 거스름돈을 친구 수만이와 쓰면서 생긴 갈등과 그 해결 과정을 보여 줍니다.

첫 번째 열쇠말_ 거스름돈

'거스름돈'은 주인공 문기를 갈등하게 만든 소재입니다. 의도하지 않았는데, 수중에 큰돈이 들어온다면 당연히 갈등하겠지요. 저라면 어떻게 했을까 생각해 보았습니다. 저도 문기처럼 하지 않았을까요? 견물생심이라고 하지요? 학생들을 가르치다 보면 학생들의 대답도 저와 같은 아이들이 많습니다. 앞에서 고깃간 주인이 1원을 10원으로 착각해서 거스름돈을 더 받았다고 했는데요, 이 금액은 지금 돈의 가치로 따지면 얼마나 될까요? 시대에 따라 돈과 물건의 가치가 변하므로 정확한 비교는 어려울 것 같습니다만, 그래도 지금의 고깃값에 비추어 1원과 10원은 각각 1만 원과 10만 원 정도가 아닐까 추정해 봅니다. 문기가 거스름돈으로 산 물건은 쌍안경, 공, 만년필, 만화책 등이었습니다. 활동사진 구경도 하고, 군것질도 했지요. 그러고도 많은 돈이 남았습니다. 어쩌면 10만 원이 넘는 돈일 수도 있겠습니다. 어릴 때는 갖고 싶은 게 참 많습니다. 게다가 문기는 어머니를 일찍 여의고 삼촌 집에 얹혀사는 상황이었죠. 삼촌이나 숙모가 문기를 구박한 것 같지는 않지만, 그렇다고 갖고 싶은 게 있다고 사 달라고 조르지는 못했을 것입니다. 삼촌은 문기에게 없던 물건이 생긴 것을 알고 가만히 훈계를 합니다.

문기는 삼촌에게 거짓말을 한 것을 부끄러워합니다. 그리하여 공과 쌍안경을 버립니다. 쌍안경은 골목길에 모르고 흘리는 것처럼, 공은 개천의 흐르는 물에, 그리고 남은 거스름돈을 버릴까 하다가 고깃간 집 안마당에 던지죠. 이렇게 거스름돈 때문에 생긴 사건은 마무리가 되는 것 같았습니다. 하지만 일은 그렇게 간단하게 끝나지 않았습니다. 그 거스름돈의 존재를 문기 혼자만 알고 있었던 게 아니었기 때문이죠.

🔑 두 번째 열쇠말_ 선택과 갈등

문기가 거액의 거스름돈을 받았을 때, 처음부터 그 돈을 가지려고 했던 건 아닐 겁니다. 주인에게 거스름돈에 대해 물어봐야 하나 망설이던 중에 뒷줄로 밀려났고, 집으로 돌아오는 길에 우연히 수만이를 만났습니다. 고깃집에 사람이 붐비지 않았더라면, 고깃간을 나와 집으로 돌아가는 길에 수만이를 만나지 않았더라면 이야기가 달라졌겠지요.

문기에 비해 수만이는 영악한 아이였습니다. 돈을 쓰자는 수만이의 꼬임에, 문기의 마음 깊은 곳에 있던 견물생심이 고개를 활짝 들었습니다. 수만이가 하자고 한 것이니 적당히 자기 책임도 피할 수 있다고 생각합니다. 그러나 삼촌의 훈계를 듣고 문기는 자신의 행동이 옳지 않았음을 깨닫고 반성을 합니다. 그리고 상황을 되돌리려고 하죠. 그런데 수만이의 협박 때문에 자신의 첫 번째 잘못이 드러나게 될 상황에 이르자, 이를 막기 위해 문기는 두 번째 잘못된 선택을 합니다. 순진했던 문기는 결국 숙모의 돈을 훔칩니다. 그리고 이로 인해 숙모네 집에서 심부름을 하던 점순이가 오해받고 쫓겨나자 문기의 괴로움은 더 커집니다.

선택을 할수록 문제가 해결되는 게 아니라 갈등이 더 커진 셈이지요. 처음에 잘못을 깨달았을 때 삼촌에게 사실대로 말했다면 어땠을까요? 물건을 버리고, 고깃간 집 마당으로 돈을 던질 게 아니라 고깃집 주인을 만나 사과하고 용서를 빌었으면 어땠을까요? 그랬다면 수만이에게 또 다른 협박을 받을 일은 발생하지 않았을 것이고, 또 다른 잘못을 저지를 일도 없었을 것입니다.

우리는 살면서 크고 작은 선택 앞에서 갈등합니다. 문기는 문제를 근본적으로 해결하지 않고 자신의 잘못을 덮기에 급급한 선택을 했기에 이런 일을 겪은 것이지요. 선택의 기로에 놓여 있을 때 그 선택의 방향이 어디로 향하는지, 그 선택이 당장 눈앞의 이익에만 관계되는 것은 아닌지, 내가 지향하는 가치에 잘 부합하는지 생각해 보아야 할 것입니다.

🔑 세 번째 열쇠말_ **양심**

 문기는 수만이와 쓰고 남은 거스름돈을 고깃간 집 안마당에 던지면서 속으로 '다시는 다시는'이라고 말합니다. 자기의 허물을 깨닫고 같은 잘못을 반복하지 않겠다고 주문처럼 되뇐 것이지요. 처음에 수만이와 거스름돈을 쓸 때 문기는 수만이가 시키는 대로 하기만 하면 남이 하래서 하는 것이니까 자기 책임은 없을 거라고 생각했지요. 하지만 삼촌의 훈계를 듣고 자신의 그런 생각은 제 허물을 남에게 미루려는 얄미운 구실일 뿐이라는 걸 깨닫습니다.

 수만이와 달리 문기가 이렇게 스스로 자신의 잘못을 뉘우친 것은 문기에게 양심이 있었기 때문입니다. 도덕 시간에 '정직'에 대해 배우면서 고개를 들지 못한 것도 마찬가지입니다. 처음에는 어찌어찌 떠밀려 남의 돈을 쓰게 되었으나 계속해서 죄책감에 시달렸으며 하늘을 쳐다보는 것을 두려워합니다. 이 소설의 제목인 '하늘은 맑건만'은 이 지점에서 탄생한 것이라고 보면 됩니다. '하늘은 맑건만' 뒤에는 어떤 문구가 생략되어 있을까요? 하늘은 맑건만 문기의 마음은 어둡습니다. 하늘은 맑건만 문기는 그 하늘을 떳떳하게 올려다볼 수가 없습니다.

 결말 부분에서 문기는 교통사고를 당하는데 자신이 마땅히 받아야 할 벌을 받은 거라며 삼촌에게 그동안 있었던 일을 모두 고백합니다. 그제야 몸을 감싸고 있던 허물이 하나씩 벗어지면서 마음속의 어둠도 사라지는 걸 느낍니다. 그리고 '내일도 해는 뜨고 하늘은 맑아지리라.' 그리고 이제 '그 하늘을 떳떳이 마음껏 쳐다볼 수 있을 것'이라고 생각합니다. 마음속에서 울리는 양심의 목소리를 외면하지 않고 귀 기울인 결과 문기는 무거운 어둠에서 벗어나게 됩니다. 그렇게 되기까지 문기의 엄청난 심리적 갈등과 괴로움, 죄책감 등을 소설에서는 섬세하게 표현하고 있습니다.

이 소설은 1930년대를 배경으로 하고 있으며, 그 시대에 발표되었습니다. 거의 100여 년에 가까운 시간차가 있음에도 불구하고 우리가 여전히 이 이야기에 공감할 수 있는 것은 동서고금을 막론하고 '양심'이라는 것이 인간 사회를 지탱하는 버팀목이기 때문일 것입니다. 작가는 어린이를 주인공으로 내세워 어린이에게 하고 싶은 말을 들려주려 했습니다. 그러나 양심의 문제는 어린 시절에 배워야 할 바른 가치에 국한되는 것이 아니라 인간의 전 생애에 걸쳐 지켜 나가야 할 중요한 덕목 중의 하나임을 누구도 부인하지 못할 것입니다. 개인을 넘어 우리 사회에도 집단의 양심, 사회의 양심이 바로 서 있기를 바라며 이야기를 마치겠습니다.

강아지똥

『강아지똥』은 동화 작가 권정생의 대표작입니다. 권정생 작가는 1937년 일본 도쿄 빈민가에서 태어나 가난과 질병으로 갖은 고생을 하였습니다. 1957년 경북 안동시 일직면 고향으로 돌아와 마을 교회의 문간방에서 종지기로 지내다가 2007년 세상을 떠납니다. 1969년 『강아지똥』으로 『월간 기독교교육』에서 주는 제1회 아동문학상을 받으면서 동화 작가로서의 삶을 시작하였습니다. 그의 동화 속 주인공들은 한결같이 세상의 가장 낮은 곳에 사는 힘없고 약한 존재들이지만, 작가는 그런 존재들이 가진 영혼의 따뜻함을 잘 드러내고 있습니다.

이 작품은, 처마 밑에 버려진 강아지똥이 비를 맞아 흐물흐물 녹아내리며 땅속으로 스며들고 있는데, 그 옆에서 민들레꽃이 피어나고 있는 장면을 보고 썼다고 합니다. 지금이야 강아지똥, 즉 개똥을 길거리에서 찾아보기 힘들지만, 예전에는 아주 흔한 것이었습니다. 길을 가다가 강아지똥을 보면 누구나 더럽다고 피합니다. 자칫 똥을 밟으면 신발도 더러워지고, 똥이 묻은 신발로 여기저기 더럽힌다고 생각하면 강아지똥은 정말 피하고 싶은 존재이지요. 이 작품은 그렇게 세상에서 손가락질당하고 버림받은 존재인 강아지똥의 일생에 대한 이야기입니다.

첫 번째 열쇠말_ 강아지똥

 이야기 속 주인공은 추운 겨울 서리가 하얗게 내린 날, 돌이네 흰둥이가 골목길 담 구석에 누고 간 똥입니다. 그렇게 세상에 태어난 강아지똥에게 참새는 더럽다고 침을 뱉고, 어미 닭은 병아리를 데리고 지나가면서 찌꺼기뿐이라 아무 쓸모도 없다고 합니다. 근처에 놓여 있던 흙덩이는 똥 중에서도 제일 더러운 개똥이라고 약 올리지요. 많이 속상한 강아지똥은 그만 울고 맙니다. 그런 강아지똥에게 흙덩이는 사과를 합니다. 사실은 자신도 강아지똥처럼 못생기고, 더럽고, 버림받았다는 건 똑같은 신세라면서 말이지요.

 마음이 풀어진 강아지똥은 흙덩이의 아픈 사연을 듣게 됩니다. 산 밑 따뜻한 양지쪽 밭에서 살고 있었던 흙덩이는 즐거운 마음으로 하느님께서 자신에게 시킨 감자와 조와 기장을 기르는 일을 하고 있었습니다. 그러다가 밭 임자가 집을 짓기 위해 밭의 흙을 파서 달구지에

실을 때 다른 흙들과 함께 실려 갔습니다. 곡식을 키우는 것도 좋지만, 사람을 따뜻하게 재워 주고 짐승들을 키우는 집을 짓는 것도 보람 있는 일인지라 가슴 두근거리며 달구지에 실려 가던 중에 그만 길바닥에 떨어지게 되었지요. 흙덩이는 이제 자신은 오고 가는 달구지 바퀴에 치어 산산이 부서져 가루가 될 것이라며 슬퍼했습니다. 흙덩이는 밭에 있었을 때 아기 고추가 말라 죽은 것은 자기 때문이라고 자책하며 죽을 각오를 하고 있었지요. 그런 흙덩이를 지나가던 달구지 아저씨가 발견합니다. 그러고는 소중하고 좋은 흙덩이라고 반기며 자기 밭에 도로 가져다 놓겠다고 담아 갑니다.

강아지똥이 제 쓸모를 찾아가는 흙덩이를 부러워하자 흙덩이는 이렇게 말합니다. 분명 강아지똥도 무엇엔가 귀하게 쓰일 거라고 말이지요.

우리 주변에는 강아지똥처럼 보잘것없어 무시당하고 버림받는 존재들이 많이 있습니다. 학대받는 짐승, 모기, 지렁이, 구렁이, 파리, 사람들에게 뜯어 먹히는 물고기……. 약하고 힘없고 작은 것들은 미움받고, 버림받고, 짓밟히고, 희생되곤 하지요. 짐승들만 그런 것은 아닙니다. 사람들 중에도 이렇게 취급받는 사람들이 있습니다. 이 사회의 소수자들이 바로 그들이지요. 여러분은 그들을 어떤 시선으로 보고 있는지요? 나보다 약하고 나보다 더 가난하고 힘이 없다고 해서 함부로 무시하고 하찮게 취급하지는 않았는지 돌이켜 볼 일입니다.

우리 사회에 문제가 되고 있는 '갑질' 역시 이와 관련이 깊지 않을까요? 우리 사회에 갑과 을은 따로 없다고 생각합니다. 세상의 낮고 약한 모든 것들을 사랑했던 권정생 작가의 생각처럼, 우리 모두는 영원히 꺼지지 않는 아름다운 불빛을 가진 존재이며, 하느님께서 공들여 만드신 존재입니다.

🔑 두 번째 열쇠말_ 쓸모

우리 사회는 쓸모없는 존재라고 생각하면 그것을 으레 무시하고 소외시킵니다. 그런데 강아지똥과 같은 존재들은 정말 쓸모가 없고 존재 가치가 없는 것일까요? 『강아지똥』은 이 세상 모든 존재들의 의미에 대한 작가의 답입니다.

강아지똥은 내내 고민입니다. 자신이 아무 데도 쓰일 곳이 없는 찌꺼기라는 생각이 들었기 때문입니다. 그러던 중에 민들레가 강아지똥에게 거름이 되어 달라고 부탁합니다. 강아지똥이 자신의 몸속으로 들어와야 예쁜 꽃을 피울 수 있다면서 말이지요. 강아지똥은 가슴이 울렁거리고 벅차오른 기쁨을 주체하지 못합니다. 자신이 거름이 되어 별처럼 고운 꽃이 피어난다면, 자신의 온몸을 녹여 낼 수 있다며, 자신의 몸을 잘게 부숴 민들레의 뿌리로 스며들어 가지요. 강아지똥을 거름 삼아 마침내 민들레꽃은 피어납니다. 흙덩이가 강아지똥에게 일러 준 말이 실현된 것입니다.

우리는 일상에서 종종 쓸모가 있다느니, 쓸모가 없다느니 하는 소리를 듣습니다. 쓸모없다는 말은 비난과 나무람이 됩니다. 더러는 자신이 정말 아무 쓸모도 없다는 생각을 하고, 그런 생각이 점점 자라나 자신이 세상에 존재해야 하는 이유를 찾지 못하고 방황하게 됩니다. 저도 가끔 그런 생각을 합니다. 그럴 때면, 저는 강아지똥처럼 이렇게 생각해 봅니다. 분명 저도 무엇엔가 귀하게 쓰일 거라고 말이지요.

세 번째 열쇠말_ 희생

이 세상이 살 만하다고 생각하나요? 그렇게 생각한다면 아마도 어딘가에서 자신을 희생하는 촛불과 같은 사람들이 있기 때문일 것입니다. 그런 사람들은 대부분 자신을 드러내지 않고 각자의 자리에서 할 일을 묵묵히 해내고 있습니다. 그런 존재들이 있기에 우리 사회가 잘 굴러가고 있는 것은 아닐까요?

봄이 한창인 어느 날, 민들레는 한 송이 아름다운 꽃을 피우지요. 하느님께서 비를 내리고, 따뜻한 햇빛을 비추어 주어서 잘 자란 것입니다. 그러나 아름다운 꽃을 피우기 위해서는 꼭 한 가지 필요한 것이 있습니다. 바로 거름입니다.

강아지똥은 거름이 되기 위해 제 몸을 잘게 부순 후 흔적조차 남기지 않고 사라져야 합니다. 그럼에도 불구하고 강아지똥은 그렇게 자신이 쓰인다는 기쁨에 가슴이 울렁거립니다. 그리고 기쁘게 민들레의 거름이 되었지요. 강아지똥이 사라진 그 자리에는 샛노랗게 햇빛을 받고 별처럼 반짝이는 민들레꽃이 피어납니다. 그 방긋방긋 웃는 민들레 꽃송이엔 강아지똥의 눈물겨운 희생이 어려 있답니다.

권정생 작가의 동화 속 주인공들은 다들 세상의 가장 낮은 곳에 있는 약한 존재들입니다. 그러나 그들은 자신을 희생하여 남을 살려 냄으로써 결국 영원한 삶을 살게 되지요.

작가의 삶 또한 작품 속 주인공들과 다르지 않았습니다. 평생을 조그마한 흙집에서 가난하게 살았던 작가에게는 십억 원의 유산과 지속적으로 받을 수 있는 수천만 원의 인세가 있었습니다. 그런데 지상에서의 삶이 그러했던 것처럼 천상에 갈 때도 그는 사랑과 희생을 몸소 실천하고 떠납니다. 자신의 재산 전부를 어린이들에게 돌려주고 싶다는 유언을 남긴 것이지요. 어린이들 중에서도 특히 도움이 필요한 북한 어린이들에게 말입니다.

우리는 누구의 희생을 거름 삼아 이렇게 지내는 걸까요? 그런 생각을 하면 갑자기 세상 모두가 고맙게 느껴집니다. 그리고 아직도 참 살만한 세상이구나 하는 생각을 합니다. 오늘을 살아갈 힘이 생기고 내일을 살 희망이 생깁니다. 권정생 작가의 『강아지똥』을 살펴봤던 이 시간이, 나는 무엇을 위해 어떤 것을 내어놓으며 살아가고 있는지 생각해 보는 시간이 되었기를 바랍니다.

노찬성과 에반

김애란 작가는 영화로 제작된 『두근두근 내 인생』을 비롯하여 많은 작품들로 사랑받고 있는 작가이지요. 「노찬성과 에반」은 2017년에 발표한 『바깥은 여름』에 실린 작품입니다.

이 소설집에는 총 7편의 이야기가 실려 있는데, 작가는 이 소설들을 통해 각자의 상실을 딛고 일어서는 사람들을 보여 주고 싶었다고 말합니다. 소설 속 인물들은 의외의 것에서 삶의 희망을 찾고 위로를 받습니다. 여러분도 이 소설을 함께 살펴보며 작은 위안을 받을 수 있다면 좋겠습니다.

 첫 번째 열쇠말_ **죽음**

이 소설은 아버지의 죽음으로 시작해 에반의 죽음으로 끝납니다.

소년은 아버지가 쓰던 방에서 잘 때, 아버지처럼 트럭에 의해 교통사고를 당하는 악몽을 반복적으로 꿉니다. 보험 회사에서는 소년의 아버지가 우연히 돌아가신 게 아니라고 판단해, 단 한 푼의 보험금도 주지 않았습니다. 어린 소년에게는 고속도로 휴게소 분식 코너에서 일하며 생계를 이어 나가는 할머니만 있을 뿐입니다. 앞으로 소년의 삶에는 길고 무더운 여름이 있을 듯합니다.

세상 풍파를 겪기에 아직 어린 소년 찬성이는 돈을 벌기 위해서는 인내심이 필요하다는 것, 그 인내가 무언가를 꼭 보상해 주지는 않는다는 인생의 중요한 교훈을 얻기도 합니다. 어른들의 무관심 속에 방치된 채 어린 시절을 살아가는 모습이 다소 씁쓸하게 느껴집니다.

그저 생계를 유지하는 것만으로도 허덕이는 할머니는 하루 2천 원의 용돈을 주는 것 외에는 소년에게 큰 의지가 되지 못합니다. 이런 할머니와 찬성이가 나누는 대화 중 주목할 만한 장면이 하나 있습니다.

담배에 불을 붙이며 '주여, 저를 용서하소서'라고 말하는 할머니. 찬성이는 할머니에게 용서의 뜻이 무엇이냐고 묻습니다. 용서라는 것이 자신의 잘못을 없던 일로 해 달라는 것인지, 아니면 자신의 잘못을 잊어 달라는 것인지 궁금했던 것이지요. 할머니의 대답은 둘 다 아니었습니다. 그냥 봐주는 것이 용서랍니다. 할머니의 무성의한 듯한, 어쩌면 초탈한 듯한 대꾸. 에반의 죽음 이후 찬성이는 할머니의 이 말을 다시 떠올립니다. 어딘가 늘 결핍된 채 사는 찬성이에게 과연 구원은 있을까요?

🔑 두 번째 열쇠말_ **에반**

  그런 찬성이에게도 뭔가 변화가 생겨납니다. 바로 에반을 만나게 된 것이죠. 휴게소 공중화장실 근처에 버려진 개 에반은 사람 나이로 치면 칠순이 넘은 노견이지만 찬성이는 형 노릇을 하며 살아갑니다. 소설 속에서 찬성이가 가장 많은 대화를 나누는 존재는 다름 아닌 에반입니다. 에반이라는 이름 대신 백구라고 부르는 할머니와 갈등이 있기도 하지만 찬성이는 에반과, 단순한 개와 인간의 관계를 넘어서는 교감을 합니다.

  악몽에 시달리며 잠을 자지 못했던 찬성이는 에반이 오고 난 후로는 깊은 잠을 자게 됩니다. 어느 때보다도 애정이 필요한 시기의 찬성이에게 누군가와 꼭 껴안고 자는 기분이 어떤 건지 처음 알게 해 준 존재. 이렇게 에반을 만난 순간은 찬성이가 겪는 비극적인 삶에 희망이 보이기 시작한 시점이기도 합니다. 하지만 그 행복이 계속 이어지지는 않습니다.

  애견인들이 필연적으로 겪을 수밖에 없는 근본적인 모순. 바로 사람과 개는 삶의 시간이 서로 다르다는 점인데요. 아직 살아갈 날이 많은 찬성이와 이미 노견인 에반에게 이 둘의 이별이 점점 다가옵니다.

  에반의 병명은 암. 찬성이 아버지와 같은 병입니다. 그때부터 에반의 고통을 줄이기 위한 안락사 비용 10만 원을 벌기 위해 찬성이는 아르바이트를 시작합니다. 아르바이트를 하는 이유가 개 안락사 비용을 마련하기 위해서라는 이야기에 주위로부터 또라이라는 비아냥을 듣기도 하지만 꿋꿋하게 자기 할 일을 해 나갑니다.

🗝 세 번째 열쇠말_ **용서**

11만 4천 원. 에반을 위해 찬성이가 전단지를 돌려서 번 돈입니다. 이제 에반의 안락사를 위한 준비는 끝났습니다. 자기가 가진 가장 단정해 보이는 옷을 입은 찬성이는 동물병원으로 갑니다. 그러나 동물병원 원장이 상중이어서 문을 닫아 발걸음을 돌리게 되고, 찬성이는 에반의 죽음이 며칠 미뤄져 안도합니다. 그러나 그사이에 휴대 전화 케이스를 사는 등 돈을 쓰면서 가지고 있는 돈이 점차 줄어듭니다. 세상의 많은 유혹을 모두 떨쳐 내기에는, 찬성이는 너무나 어린 나이입니다.

점점 줄어드는 돈을 보며 찬성이는 에반을 안락사시키는 것보다는 그 돈으로 에반과 남은 날을 즐겁게 보내는 게 낫지 않을까 하고 자기 합리화를 해 보지만 그래도 알 수 없는 죄책감을 느낍니다. 그리고 에반에게는 죽음이 점점 다가옵니다.

자기도 먹고 싶지만 에반에게 주려고 산 핫바를 집으로 가지고 온 찬성이. 그런데 에반이 보이지 않습니다. 까닭 모를 불안감을 느낀 찬성이는 할머니가 일하는 휴게소 근처까지 가게 되고, 그곳에서 피가 흘러나오는 자루를 하나 목격합니다. 그리고 누군가의 대화에서 어떤 개가 스스로 차에 뛰어들었다는 사실도 알게 됩니다. 애써 외면해 보지만 찬성이는 그것이 에반이라는 사실을 이미 직감적으로 알고 있습니다. 에반을 처음 만난 날을 떠올리며, 이제는 그 따뜻하고 간질거리던 무언가를 느낄 수 없다는 현실에 찬성이는 가슴이 옥죄듯 답답합니다. 이게 어떤 마음인지 찬성이는 모릅니다. 살얼음판에라도 서 있는 것처럼 쩍쩍 금 가는 소리도 들려오는 듯합니다.

이 이야기 속 에반과 아버지는 묘하게 겹치는 면이 있습니다. 암을 앓던 아버지가 선택한 듯한 죽음, 죽음을 앞둔 노견 에반이 스스로 고속도로에 뛰어든 이유, 아들의 고통과 죽음 앞에서 무력했던 할머니, 에반의 안락사 비용을 조금씩 딴 데 써 버린 찬성이.

우리는 작품 초반에 할머니가 말한 용서라는 말을 기억하고 있습니다. 에반의 죽음 이후, 찬성이도 용서라는 말을 다시 한번 떠올리고 있습니다. 하지만 어린 찬성이가 에반에게 용서를 구해야만 할까요? 찬성이의 죄는 무엇일까요?

책장을 덮고 나서 많은 생각을 하게 하는 책이 있습니다. 그리고 때로는 소설 속 인물들이 잊혀지지 않아 그 인물들이 어떻게 지낼지 계속 생각나게 하는 소설들도 있습니다. 저에게는 찬성이가 그러합니다. 찬성이는 지금 행복하게 잘 살고 있을까요? 세상에 많은 찬성이들이 부디 잘 살아가면 좋겠습니다.

아름다운 얼굴

자기혐오
문학
아름다움

　송기원 작가의 「아름다운 얼굴」은 1993년 3월 『창작과비평』이란 계간지에 발표된 단편 소설입니다. 작가의 유년 시절부터 성인이 되어 50살을 앞둔 시점까지의 자전적인 경험이 바탕이 된 일종의 성장 소설입니다.
　작가의 자전적 소설이니, 작가의 삶을 간략히 살펴볼까요? 송기원 작가는 1947년 전라남도 보성에서 태어났습니다. 고등학교 시절부터 문학에 재능을 보였지만 방황을 심하게 했고 퇴학을 당하기까지 했습니다. 1974년 중앙일보 신춘문예에 단편 소설 「경외성서」가, 동아일보 신춘문예에 시 「회복기의 노래」가 동시에 당선된, 화려한 경력을 가지고 있습니다. 월남전에 참전하기도 하였고, 1980년에는 '김대중 내란 음모 사건'에 휘말려 투옥되기도 합니다. 1984년부터 『실천

문학』이라는 계간지의 편집 주간을 맡았다가, 1990년부터는 실천문학사를 그만두고 집필에 전념합니다. 작가의 장편 소설 『너에게 가마 나에게 오라』는 영화로 제작되기도 하였습니다.

그럼 이제, 세 가지 열쇠말로 소설을 살펴볼까요?

🔑 첫 번째 열쇠말_ 자기혐오

'자기혐오'는 자기 자신을 스스로 미워하고 싫어하는 걸 말합니다.

서술자인 '나'는 장터 출신입니다. 장터는 '나'에게 생활 공간이자 놀이터이기도 합니다. '나'의 어머니는 장터에서 해산물을 팝니다. '나'는 어느 날 장터의 기생집 대문 앞에서 '날카로운 눈매'의 사내로부터 양말을 선물 받아 집에 옵니다. 그러자 어머니는 욕설과 함께 무서운 매질을 합니다. 그는 '나'의 친아버지였습니다. '나'의 친아버지는 노름꾼이었고, 아편 밀매와 마약 중독으로 감옥에 간 뒤 어머니는 지금의 의붓아버지와 함께 살게 되었습니다. 그러니까 '나'는 장돌뱅이 출신의 부모를 두었고, 한편으로는 사생아입니다.

하지만 어린 시절의 '나'는 사생아이거나 장돌뱅이 출신인 것을 전혀 부끄럽게 생각하지 않았습니다. 오히려 장터 밑마닥 출신 사람들 특유의 자유분방한 분위기에서 자랐다고 생각합니다. '나'는 행복한 어린 시절을 보냈던 거죠.

그러던 '나'는 고등학교 입시에 실패하고 재수를 하면서 심한 자기혐오에 빠집니다. 그리고 사생아라는 출생을 지우고 싶어서, 졸업 앨

범에 있는 자기 얼굴 사진을 면도칼로 오려 내지요.

다른 장돌뱅이의 자식들과는 다르게 '나'가 고등학교에 입학하게 되자, 어머니는 '나'를 무척 자랑스러워합니다. 그러나 도청 소재지의 고등학교로 진학한 후에 '나'는 더욱 심한 자기혐오에 빠집니다. 처음으로 장돌뱅이 이외의 사회에 눈을 뜨자, 장돌뱅이가 얼마나 비천한 위치에 있는가를 깨달은 것이죠. 자신이 장돌뱅이 출신임을 치부로 느끼고, 어느 순간에는 어머니마저도 치부가 되고 맙니다.

어머니를 치부, 즉 남에게 숨기고 싶은 부끄러움으로 여기게 되면서 '나'의 죄의식은 점점 깊어지고, 죽음까지도 생각합니다. 결국 '나'는 더욱 심한 자기혐오에 빠져서 면도칼로 앨범의 사진을 지우듯이, 학교를 그만두고 장돌뱅이의 삶으로 돌아갑니다.

작가는 1947년생으로 해방 이후의 격변기와 한국 전쟁을 겪은 세대입니다. 그때는 많은 사람들이 힘들게 살았지요. 작가는 자신의 분신인 서술자가 출생 혹은 출신에 너무 얽매이는 것은 아닌가 하는 점을 어느 정도 인정하고 있습니다. 작가의 자의식이 대부분 자신 혹은 가족의 문제에 치중되어 있었다고 볼 수 있는 지점입니다.

🔑 두 번째 열쇠말_ 문학

장터로 돌아간 '나'는 건달패의 부하가 되어 깡패 노릇을 합니다. 그러다 누군가의 머리를 다치게 하고, 친척 집으로 피신합니다. 이때 친척의 서가에서 문학 작품을 읽습니다. 그런데 그 작품이 바로 자기 이야기인 것만 같습니다. 어떤 소설은 그동안 자기가 겪은 인생보다 더 개차반인데도 자랑처럼 늘어놓았습니다. 이런 것이 문학이라면, '나'도 문학이라는 이름으로 세상에 끼어들 수 있을 것만 같습니다.

이때부터 '나'는 시를 쓰기로 작정합니다. 소설이 아닌 시를 선택한 이유는 자신의 치부를 드러내지 않아도 된다고 생각했기 때문이지요. 소설과 같은 산문은 솔직하게 자신을 드러내야 하지만, 시는 비유와 상징 등의 기교로 자신을 감출 수 있으니까요. 실제로 송기원 작가는 소설가이기도 하지만 시집을 여러 권 낸 시인이기도 합니다.

'나'는 복학을 하고, 백일장 대회에서 수상을 하며 두각을 드러냅니다. 지역의 고등학생 문예반에도 가입하는데요, 작품의 표현대로라면 문학을 무기 삼아 세상 밖으로 나오게 된 것입니다. 그렇지만 아직까지 자기혐오의 감정은 그대로 가지고 있지요. 누군가가 자신을 호기심을 가지고 쳐다보면, 서술자는 그 사람이 자신의 치부를 보고 있는지도 모른다고 생각합니다. 그리고 이러한 자기혐오로 인해 서술자는 다른 사람에게 일부러 나쁜 행동을 합니다. 작품에서는 이를 위악이라고 표현하는데요, 자기 자신은 물론이고 타인까지도 괴롭히는 행동을 말합니다. 대학교 생활을 할 때까지 '나'는 위악적인 행동을 함으로써, 자신의 치부를 들키지 않기 위해 노력합니다.

성인이 된 '나'는 소위 '김대중 내란 음모 사건'에 연루되어 감옥에 갔다 온 후에, 출판사에 입사합니다. 감옥에 들어가 있는 동안 문단의 동료에게 진 빚을 갚기 위해서였지요. '나'는 10년 가까이 문학 운동을 지향하는 출판사의 대표를 맡습니다. 하지만 자신이 이윤을 추구하는 경영자로 변모했다는 것을 알고 다시 자기혐오에 빠집니다. 결국 자신이 출판사에 걸림돌이 된다고 생각해 출판사를 그만둡니다.

세 번째 열쇠말_ 아름다움

'자기혐오'와 '문학' 이외에도 이 소설에는 '아름다움'이라는 단어가 곳곳에서 등장합니다.

어느 날 '나'는 사회 운동을 하는 후배를 만나 같이 술을 마십니다. '나'는 그 후배를 무척 좋아합니다. 후배는 대학 강사직을 버리고 노동 운동에 뛰어들었고, 열악한 환경의 사무실에서 자신의 신념을 잃지 않고 지속적으로 노동 운동을 합니다. 술을 마시다가 '나'는 후배에게 '아름다운 얼굴'이라고 말합니다. 그러자 후배는 오히려 '나'에게 '아름다움이 전공'이라고 말합니다. '나'는 자신의 아름다움은 자신의 것이 아니라고 부정합니다. 그건 자신이 상처 입은 이들의 몫이라고 생각하지요. 그때 '나'의 머릿속에 누군가가 떠오릅니다. 어쩌면 그가 가장 크게 상처입혔을지도 모르는 사람.

바로 '나'의 친아버지입니다. '나'는 사생아라는 이유로 친아버지를 지워 버리고 싶었습니다. 그래서 자기혐오에 빠져 끊임없이 자신을 비하하고, 심리적으로 자신은 물론 친아버지에게도 상처를 주었습니다. 하지만 이제는 그러한 아버지를 인정하고 용서하게 된 것이지요. 자기혐오에 빠져 있던 주인공은 어느덧 타인의 존재를 인정하는 아름다운 상태에 이른 것입니다.

  자기를 혐오한다는 것은 자신의 어떠한 면이 싫다는 것입니다. 그런데 다르게 생각해 보면 아름다워지고 싶은 욕망이 충족되지 않기에 자기혐오에 빠지게 됩니다. 그런 면에서 서술자에게 자기혐오는 아름다움의 또 다른 표현이었을 것입니다.

  서술자는 10년 정도 글을 쓰지 않다가, 아름다움 때문에 이 소설을 쓴다고 이야기합니다. 10년 정도 글을 쓰지 않은 이유는 어쩌면 자기혐오 때문일 수 있습니다. 그런데 아름다움 때문에 글을 쓴다는 것은, 바로 자기혐오 속에서 아름다움을 발견했다는 뜻이겠지요. 작가이자 그 분신인 서술자는 사춘기 시절부터 자기혐오에 빠져 위악을 행하며 살아왔다고 고백했습니다. 그런 과정 속에서 문학을 만났고, 시를 쓰고 소설을 썼습니다. 결국 작가에게 자기혐오는 아름다움을 발견하는 과정이었던 것입니다.

  그렇다면 '나'는 자기혐오의 감정에서 벗어났을까요? '나'가 후배를 만나 술을 마시며 이야기하는 부분에서 힌트를 찾을 수 있습니다. 그동안 자신의 과거를 혐오하고 부정했던 '나'는 자신의 정체성을 그저 '흔한 사생아'라고 표현합니다. 자신의 성장 환경을 일반화하고, 받아들이는 모습이라고 할 수 있습니다. 그러면서 또다시 연애를 하는 게 소원이라며, 이제야 연애가 뭔지 알겠다고 말합니다. 서술자가 자기혐오에 빠지지 않고 타인의 존재를 있는 그대로 인정하고 받아들이며 살아가고자 하는 모습을 볼 수 있습니다.

작가는 「아름다운 얼굴」에서 자신의 어린 시절의 기억, 부끄럽다고 느낄 만한 상처들까지 과장하지도 미화하지도 않으면서 담담하게 묘사하고 있습니다. 독자들도 이 소설을 읽고 나면, 지금은 힘들고 불편하고 부끄러운 방황기에 있을지라도 결국은 담담히 자신을 받아들이고 그런 자신에게서 아름다움을 찾아낼 수 있을 것이라고 생각합니다.

김애란/ 달려라 아비

유하순/ 불량한 주스 가게

공선옥/ 나는 죽지 않겠다

이희영/ 페인트

김선영/ 특별한 배달

박완서/ 그 많던 싱아는 누가 다 먹었을까

심윤경/ 설이

최은영/ 쇼코의 미소

사연 없는 가족은 없다

2부

김애란

달려라 아비

아버지와 아비
웃음
자기 긍정

　짧은 기간 동안 주요 문학상을 다수 수상한 김애란 작가는 2000년대 한국 문단에서 매우 주목받는 '젊은 작가' 중 한 명입니다. 단편 소설 「달려라 아비」는 작가 특유의 독자적 언어 세계를 구축하는 방식으로 가난한 자의 진정한 주체성과 자율성을 보여 준다는 평을 받고 있습니다.

　「달려라, 아비」는 어머니와 단둘이 반지하 단칸방에 사는 '나'가, 만삭의 어머니를 버려둔 채 집을 나간 아버지에 대해 상상하는 내용이 핵심입니다.

　'나'의 상상 속 아버지는 항상 형광색 바지를 입고 달리는 모습입니다. 장소는 어디든 상관없습니다. 미국이든 이집트든. 중요한 사실은 아버지는 항상 달리는 중이라는 것입니다. 어쩐지 『포레스트 검프』라는 영화 속 한 장면이 떠오르는 상상이기도 합니다.

아버지에게 버림받은 모녀이건만 이 모녀, 슬퍼하기는커녕 씩씩하다 못해 경쾌하기까지 합니다. 택시 기사로 일하며 홀몸으로 힘들게 딸을 키우는 어머니는 사춘기 딸이 우울에 빠질 틈을 주지 않을 만큼 짓궂고 장난스럽습니다. 이제 막 멍울지기 시작한 딸의 젖가슴을 팔꿈치로 툭툭 쳐 가며 장난치는 어머니의 모습에서는 웃음이 삐져나오기도 합니다.

그러던 어느 날 '나'는 미국에서 날아온 편지 한 통으로 아버지의 죽음을 알게 됩니다. 아버지는 미국에서 결혼한 아내와 이혼하고, 이혼한 아내의 정원 잔디를 깎아 주다가 아내의 새 남편을 상처 입힌 후 두려워서 도주하던 중 죽었다고 합니다. 이 얼마나 말도 안 되는 죽음인가요? 편지를 보낸 아들은 기다리는 아픔을 알기에 우리에게 편지를 썼다고 말합니다. 하지만 편지 어디에도 아버지가 우리를 그리워했다거나 우리에게 미안해했다는 내용은 없습니다. 영어로 쓰인 편지의 뜻을 몰라 궁금해하는 어머니에게 딸은 편지 어느 부분을 대충 가리켜 아버지의 마음을 거짓으로나마 전해 봅니다. 어머니가 편지를 가슴에 안고 결국 돌아오지 못한 아버지를 그리워할 수 있게 말입니다. 그리고 다시 '나'는 달리는 아버지를 상상합니다. 이번엔 형광색 반바지를 입고 달리는 아버지에게 선글라스도 씌워 드립니다. 그렇게 소설은 끝이 납니다.

🔑 첫 번째 열쇠말_ 아버지와 아비

　이 소설은 왜 하필 제목이 '달려라 아비'일까요? '달려라 아버지'가 될 수도 있지 않았을까요? '달려라 아비'와 '달려라 아버지'를 한번 발음해 보세요. '달려라 아버지' 이렇게 발음하고 보면 '달려라 아비'에 비해 운율감이 훨씬 떨어집니다.

　또, 이런 이유도 생각해 볼 수 있습니다. '아비'는 '아버지'의 낮춤말이지요. 주로 아버지를 낮추어 불러야 할 상황에서 '아비'라는 말이 사용됩니다. 국어사전에는 자녀를 둔 여자가 웃어른 앞에서 자기 남편을 이르는 말, 조부모가 손자나 손녀에게 그들의 아버지를 이르는 말, 윗사람이 자식이 있는 아들이나 사위를 이르는 말…… 등등으로 나오죠. 이 상황에서는 모두 아버지가 3인칭이 됩니다. 그러니까 '아버지의 부재'라는 상황에서 나와는 다른 공간에 있는 아버지를 지칭하기 위해 '아비'라는 단어가 등장한 것으로 볼 수도 있겠습니다.

　이 소설의 제목은 '달려라 아비'입니다만 처음부터 끝까지 '아비'는 등장하지 않습니다. 등장한다 해도 회상 속 무성 영화의 주인공처럼 목소리가 없는 존재로 등장합니다. 그리고 아버지는 '나'와 어머니를 위해 단 한 번도 달려온 적이 없습니다. 딱 한 번 시골에서 상경한 어머니를 안기 위해 피임약을 구하러 달린 일을 제외하곤 말입니다. 그렇게 부재하는 아버지이지만 대놓고 미워할 수도 없는 아버지입니다.

주인공의 아버지는 가장 나쁜 사람입니다. 나쁘면서 불쌍하기까지 한 사람이기 때문입니다. 나에게 잘못한 사람이 있는데 그 사람을 미워하지 못할 만큼 그 사람이 불쌍한 상황이라면 난감하겠죠? 그 사람이 나를 낳아 준 아버지라면 더더욱 그럴 것입니다. 아버지가 '아버지'가 아닌 '아비'가 될 수밖에 없었던 이유는, '자신이 잘못하고도 다른 사람이 미안한 마음이 들게 하는 진짜 나쁜 사람'이기 때문인지도 모르겠습니다.

🔑 두 번째 열쇠말_ **웃음**

아버지가 부재한 데다 가난하기까지 한 이 모녀, 항상 웃음이 많습니다. 그것은 바로 장난스러운 어머니 때문입니다. 어린 딸에게 음담패설까지 늘어놓고 외할아버지랑은 싸우기 일쑤에, 술도 많이 마시는 엉망인 어머니이지만 '나'에겐 정말 매력적인 여성입니다. 외할아버지도 돌아가시기 전 찾아오셔서 어머니의 매력을 인정한 바 있습니다. 만약 외할아버지가 연애를 하면 '나'의 엄마랑 하지, 큰이모랑은 안 한다고요. 그만큼 어머니는 재미있고 웃음 많은 여자입니다.

이 웃음으로 모녀는 힘든 현실을 경쾌하게 살아갑니다. 그래서 분명 힘들게 살아가고 있을 모녀의 삶이 우울하게 느껴지지 않습니다. 오히려 따뜻하고 포근하게 느껴집니다. 이것이 웃음의 힘 아닐까요? 아버지가 없고 가난하기까지 한 주인공이 등장하는 소설이라면 그 내용은 필시 어둡고 고단하리라고 상상할 텐데 그것을 깨 버린 것이 이 작품의 매력이지요. 웃음으로 눈물을 닦는 것, 그것이 진정한 해학입니다.

🔑 세 번째 열쇠말_ 자기 긍정

'나'는 항상 달리는 아버지를 상상했습니다. 어쩌면 아버지를 미워하고 싶었을 테지만, 미움으로 인한 슬픔과 자기 연민 속에 잠기지 않기 위해 대신 상상을 했습니다. 아버지가 늘 어딘가에서 달리고 있기에 '나'에게 오지 못한다는 상상은 아버지에 대한 미움을 막아 주었을지 모릅니다. 그러나 아버지의 죽음을 전해 듣고, 미안했다는 사과 한마디, 그리워했다는, 사랑했다는 말 한마디 듣지 못한 '나'가 한 일은 아버지를 미워하는 일이 아니었습니다. 그것은 상상 속 아버지에게 선글라스를 씌워 준 일이었습니다. 어떻게 그럴 수 있었을까요? 용서는 결코 자기 연민에서 나올 수 없는 일입니다. 나를 불쌍히 여기는 이가 나를 불쌍하게 만든 이를 용서할 수는 없는 일이니까요. '나'는 자기를 긍정하는 아이입니다.

그것은 바로 '나'의 어머니가 물려준 유산 덕분일 겁니다. 유쾌한 엄마는 자신을 연민하지 않는 법을 몸소 보여 주었지요. 아빠 없이 자란 '나'에게 미안해하지도 않고 '나'를 불쌍하다고 생각하지도 않습니다. 엄마와 '나'는 서로를 구원해 주거나 이해해 주어야 하는 대상이 아니었습니다.

자기를 긍정할 수 있는 힘. 그것이 타인을 용서할 수 있는 힘이 되었습니다. 이 모녀는 아마 앞으로도 많이 웃으며 잘 살아갈 수 있을 것입니다.

불량한 주스 가게

　깔끔한 문장으로 단편의 미학을 잘 살렸다는 평가를 받으며 제9회 푸른문학상 '새로운작가상'을 수상한 유하순 작가의 「불량한 주스 가게」. 이 작품은 동명의 소설집에 실린 표제작으로, 고등학생 건호가 엄마의 부재 기간 동안 엄마가 운영하던 주스 가게를 맡으면서 성장하는 이야기를 담고 있습니다.

첫 번째 열쇠말_ 친구

　이 소설의 주인공은 엄마와 둘이 사는, 일명 불량 청소년 '건호'입니다. 소설은 엄마가 건호에게 며칠 동안 여행을 다녀올 거라는 말을 하면서 시작합니다. 건호 엄마는 가게는 어쩌고 여행을 가냐는 건호의 물음에 네가 맡아야 한다고 이야기합니다. 그날따라 십 년은 더 늙어 보이는 엄마에게 모양이 빠져서 주스는 팔 수 없다며, 건호는 테이블 의자를 발로 차고 가게를 나가 버립니다.

제가 이 소설로 수업할 때 한 학생이 본인에게도 엄마가 건호 엄마와 똑같은 말을 하신 적이 있어서, 작품 속 건호 엄마가 여행을 간다고 했을 때 여행이 아닐 거란 사실을 단번에 알아챘다고 하더군요. 여러분도 혹시 눈치채셨나요? 건호 엄마는 여행 핑계를 대고 어디를 가려고 했던 걸까요? 답은 조금 이따가 알려 드리도록 하고 우선 소설 내용을 살펴보도록 하겠습니다.

의자를 박차고 씩씩거리며 가게를 나온 건호는 집으로 돌아가 담임에게 보내야 하는 반성문을 전송합니다. 다음날 엄마는 갔다 온다는 말과 함께 여행을 떠나고, 건호는 중요한 의논이 있으니 당구장으로 나오라는 상후의 일방적인 전화를 받고 불쾌함을 느끼며 당구장으로 갑니다.

이제 첫 번째 열쇠말인 건호의 친구들이 등장합니다. 건호가 고등학교에 올라와 가까워진 상후는 주먹이 세고 허우대가 좋은 녀석입니다. 담임 수업 시간에도 전혀 상관하지 않고 자는 건호의 모습에 끌렸다면서 같이 어울리게 되고, 연이어 두 아이가 그 무리에 들어옵니다. 쫄쫄이로 줄여 입은 교복 바지에 탈색 흔적이 남아 있는 머리의 생날라리인 중현이와 작지만 다부진 민기로 구성된 네 명의 패거리는 소위 학교에서 잘나가는 집단이었습니다. 이들은 여름 방학이 끝난 기념으로 나이트를 가기로 했는데, 돈이 부족하자 중학생에게 삥을 뜯기로 합니다. 그 과정에서 돈이 없다고 버티는 중학생에게 상후가 갑자기 커터 칼을 뽑아 들게 되고, 이 사건을 계기로 이들 무리의 와해가 시작됩니다.

상후가 중학생을 벽에 밀쳤을 때, 건호는 가슴에서 둥둥 북소리가 났고, 다리도 후들거렸습니다. 상후와 민기의 주도로 중학생의 돈을 갈취하는데, 바로 그때 건호는 중현이와 눈이 딱 마주칩니다. 지금 폭력을 당하는 건 중학생인데, 중현이는 얼굴에 핏기도 없이 잔뜩 질린 모습입니다. 건호는 중현이의 마음을 이해하면서도 겁쟁이가 되기 싫어 태연한 척 웃는 시늉을 합니다. 어느새 중현이는 현장에서 사라지고 없습니다.

이후 중현이는 무리를 피합니다. 그리고 결심한 듯 너희랑 안 맞는다며 무리에서 이탈합니다. 그리고 이탈하는 중현이를 폭행할 때의 모습을 촬영한 뽀글 머리 아줌마 때문에 건호 무리는 지금 무기정학 처분 중입니다.

당구장으로 간 건호에게 상후는 오토바이 날치기를 모의합니다. 민기는 건호에게도 당연히 함께하자고 제안합니다. 건호는 어떤 폭력의 선이 눈앞에 보이는 듯합니다. 폼 나는 삶을 살 것인가, 살벌한 폭력의 삶을 살 것인가. 그때 건호의 머릿속에 중현이의 눈빛이 떠오릅니다. 무리에서 이탈하려고 하자, 상후 무리가 주먹질과 발길질을 해 대던 그때의 중헌이 눈빛이요. 이를 악물고 견뎌 내던 중헌의 눈빛 말입니다.

그 이후 새벽 청과물 시장을 경험한 건호는 상후에게 오토바이 날치기에서 빠지겠다고 이야기합니다. 이유가 무엇이냐고 묻는 상후의 질문에 건호는 말문이 막힙니다. 그동안 불량스러운 일을 같이하며 즐거운 시간을 보내긴 했지만, 서로에 대한 진짜 이야기는 하지 않는 사이였습니다. 그러니 새벽 청과물 시장에서 따뜻한 피가 스며들어 오는 느낌을 어떻게 설명할 수 있을까요?

다음에 우리를 만나면 알아서 기라는 상후의 말과 민기의 펀치를 마지막으로 건호도 이 무리에서 나오게 됩니다. 이 소설에서 주인공인 건호와 그의 무리인 상후, 민기, 중현이를 표현할 때 사실 친구라는 단어는 한 번도 등장하지 않습니다. '무리'나 '패거리'라는 말이 나올 뿐 작가는 이들을, 그리고 건호는 자신들을 친구라고 표현하지 않습니다.

건호는 가슴이 뜨거워지는 경험을 한 이후, 아마 그 경험을 누군가에게 이야기하고 싶었을 겁니다. 하지만 엄마는 명목상 여행 중이었고, 무리에게 이런 말을 하면 미친놈이라는 말을 들을 것이라고 생각합니다. 건호의 무리는 마음을 나누거나 고민을 함께할 수 있는 친구는 아니었던 것이죠. 이런 무리에 속한 청소년들을 성급하게 일반화해서 진정한 친구가 아니라고 얘기하고 싶은 건 아닙니다. 다만, 지금 여러분 옆에 있는 친구가 '가슴 뜨거웠던 경험을 진지하게 나눌 수 있는 진정한 친구인가?'라는 물음을 작가가 던지고 있는 것은 아닐까요?

🔑 두 번째 열쇠말_ **불량**

  불량은 말 그대로 좋지 않다는 뜻입니다. 신선함이 생명일 것 같은 주스 가게에 왜 불량이라는 말을 붙였는지 작가의 의도가 궁금한데요, 다행히 건호가 먼저 엄마에게 이런 질문을 해 주었습니다. 병원에 붙어 있는 건물에 주스 가게를 개업한 엄마가 '불량한 주스 가게'라는 간판을 붙이자, 왜 하필 그런 이름이냐고 건호가 묻습니다. 그 물음에 엄마는 뭐라고 대답했을까요? 요즘 '불량'이라는 단어가 자꾸 친근하게 느껴져서 그렇게 지었답니다. 한 방 먹은 것 같은 기분을 느끼는 건호가 불량에 대한 또 다른 생각을 하게 된 건, 새벽 청과물 시장에서의 경험 때문이었습니다.

  당구장에서 뜻하지 않게 많은 돈을 쓴 건호는 엄마의 돈을 가지러 가게에 왔다가 가게에 대해 당부한 엄마의 메모를 발견합니다. 하지만 메모는 무시하고, 엄마가 남겨 둔 카드의 잔고가 얼마나 되는지 편의점에 확인하러 갑니다. 그곳에서 건호는 이윤선 간호사와 만납니다. 건호를 보자마자 간호사는 '불량한 주스 가게' 사장님 아들이 아니냐고 묻지요. 건호는 간호사로부터 엄마는 여행을 간 것이 아니라 수술을 위해 입원한 것이라는 사실을 듣습니다.

  건호는 3년 전, 간단한 수술이라고 했지만 그로 인해 돌아가신 아빠를 떠올립니다. 건호는 뭔가 가슴을 무겁게 짓누르는 것 같은 느낌을 받으며 엄마 병실 앞에서 몰래 엄마를 쳐다봅니다. 엄마에게 아는 척을 하지 않은 채, 건호는 이윤선 간호사에게 자기가 알게 되었다는 걸 말하지 말라고 부탁합니다. 그렇게 병원을 나와 다음 날 새벽, 주스 가게에 가서 엄마의 레시피대로 주스를 만들어 봅니다. 그리고 새벽 청과물 시장에 가죠.

새벽 시장을 거대한 생명체 같다고 생각한 건호는 청년의 근육을 가진 한 할아버지를 만납니다. 할아버지가 진열한 사과들은 모두 병자의 얼굴처럼 거칠고 누르퉁퉁했습니다. 모두가 불량품 같다고 생각한 건호는 괜히 이 가게로 들어왔다며 후회합니다. 하지만 할아버지는 겉만 그럴싸한 것들이 오히려 맛없는 경우가 많다며 사과를 건넵니다. 건호는 할아버지가 건네준 사과를 맛보고 엄지를 들어 보입니다. 이러한 경험 후에 건호는 무리에서 나오게 된 것이지요.

불량과 관련된 일화는 소설에서 한 번 더 나옵니다. 검은 상복을 입고 가게로 들어온 할머니가 할아버지의 죽음에 눈물이 나오지 않는다고 이야기합니다. 이때 건호가 뭐라고 말했을까요? 할아버지한테 그동안 열 받았던 일을 하나하나 다 따지랍니다. 옆에 누가 있든 신경 쓰지 말고 욕도 막 해 주라고요. 할머니는 이상한 제안을 하는 건호에게 '고약한 주스 가게'라며 씩 웃고 나갑니다. 건호가 그렇게 말한 건 바로 이곳이 '불량한 주스 가게'이기 때문입니다. 이 장면을 통해 이 소설에서 불량을 어떻게 정의하고 있는지, 그 의미를 짐작할 수 있습니다.

불량한 청소년인 건호가 엉겁결에 떠맡게 된 '불량한 주스 가게'. 무리와 함께 겉으로는 번지르르하게 생활하지만, 정작 고민을 나눌 친구가 없던 건호는 주스 가게에서의 경험을 토대로 조금씩 성장합니다. 건호가 성장해 가는 모습을 가장 잘 보여 주는 것은 세 번째 열쇠말에서 다룰 '반성문'을 통해서입니다.

🔑 세 번째 열쇠말_ **반성문**

건호는 반성문 쓰는 노하우를 빠삭하게 알고 있는 불량 청소년입니다. 하지만 그런 건호에게도 매일 A4 두 장을 채우는 것은 고역이었죠. 처음에는 반성문을 쓰면서 중현이에 대한 분노를 느끼던 건호가 두 번째 반성문에서는 이런 말을 합니다. 건호 무리한테 맞을 때 봐달라고 말하지 않는 것에 놀랐다고요. 싫은 걸 싫다고 말한 용기가 부럽다는 말도 적었습니다.

이 반성문은 건호가 이른 새벽에 갈증을 느끼며 일어나서 쓴 것입니다. 이윤선 간호사에게 엄마의 수술이 잘 끝났다는 소식을 문자로 받은 이후이죠. 그리고 엄마가 드디어 돌아옵니다. 왜 나한테 가게를 맡겼냐는 물음에 "널 믿고 싶었어."라고 대답하는 엄마를 보며 목 안쪽이 박하사탕이라도 문 듯 싸해 옴을 느끼는 건호. 혹시 학교에서 아무 연락이 없었냐는 엄마에게 반성문을 절절하게 써서 보냈는데 감감무소식이라고 말합니다.

소설 속에서 세 번째로 등장하는 건호의 반성문은 절절합니다. 자기변명이 아니라 자기반성이 담긴 반성문입니다. 이렇게 불량 학생인 자신이 학교에 돌아갈 자격이 있는지도 묻습니다.

반성문의 내용이 학교에도 통한 걸까요? 다음날 담임 선생님으로부터 등교하라는 연락을 받습니다. 건호는 기뻐서 환호성을 질렀을까요? 딱 한마디입니다. '빡친다 진짜!'

많은 학생들이 이 부분을 읽으면서 웃음이 나왔다고 말했습니다. 또한 건호도 빡친다고 말은 했지만 웃고 있었을 거라는 의견도 있었지요.

건호가 한 뼘 성장했음을 여러분도 느끼셨나요? 소설은 불량 학생 건호를 통해 이 작품이 청소년 성장 소설임을 진하게 드러내고 있습니다. 어찌 보면 뻔한 이야기에 뻔한 결말이라고 얘기하는 분들도 있을지 모르겠습니다. 하지만 소설을 읽기 시작하면 그 뻔한 이야기에 빠져들게 되고 건호가 성장하는 뻔한 결말을 바라게 되죠.

제가 가르친 학생들이 이 소설을 읽고 적어 낸 감상 중에 함께 나누고 싶은 내용이 있습니다.

가장 싫었던 장면은 엄마가 가게를 부탁하자 주인공이 싫다고 짜증을 내며 의자에 하이킥을 날리고 엄마가 할 말을 잊어버리는 장면이다. 엄마에게 대드는 주인공의 모습이 싫었고, 엄마에게 막말을 했던 기억이 떠올라 후회스러워서 싫었고, 주인공의 그런 행동에 뉘우치고 사과할 기회가 있다는 게 부러워서 싫었다.

또 다른 감상입니다.

유족인 할머니가 찾아오셔서 주인공과 대화를 나누는 장면이 가장 마음에 와닿았다. 나도 할머니와 같은 상황이 있었는데 할머니처럼 눈물이 나오지 않았다. 독한 사람으로 기억될까 봐 그런 내가 무섭기도 하고 새롭기도 했다. 그런데 소설을 읽으면서 나처럼 이런 할머니의 모습이 그려졌다는 것에 안도를 느꼈다. 소설 속 할머니가 이런 상황에 놓이게 한 사람은 작가일 테니 작가도 나의 편인 것 같았다.

성장 소설은 이런 점에서 청소년 소설로서의 의미가 있는 것 같습니다. 자신의 이야기를 대신 풀어내는 이야기를 보면서 자신의 상황을, 그리고 성장을 객관적으로 바라보기도 하고, 위로받지 못할 것이라고 생각했던 것들을 작가와 소설 속 등장인물을 통해 이해받고 있다는 느낌을 받지요.

여러분도 본인을 성장하게 했던 동력이 무엇이었는지 떠올려 보는 시간이 되었으면 좋겠습니다.

나는 죽지 않겠다

가난
가족
고통과 수모와 치욕

　이번에 이야기 나눌 작품은 공선옥 작가의 단편 소설 「나는 죽지 않겠다」입니다. '살겠다'가 아닌 '죽지 않겠다'는 외침의 소설 제목이 인상적인데요, 같은 이름을 가진 단편 소설 모음집 『나는 죽지 않겠다』에서 가장 처음에 나오는 대표작입니다. 이 소설집은 2005년에 발표되었고 4년 뒤인 2009년에 제24회 만해문학상을 수상했습니다. 청소년 문학임에도 만해문학상을 받은 것을 보면 비단 청소년에게만 울림을 주는 소설은 아닐 것이란 생각이 듭니다.

　작가는 당시 고등학생이었던 자녀가 학교에서 있었던 일을 들려준 것이 계기가 되어 이 소설을 쓰기 시작했다고 말한 적이 있습니다. 한 아이가 학교 공금을 마음대로 써 버린 뒤 잃어버렸다고 거짓말을 한 것이 탄로가 났습니다. 그 아이는 자살하려고 했습니다. 천만다행히도 그 아이는 살았습니다. 그런데 학교 측의 대응이 문제였습니다. 학교는 학생들에게 그 일과 관련해 학교에서 알아서 '처리'할 테니 신경 쓰지 말고 공부나 하라고 했답니다. 이후 그 아이는 전학이라는 손쉬운 조치로 정말 '처리'를 당해 버리고 말았답니다. 작가 공선옥은 생각했습니다. 교육이라는 것이 아이를 그렇게 '처리'해 버리고 말면 그뿐인지, 아무리 잘못을 저지른 아이라도 거기에서 무엇인가 더 해야 하는 것은 아닌가 하고 말이죠. 그런 생각이 내내 가슴에 남아 소설을 쓰게 되었다고 합니다. 그렇게 이 소설은 세상의 빛을 보게 되었습니다.

🔑 첫 번째 열쇠말_ 가난

소설은 안개가 자욱한 강가에 앉아 오전 내내 '돈' 생각에 몰두해 있는 '나'의 모습에서 시작합니다. '나'에게, 그리고 우리 가족에게 돈은 '목숨줄' 같은 것입니다. 매일매일 쳇바퀴를 도는 것 같은 노동을 반복하는 어머니에게도, 죽고 나서도 빚쟁이에게 모욕과 멸시를 받는 아버지에게도, 학교 급식비를 제때 내지 못해 슬픈 짜증을 내어놓는 오빠에게도 질긴 목숨줄이 겨우겨우 이어져 있습니다.

요구르트 배달원으로 일하는 엄마는 아무리 열심히 일해도 형편이 나아지지 않습니다. 먼저 빌려서 쓰고, 월급을 받아 나중에 갚아 나가는 생활이 반복되다 보니 여유 있는 살림살이는 불가능합니다. 홀로 남매를 키우며 돈 버는 엄마의 삶은 얼마나 고되고 힘에 부칠까요?

그래서 엄마는 우리 집에 들어오는 돈은 질기디질긴 목숨줄이고 한량한테 들어가는 돈은 연하디연한 여흥 줄이라고 한탄합니다. 결국 돈이 없어서, 이제는 빌릴 수조차 없어서, 엄마는 긴 전화 통화를 끝내고 이불을 뒤집어쓰고 맙니다. 소녀는 그 이불 속에서 엄마가 울고 있는 걸 알죠.

그렇게 가난하기만 했던 '나'에게 100만 원이 생겼습니다. 반장이 학생회에서 거두어 온 수능 응원 성금을 짝꿍인 내가 대신 보관하게 된 것입니다. 엄마의 한 달 월급이 50만 원이라고 했으니, 그 두 배에 이르는 돈은 분명 엄청난 액수입니다.

100만 원 중 50만 원은 엄마의 목숨을 살리는 목숨줄이 되어 주었습니다. 나머지 50만 원은 오빠와 '나'의 여흥 줄이 되어 버렸습니다. 아마도 처음이었겠죠, 여흥 줄 같은 돈을 쥐어 본 것이? 부정직함에 대한 반성을 하기엔 그 여흥 줄이 너무나 달콤했을 겁니다.

하지만 달콤함도 잠시, 학교에서는 수능 응원 성금의 존재를 알고 그 돈을 돌려주라고 합니다. 당연히 반장은 '나'에게 돈을 돌려 달라고 했고, '나'는 반장에게 잃어버렸다고 말했습니다. '나'의 눈빛만 봐도 내 속마음을 알아차리는 반장이 당연히 믿어 주질 않습니다. 그러고는 더럽다고 말합니다. 정직한 게 깨끗한 건데, '나'가 정직하지 못하니까 더러운 거라고.

'나'에게 이 말은 비수처럼 꽂힙니다. 반장은 '나'의 정직하지 못함에 대해 이야기하는 것이었지만 '나'는 만감이 교차했을 겁니다. 분명

반장은 정직하지 못함이 더럽다고 했지만 '나'의 가난이 더럽다고 욕하는 것처럼 느껴졌을 겁니다. 뒤이어 많은 생각이 꼬리에 꼬리를 물고 이어졌을 겁니다. 나의 가난은 더러운 것인가, 내가 처음부터 엄마한테 돈을 몰래 넣어 주지 않았다면 괜찮았을 텐데, 오빠는 왜 내 돈을 훔쳐 간 것인가, 내가 그 군고구마를 사지 않았다면 더 좋았을 텐데, 내가 정말 더러운 것인가, 그리고 결국 우리 엄마 아빠는 왜 그렇게 가난했을까로 흘러가는 생각들. 그러나 시간을 돌린다 하여도 '나'의 선택은 달라지지 않았을 겁니다. 돈이 없어 긴 통화 끝에 이불 속에서 울고 있던 엄마를, 가난한 엄마가 더 가난해져 울고 있던 그 작은 모습을 '나'가 어떻게 그냥 지나칠 수 있었을까요? 가난도 슬프지만 착하기만 한 사람들이 가난한 것은 더 슬픕니다.

🔑 두 번째 열쇠말_ 가족

아빠가 빚만 남기고 떠난 후 엄마는 가난의 덤으로 따라온 수모와 치욕을 견디며 남매를 먹여 살립니다. 그런 엄마의 모습을 '나'는 '토인'으로 표현합니다. 엄마는 점점 검어지면서 돈을 벌고, '나'와 오빠는 그렇게 번 돈으로 날로 희어 간다고요.

토인같이 검어지도록 엄마를 살게 하는 건 오빠와 '나', 우리 남매입니다. 오빠는 컴퓨터 게임 따위를 하면서도 '나'에게 라면을 끓여 오라고 심부름을 시키기도 하고, 동생 돈을 훔치기도 합니다. 아무리 그래도 '나'는 오빠에게 화를 내거나 대거리를 할 수가 없습니다. 엄마가 마음 아파할 것이기 때문입니다.

　비록 돈을 훔쳐 갔지만 오빠 역시 '나'에게는 빼놓을 수 없이 중요한 존재인 가족입니다. 훔쳐 간 돈으로 오빠가 사 온 건 '나'의 선물, 그리고 엄마 선물이었습니다. 너무 가난하고 가진 게 없으면 가족 간에 좋은 말도 쉽게 나오지 않는지 오빠는 슬픈 짜증을 내어놓기 일쑤였지만 그동안 오빠도 우리에게 마음을 쓰고 싶었나 봅니다. 그래도 그렇지, 그 돈으로 엄마와 '나'의 선물을 사다니요. 화가 나지만 화를 낼 수가 없습니다.

　어색한 선물을 주고받으며 함께 집으로 돌아가던 밤, 하늘에서 눈이 내립니다. 첫눈이라는 생각에 달뜬 '나'가 '눈 온다'고 말하자 오빠는 '재수 없어'라며 일갈합니다. '나'는 '눈 오면 좋잖아'라고 말하지만 오빠는 '눈 오면 엄마가 힘들잖아'라며 말합니다. 그제야 아름답던 첫눈은 우리 가족에게 재수 없는 눈이 되어 버리고 맙니다. 가족 덕분에 그 눈도 '와서 좋은 건지 나쁜 건지 알 수 없는' 존재가 되고 말았습니다.

　그렇게 오빠와 오랜만에 시내 나들이를 할 수 있었던 것도 그 돈 덕분이었습니다. 별로 나쁘지 않은 기분이었다고 주인공은 말합니다. 우리의 삶을 지탱하는 건 돈뿐만 아니라 가족 간의 사랑이라는 걸 아무도 부인할 수는 없을 겁니다. 아무것도 가지지 못한, 가난한 이 사람들이 가진 것은 가족밖에 없습니다. 그래서 세상 모든 사람이 가난하다고, 돈을 훔쳤다고 수모와 치욕을 주어도 이들은 서로를 욕할 수가 없습니다.

  돈을 돌려줄 방도가 없는 '나'는, 죽으면 모든 것이 편해질까 생각해 봅니다. 안개도 나뭇잎도 강물도, 모두 볼 수 없어도 괜찮은데 엄마랑 오빠를 볼 수 없다는 것에서는 멈칫, 하고 마는 것이 '나'의 마음입니다. 자신이 죽으면 엄마가 속상해할 것이기 때문에 어떻게든 명랑하게 살아가야 한다고 생각합니다. 다른 사람들은 엄마, 오빠 때문에 본인이 난처해졌다고 생각할 수도 있지만, '나'는 아니었습니다. 가족에 대한 사랑이 오히려 자신을 살아가게 하는 힘이 되어 주고 있었습니다.

🗝 세 번째 열쇠말_ **고통과 수모와 치욕**

  아빠가 죽자 빚쟁이들이 몰려왔습니다. 빚쟁이들은 이미 죽은 아버지에게 욕을 퍼붓고 엄마의 멱살을 잡아 흔들어 댑니다. 놀랍게도 엄마는 고통과 수모, 수모와 치욕 때문에라도 살아야 한다고 말합니다. 어떻게든 산 사람은 살아가야 한다고 말이죠. '나'는 그런 어머니를 보며, 살아 있으니까 살아야 한다는 것을 가슴 깊이 새깁니다.

  엄마만 그런 것은 아니었습니다. 반장이 더럽다고 모욕할 때도 '나'는 쉽게 포기해 버릴 수 없었습니다. 엄마가 그랬던 것처럼 삶에 가해진 수모와 치욕이 '나'를 살게 하는 것이었습니다.

  쉽게 걷히지 않던 안개처럼 '나'에게 닥친 문제는 당장 해결이 어려워 보입니다. 엄마는 어제도 가난했고 오늘도 가난하고 내일도 가난할 것입니다. 엄마의 두 달 치 월급에 해당하는 100만 원이라는 큰돈이 갑자기 어디서 생겨나겠습니까? 아무것도 쉽게 해결되는 것이 없는 결말이지만 '나'는 의지를 다집니다. '나는 살겠다'가 아니라 '죽지 않겠다'고 다짐하는 것도 주인공의 의지를 읽을 수 있는 부분입니다.

그냥 죽음을 선택하고 마는 것이 아니라 살겠다고 의지를 표현하는 것은 바닥을 친 사람만이 할 수 있는 것 아닐까요? 더 이상 나빠질 것도 없는 상황에 처한 '나'에게 '죽지 않겠다'는 다짐은 그래서 의미가 있습니다. 소설에 구체적으로 서술되지는 않았지만 100만 원을 몇 번에 걸쳐서 나누어 갚는다든가, 아르바이트라도 해서 갚는다든가, 또 아니면 공부를 열심히 해서 장학금을 받아 보겠다든가 하는 계획이 막연히 떠올랐을 수도 있고요. 그런 것도 아니라면 잘못을 솔직하게 인정하고 처벌을 받아들이거나 사죄를 하자고 다짐했을 수도 있지요.

그리하여 소설 속에 등장하는 구절인 '고통과 수모와 치욕이 때로는 사람을 살게 하는 힘이 되기도 한다'는 이 소설을 관통하는 주제 의식에 닿아 있습니다. 그건 엄마의 삶에도, 나의 삶에도 이어집니다.

이번 일을 통해 주인공 '나'는 더 성장할 수 있을 겁니다. 가난 때문에 어떤 수모와 치욕을 겪더라도 꿋꿋하게 생을 살아가는 의지가 중요함을, 그리고 낙관적으로 생각하는 것이 중요함을 깨달았을 테고, 친구에게 솔직하게 말할 수 있는 용기도 중요한 것임을 깨달았을 겁니다. 물질만능주의가 팽배한 자본주의 사회에, 가난한 고등학생이 느끼는 무력감은 이루 말할 수 없이 크고 강렬할 겁니다. 그래서 독자들은 마음이 더 아픕니다. 그래서 주인공이 결론에 도달했던 삶의 의지가 더 뭉클합니다.

작가 공선옥은 2009년에 만해문학상을 수상하며, '당대를 살아가는 작가로서 당대 사람들의 고통의 근원을 똑바로 바라보아야 한다'고 말했습니다. 세상의 근원적인 문제를 응시하는 것이 작가의 운명이라는 생각이지요. 우리 역시 작가와 더불어 고통스러운 응시자로서 주인공의 삶을 함께 살펴보았습니다. 상처에 옹이가 굳어져 흉터로 남든, 상처가 낫지 않고 계속 상처로 이어지든 주인공은 성장하고 또 달라지겠지요. 삶의 의지와 낙관을 버리지 않는 한 주인공은 하루하루 성장해 갈 것입니다. 우리 역시 문제를 해결해 줄 수는 없지만 고통스럽게 응시하며 주인공의 성장을 응원해야 할 것입니다.

페인트

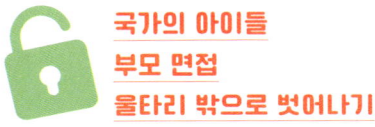

국가의 아이들
부모 면접
울타리 밖으로 벗어나기

　『페인트』는 아이를 잘 낳지 않으며, 아이를 낳더라도 키우지 않으려고 하는 사회에서, 자식이 부모를 선택하는 이야기입니다. 이희영 작가는 제1회 김승옥문학상 신인상 대상, 제1회 브릿G 로맨스 스릴러 공모전 대상을 수상하면서 문학성과 스토리텔링 능력을 인정받은 작가입니다. 『페인트』는 자식이 부모를 선택한다는, 상식을 뒤엎는 설정으로 매우 흥미를 자아내는 작품입니다.

　이 소설의 공간적 배경은 국가가 아이를 맡아 기르는 시설인 NC(Nation's children, 국가의 아이들) 센터입니다. 출생률을 높이지 않으면 국가의 존속마저 위태로워질 상황이어서 NC 센터가 세워졌습니다. 이 소설은 그곳에서 생활하는 주인공 제누301이 부모를 선택하는 과정과 이를 돕는 가디 '박'과 '최'의 이야기를 통해 부모의 자격은 무엇인지, 좋은 부모란 무엇인지, 그리고 부모와 자식은 어떤 관계여야 하고 어떻게 관계를 맺어 가야 하는지, 한 개인의 성장에서 중요한 것이 무엇인지 등 여러 가지를 생각해 보게 합니다.

🔑 첫 번째 열쇠말_ **국가의 아이들**

NC 센터는 대한민국 전역에 퍼져 있는데, 크게 세 곳으로 분류됩니다. 퍼스트 센터는 갓 태어난 아기들과 미취학 아동을 관리하고, 세컨드 센터는 초등학교 입학 후 열두 살까지 교육합니다. 마지막으로 라스트 센터는 열세 살부터 열아홉 살까지 보육하는 곳이며, 바로 이때 부모 면접이 진행됩니다.

NC 센터에는 센터장인 '박'과 '최'를 비롯한 가디들, 그리고 인간의 모습을 60% 정도 닮은 로봇 헬퍼가 있습니다. 이 소설은 미래를 배경으로 하고 있어서, 로봇 도우미, 홀로그램 영상, 그리고 얼굴과 홍채를 스캔하는 도어 록 센서, 음성 인식 버튼, 밖에서는 안을 볼 수 없지만 보안 기능을 작동시켰을 때 안에서는 밖을 볼 수 있는 시스템 도어 등 아직 실용화되지 않은 여러 장치가 소개됩니다.

NC 센터에서 자라는 아이들은 입양이 되기 전까지는 성도 가질 수 없으며, 이름은 영어의 열두 달에서 따오고 그 뒤에 고유 번호를 붙입니다. 그러니까 주인공 제누301은 1월에 태어난 301번째 아이라는 의미이지요. 참고로 1월에 태어난 남자아이는 제누, 여자아이는 제니입니다. 제누301과 같은 방을 쓰는 아키505는 10월에 태어난 505번째 아이라는 뜻입니다. NC 센터에서는 아이들뿐만 아니라 가디들도 '박', '최'처럼 이름 없이 성으로만 불립니다.

NC 센터의 아이들을 입양하면 부모에게 양육 수당과 연금 수당 등 다양한 혜택이 주어졌습니다. 그런데 이런 혜택을 노리고 아이들을 입양하여 방임하거나 학대하는 사람들이 생겨났고, 정부에서는 정책을 바꿔 싫은 것과 잘못된 것을 말할 수 있는 열세 살 이상의 아이들만 부모 면접을 보게 했지요. 그러자 사람들이 입양에 더욱 관심을 보였습니다. 어린아이를 키워야 하는 힘든 육아 시간은 단축되고, 상대적으로 양육 수당과 연금은 앞당겨 받을 수 있으니까요.

이런 일이 가능하게 된 사회적 배경에 대해서도 소설에서는 설명하고 있습니다. 시대적 배경은 남북한 교류가 활발해지면서 사실상 종전이 선포된 시기입니다. 이렇게 되다 보니 국방비로 편성되었던 상당한 예산이 국민 복지와 출생률 안정을 위한 자금으로 이동한 것이지요. 그리고 국가의 사활을 건 프로젝트 NC 센터가 건립됩니다.

소설과 관계없는 이야기이긴 하지만, 이 구절을 읽으면서 빨리 남북 관계가 개선되고 평화가 정착되었으면 좋겠다는 생각이 들었습니다.

제누301은 열일곱 살로, NC 센터에서 나이가 많은 편에 속합니다. 또 제누301은 굉장히 생각이 많고 진지한 아이입니다. 아키505가 첫 부모 면접을 한다고 들떠 있는 모습을 보면서 마음씨 따뜻하고 순진한 아키505가 상처받지 않기를 바라죠. 제누301은 NC 센터에서 지내며 부모 면접을 보는 과정에서 아이를 사랑해서가 아니라 자기들의 욕망을 위해 센터에 오는 사람들을 여러 번 목격합니다. 그래서인지 제누301은 'NC 출신이라는 낙인이 찍힌 채 살아가는 것'보다 '말도 안 되는 부모 밑에서 살아가는 것이 더 어려운 일'이라고 생각합니다.

열일곱 살인 제누301 때문에 센터장인 '박'도 고민이 많습니다. 이제 제누301이 NC 센터에서 지낼 수 있는 시간은 2년 4개월밖에 남지 않았으니까요. 하지만 '박'은 센터 실적이 저조하다고 압박을 받아도 아이들에게 부모 면접을 함부로 시키지 않았습니다. 최대한 신중하게 검토하고 아이의 특징과 상태를 살핀 후 면접 상대를 골랐죠. 그는 아이들의 건강 상태와 식단 관리를 철저히 하고, 아이들을 위한 체육 시설을 늘리기 위해 자신의 휴식 공간을 없앨 정도로 아이들에게 헌신하지만, 정작 자신은 돌보지 않아 코피를 흘리고 쓰러지기도 합니다.

제누301은 철저한 원칙주의자인 센터장 '박'이 알코올 중독자인 아버지에게 학대받으며 자랐다는 사실을 알고는 충격을 받습니다. 그러다 문득 어쩌면 그런 이유 때문에 NC 센터에서 일하는 것이라는 생각이 들었습니다. 자신이 겪은 상처를 아이들 그 누구도 겪지 않았으면 하는 바람 때문이 아니었을까, 하는 생각이었지요.

휴가는커녕 주말에도 일하던 '박'은 이제 살날이 한 달도 남지 않은 아버지 곁을 지키기 위해 긴 휴가를 냅니다. '박'은 아버지를 용서해서가 아니라 '나는 당신과 다르다는 사실'을 보여 주기 위해 아버지 곁을 지키려 한다고 했습니다.

두 번째 열쇠말_ **부모 면접**

부모 면접(parent's interview)은 NC 센터의 아이들이 부모를 선택하는 과정 중 하나입니다. NC 센터의 아이들은 부모 면접을 부모(parents)와 영어 발음이 비슷한 '페인트'라는 은어로 불렀지요. '페인트 하러 간다'는 말은 부모 면접을 하러 간다는 의미였습니다. 어떻게 그런 말이 만들어졌는지는 모릅니다. NC 출신이라는 것을 페인트로 지워 버리고 싶은 뜻이 담겨 있는 것일까요? 어떤 부모를 만나느냐에 따라 페인트의 색은 서로 달라지겠지요. 이렇게 본다면 '페인트'의 의미가 중의적임을 알 수 있습니다.

NC 센터에 있는 아이들이 새 부모를 만나기 위해서는 몇 단계 절차를 거쳐야 합니다. 먼저 예비 부모가 깐깐한 서류 심사와 건강 검진, 심리 검사를 치른 후 소개 영상을 보내면, 아이들이 면접을 볼지 결정하고 합숙소에서 함께 생활한 후 부모의 집으로 가게 되지요. 예비 양부모가 아이들을 제대로 키우려는 의지가 있는지, 제대로 키울 수 있는지 확인하고 검증하려는 것입니다.

그 후에도 스무 살이 되기 전까지는 가디들이 주기적으로 집을 방문해 아이의 생활을 확인합니다. 만족도 조사, 신체적·정서적 상태 살피기 등 가디들의 질문에 제대로 답하려면 부모는 끊임없이 아이를 관찰하고 공부해야 합니다.

제누301은 준비가 완벽해 보이는 첫 번째 예비 부모에게는 15점을, 준비가 전혀 안 되어 보이는 두 번째 예비 부모인 하나와 해오름

부부에게는 85점을 줍니다. 더군다나 글을 쓰는 하나와 그림을 그리는 해오름은 입양한 이야기를 책으로 펴낼까도 생각하고 있었고, 그 사실을 숨기지도 못하는 등 경솔한 모습을 보였는데도 말이지요. 제누301은 '박'에게 자신이 읽고 있는 책 『정복자 아론』을 소개하며 2차 면접을 요구합니다. 그 책의 내용에 의거하여 부모와 아이와의 관계는 서로 만들어 가는 거라며, 행복은 자신의 손에 달려 있다고 주장하지요.

하나와 해오름 부부는 입양을 신청하면서 자신들이 부모와 어떤 관계를 맺고 있는지 돌아보게 됩니다. 하나는 자식을 통해 대리 만족을 느끼려고 했던 엄마와의 갈등을 겪으면서 자식만이 아니라 부모도 자식으로부터 독립이 필요하다는 깨달음을 얻습니다. 하나는 비록 입양은 하지 못했지만 이 일을 계기로 자신들이 고쳐야 할 부분, 안 좋은 버릇들을 따져 보는 등 공부와 반성의 시간이 되었다면서 제누301에게 고맙다고 말합니다.

🔑 세 번째 열쇠말_ 울타리 밖으로 벗어나기

제누301은 냉소적인 태도를 많이 보입니다. NC 센터 아이들에게 부모가 생기면 NC 출신이라는 낙인이 사라져 사람들의 편견에 구애받지 않고 생활할 수 있지만 입양의 대가를 노리는 부모들도 많이 있었으니까요. 그래서 자신들과 양부모 사이에는 '사랑'이 없다고 생각합니다.

그런데 입양되었다가 돌아온 노아208은 제누301에게 이렇게 이야기합니다. 친부모랑 사는 아이들도 부모랑 안 부딪치려고 노력하면서 산다고요. 혈연관계인데도 서로 귀찮아하는 것 같다고요. 그러면서 자신은 아프리카의 가젤이라는 동물처럼 태어나자마자 걷고 뛰고 말하는 상태로 부모를 만나는 거라고 하지요. 가디인 '최'도 비슷한 말을 합니다. NC 센터 아이들은 바깥세상 아이들과 달리 부모를 선택할 수 있다는 장점이 있다고 말입니다. 부모답지 못한 부모 밑에서 어쩔 수 없이 살아가야 하는 아이들도 있다고 했지요.

제누301은 부모 면접을 하고 난 후 노아208과 '최'의 말을 떠올리며 부모와 자식의 관계가 어떠해야 하는지 생각해 봅니다. 그러면서 자신들의 부족한 점을 솔직하게 드러내는 하나와 해오름에 대해 이렇게 말합니다. 누구나 부모 노릇이 처음일 텐데, 그런 약점을 솔직히 드러내는 것이 서로를 신뢰하는 일이라고요.

제누301은 하나와 해오름이 부모 준비가 끝난 사람들이라고 생각하지만 입양을 위한 다음 단계로 넘어가는 것은 거절합니다. 왜 그랬을까요?

표면적으로는 자신이 좋은 아들이 될 자신이 없어서라고 이야기합니다. 그러나 센터장 '박'이 아버지와 마지막을 함께 보내면서 아버지에게서 벗어났고, 그래서 편안한 얼굴을 하게 된 거라고 생각하며, 자신도 입양이 아닌 세상과의 직면을 통해 NC 센터 출신이라는 틀에서 벗어나려고 했던 것 같습니다. '박'의 아픔과 고통을 알게 된 제누301은 자신

역시 자신만의 틀 속에 세상을 가두어 놓았다는 것을 깨닫게 됩니다. 자기 시선에서 자기 멋대로 평가해 온 것입니다.

앞으로 부모 면접을 일절 거부한다는 제누301의 말에 '박'은 깜짝 놀라며 세상의 시선과 불이익, 차별을 걱정합니다. 제누301은 그에게 NC 출신에 대한 차별을 없앨 수 있는 건, 오직 NC 출신들밖에 없다고 말하지요.

차별과 편견은 누구라도 직면하게 되는 문제입니다. 그 차별과 편견을 떨치기 위해 도전하는 제누301의 모습이 걱정되면서도 제누301을 응원하게 되는 장면입니다.

부모 자식 간의 관계에 대한 고민에서 시작해 세상과의 관계를 생각하며 제누301은 성장하는 모습을 보여 주었습니다. 그리고 우리가 가진 편견을 부끄럽게 만들었습니다. 모든 관계는 서로 노력해서 맞춰 가며 계속 성장하는 것이라는 생각을 하게 됩니다. 부모와 자식의 관계에 대해 제누301은 완벽하지 않은 부모와 완벽하지 않은 아이가 서로를 믿고 의지하고 기대는 관계가 이상적이라고 생각합니다. 여러분은 어떻게 생각하나요?

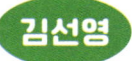

특별한 배달

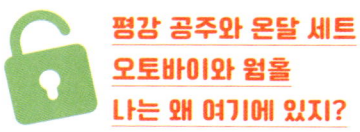

평강 공주와 온달 세트
오토바이와 웜홀
나는 왜 여기에 있지?

   김선영 작가는 청소년들을 주인공으로 하여, 경계에서 고군분투하는 청소년들에게 힘이 되는 이야기를 쓰는 작가로 알려져 있습니다. 이를 위해서 주기적으로 청소년들과의 만남을 이어오고 있다고 합니다.
   『특별한 배달』은 2013년에 출간된 청소년 소설로, 고등학생 태봉이와 슬아가 웜홀을 통해 과거를 보며 자신의 선택과 책임에 대해 깨닫는 이야기입니다.

🗝 첫 번째 열쇠말_ 평강 공주와 온달 세트

   이 소설의 주인공은 고등학교 1학년 하태봉과 윤슬아입니다. 그리고 태봉이와 같은 반인 오근수, 태봉이와 근수가 아르바이트를 하는 퀵클리쌩을 운영하는 고래 삼촌, 태봉이의 아버지와 슬아의 엄마가 나옵니다.

    태봉이는 IMF 때 아버지가 실직한 후 열두 살 때 엄마가 집을 나가고 반지하방에서 아버지와 살고 있습니다. 아버지와 관계도 안 좋고, 학교생활에는 관심이 없고, 고등학교에 입학하자마자 자신을 '따봉'이라고 부르며 놀리는 진석구에게 주먹을 날려서 생활 지도부에 불려 가고, 장래 희망을 '잉여 인간'이라고 적는 등 흔히 '문제아'라고 불리는 아이입니다.

    태봉이가 주먹짱이라면, 슬아는 여신이죠. 좋은 집안에 전교 1등을 하는 학생이고, 도도함이 넘쳐 싸가지 없다는 말을 듣는 아이입니다. 뭐든지 완벽하지 않으면 참을 수 없어 하는 성격이고요.

    태봉이는 초등학교 다닐 때까지는 슬아가 유일한 라이벌일 정도로 공부를 잘했지만 아버지가 실직하고 이사를 하는 등 환경이 불우하게 바뀌자 공부와 학교생활을 소홀히 합니다. 고등학생이 된 태봉이는 자신이 '이미 트랙 밖으로 밀려났다'고 생각하지요. 다른 아이들과 출발선부터 달랐기 때문에 아예 운동장에서 퇴출될 가능성이 높다고 여깁니다.

    슬아는 지나친 스트레스 때문에 기면증이 생기지요. 갑자기 몸에서 힘이 빠져 쓰러지고 정신을 잃기도 하는데, 점점 증세가 심해집니다. 기면증 때문에 엄마의 기대를 충족시키지 못하면 자신도 동생 상하처럼 파양될지도 모른다는 생각에 늘 불안해합니다.

아이들은 태봉이와 슬아가 어울리는 모습을 보며 '평강 공주와 온달 세트'라고 부르지요. 주먹짱과 전교 1등은 어울리지 않는 조합이었으니까요. 하지만 둘은 누구보다도 비슷한 점이 많습니다.

🔑 두 번째 열쇠말_ 오토바이와 웜홀

태봉이는 고래 삼촌이 운영하는 퀵서비스에서 아르바이트를 합니다. 오토바이를 타고 달리며 돈도 벌고 답답한 마음도 해소하지요. 고래 삼촌에게도 후회스러운 과거가 있었습니다. 오토바이 사고가 크게 나서 인생이 달라진 경험이 있었기에 질풍노도의 시기를 보내고 있는 태봉에게 키다리 아저씨 같은 역할을 합니다.

랩을 하기 위해 충북 청원군 달뜨미 마을에서 중3 때 서울로 유학 온 태봉이의 친구 근수가 '능글대는 말투, 쉽게 속을 보이지 않는 능치는 얼굴'로 담임과의 담판에서도 자신이 원하는 것을 얻어 내는 모습을 보인다면, 반대로 태봉이는 '걸핏하면 울뚝불뚝 속내를 드러내고' 마는 아이입니다. 근수는 태봉이의 그런 태도를 지적하지요. 넘치는 힘을 왜 툴툴거리고 불평하는 데에 쓰냐고 말입니다.

슬아는 동생 상하에게 '누나는 욕심쟁이야!'라는 말을 자주 들었습니다. 뭐든 완벽해야 직성이 풀려서 수학 문제를 풀다가 안 풀리면 문제집을 박박 찢기도 하였지요. 자신을 업어서 보건실에 데려다준 태봉이에게 고맙지만 불쾌하다는 문자를 보내며 자존심을 챙깁니다. 슬아는 전교 1등에 부잣집 아이였지만, 자신이 입양아라고 얘기합니다. 마치 혈액형을 밝히듯 건조한 목소리로요. 공부를 잘하는 아이로 자신의 존재 가치를 증명하지 않으면 그대로 제거될 수 있기 때문에 기를 쓴다는 슬아.

태봉이는 아버지의 실직과 엄마의 가출로 제대로 돌봄을 받지 못했고, 슬아는 모든 걸 챙겨 주며 자기 뜻대로 자식을 키우려는 엄마 때문에 스트레스를 받고 있습니다. 전국 1등을 원하는 엄마 때문에 밥 먹을 때도 인터넷 강의를 봐야 하는 슬아는 입시 스트레스를 받는 요즘 아이들의 모습과 겹쳐 보여 너무 안타까웠습니다. 태봉이와 슬아가 웜홀에 들어가기 위해 오토바이를 타고 이곳저곳 돌아다니는 모습을 보며 두 아이가 느끼는 답답함과 불안함이 조금이라도 해소되면 좋겠다고 생각했습니다.

슬아는 자신이 엄마 욕망의 대리자라고 생각합니다. 누군가에게 조종당하거나 사육당한다고 생각했지요. 그래서 태봉이에게 '평행 우주 이론'을 이야기하며 웜홀로 들어가 보자고 합니다. '평행 우주 이론'은 우리가 살고 있는 우주와 똑같은 우주가 어딘가에 또 있다는 이론입니다. 슬아는 지금의 자신과는 다른 선택을 해서 살고 있는 또 다른 우주에서의 자신을 보고 싶어 했지요. 그래서 싱크홀에 빠져 실종된 적이 있는 중국집 배달원 김일구를 찾아가고, 그의 도움을 받아 태봉이와 슬아는 함께 웜홀로 들어갑니다.

웜홀에 들어간 두 사람은 자신들의 과거를 보게 됩니다. 태봉이와 슬아 모두 어린 시절의 장면을 통해 자신들이 부모님에 대해 오해하고 있었음을 알게 됩니다. 태봉이는 열두 살 때 엄마가 자신을 버리고 가출했다고 생각했지만, 사실은 함께 나가자는 엄마의 손길을 뿌리친 건 태봉, 자신이었죠. 슬아도 엄마가 자신을 선택했다고 알고 있었지만 사실은 슬아가 엄마를 선택했던 거였고요. 입양하기로 한 아이 대신 엄마에게 안긴 슬아를 엄마가 어쩔 수 없이 데려온 거였습니다.

두 사람이 웜홀에 다녀오는 동안 현실에서는 며칠이 흘렀고, 태봉이의 아버지와 슬아 엄마는 태봉이와 슬아를 찾아다녔죠. 다시 만난 아버지에게 따귀를 맞으며 태봉이는 가슴에 있던 뜨거운 덩어리가 단숨에 터져 산산조각이 나는 느낌이 들었습니다. 슬아는 엄마에게 따집니다. 자신은 엄마의 폼 나는 삶을 위한 장식품, 세상 사람들에게 엄마의 존재를 인정받고 싶은 엄마 욕망의 장신구였다고.

웜홀은 '벌레 구멍'이라는 뜻인데, 소설 속에서는 진실을 바라보게 하기 위해 작가가 설정한 문학적 장치로 볼 수 있습니다.

🔑 세 번째 열쇠말_ **나는 왜 여기에 있지**

이 소설은 집에 들어온 아버지가 태봉이가 먹고 있는 라면을 먹으려고 하자, 태봉이가 젓가락을 집어 던지고 밖으로 나오는 장면으로 시작합니다. 먹고 싶으면 아버지가 끓여 먹으라고 했는데, 자기 것을 넘보니 화를 낸 것입니다. 태봉이는 아버지와 엄마에 대한 분노가 굉장히 컸는데, 아버지의 일기를 보며 아버지도 힘들었다는 사실을 알게 되지요. 아버지는 자살까지 생각했지만 어린 태봉이를 생각해서 집으로 돌아와 마라톤도 시작하고, 모래 속에서 금을 채취하는 일도 시작했습니다. 아버지의 일기는 엄마가 집을 나가기 전부터 쓴 것이었는데, 실직한 이후 아버지의 삶과 고민이 담겨 있었습니다. 태봉이는 아버지의 일기를 보며 그리고 친구 근수를 만나 퀵클리쌩에서 배달을 하며 조금씩 자신을 돌아보기 시작합니다.

태봉이는 '넌 왜 툴툴거리는 데에만 에너지를 쓰냐'는 근수의 말을 떠올리며 그동안 투명 인간 취급하던 아버지를 다시 살펴보고 아버지가 하는 일을 돕기 시작합니다. 그리고 고래 삼촌을 통해 아버지가 그동안 자신을 지켜보고 있었다는 것도 알게 됩니다. 태봉이가 변화하는 데는 근수, 아버지, 고래 삼촌뿐만 아니라 슬아와의 만남도 영향이 컸습니다.

웜홀에 들어가 잊고 있었던 어린 시절의 모습을 본 태봉이와 슬아는 지금 자신들의 모습이 아버지나 엄마 때문이 아니라 자신들 스스로가 만든 모습이라는 걸 깨닫게 됩니다. 슬아는 선택에 따라 삶의 모습이 달라진다는 '선택 우주' 이론에 대해 이야기합니다. 슬아는 자신을 들여다보는 것이 다른 형태로 살 기회라고 말합니다. 그렇게 점검함으로써 제대로 된 삶을 찾아가는 것이라고요. 슬아와 태봉이는 수학여행에서 본 글귀 'Why I am Here?'를 떠올립니다. 웜홀을 통과한 후 태봉이는 슬아의 생각을, 그리고 웜홀을 통과하는 행위가 어떤 의미인지 이해하게 되지요.

슬아도 웜홀을 통과한 후 표현 방식이 다를 뿐, 엄마나 자신이나 다를 게 없다고 생각합니다. 그리고 상하가 지내는 보육원을 찾아갔다가 슬아는 상하가 사고로 죽었다는 것을 알게 되고, 상하를 죽게 만든 광산 개발에 반대하는 시위에 참여합니다. 태봉이는 아버지가 만들어 준 미니 금괴를 상하가 지내던 보육원에 보냅니다. 그리고 슬아는 상하가 파양된 것이 아니라 상하가 선택해서 엄마를 떠났다는 것, 그 일로 엄마는 큰 상처를 받았다는 사실도 알게 됩니다. 진실을 알게 되었으니 엄마와 슬아 사이도 회복되지 않을까요? 이제 슬아도, 태봉이도 질풍노도의 시기를 끝내고 자신의 자리를 찾아가겠지요.

이 소설에는 우리가 잊어버리고 잘 쓰지 않는 우리말이 참 많이 나옵니다. '잔지러지다, 자작자작하다, 함함하다, 조붓하다, 잔망스럽다, 통방울만 하다, 불퉁거리다, 쉬지근하다, 번울하다, 꾸여지다, 괴괴하다, 낭창낭창하다, 고물거리다', 또 '우듬지, 잡도리, 곤죽, 죽통, 농몽, 악다구니, 헤벌쭉, 드잡이, 모랭이, 사부작사부작, 다글다글'. 청소년들이 어떤 고민을 하고 어떻게 성장해 가는지 내용뿐 아니라 표현까지도 신경 쓰는 작가의 섬세함을 살펴볼 수 있습니다.

이 책을 통해 질풍노도의 시기를 보내는 청소년들이 '내 삶의 주인은 바로 나'라는 사실을 그 어떤 상황에서도 잊지 말았으면 좋겠다는 생각을 해 봅니다.

> 박완서

그 많던 싱아는 누가 다 먹었을까

어머니 성장 집

　박완서 작가는 1931년생입니다. 이 작품이 나온 시기가 1992년이니 작가가 60대 무렵에 쓴 소설이 되겠지요. '자전적'이라는 것은 자신의 경험을 바탕으로 삼아 썼다는 의미인데요, 이 소설도 작가가 어릴 때부터 겪었던 일을 쭉 시간 순서대로 나열하고 있습니다. 작가는 이 작품을, 자신의 '성장 과정을 기억에 의지하여 소설로 쓴 자화상'이라고 표현했습니다.

　이 소설은 작가 본인의 기억이 생길 무렵부터 시작해서 대학생으로 자라나기까지의 시간을 배경으로 하고 있는데요, 일제 강점기에서 한국 전쟁까지를 관통하는 격동의 시기에 해당합니다. 이러한 시대적 배경은 소설 전반에서 큰 비중을 차지하고 있고, 등장인물들에게도 많은 영향을 주고 있습니다.

이 소설은 어떤 평범한 한 가족의 이야기입니다. 한 소녀의 시각, 즉 작가 박완서의 시각으로 본 가족의 이야기이자 성장기라고 할 수 있습니다.

🔑 첫 번째 열쇠말_ 어머니

소설 속의 어머니는 모성애가 매우 강한 여인입니다. 남편이 일찍 죽었음에도 불구하고 딸과 아들을 최고로 키우기 위해 갖은 고생을 하면서도 맹모삼천지교를 멈추지 않았죠. 친지들의 만류에도 불구하고 자녀 교육을 위해 시골에서 서울로 이사까지 하는 열정을 보여 줍니다.

반면에 이중성도 지니고 있습니다. 어머니는 일본에 대한 적개심을 가지고 있어서 자녀의 일본인 담임 교사를 만나러 갈 때 한복에 풀까지 먹여 가며 조선인의 자존심을 보여 줍니다. 그러나 한편으로는 일본식 성명 강요(창씨개명)를 하고자 한다든가, 아들이 총독부에 취임했을 때 행복해하는 모습을 보여 독자를 혼란스럽게 합니다. 어머니의 이런 모습은 이중성이라기보다는 사회의 흐름이나 당시의 상황에 비추어 볼 때, 살아남기 위한 불가피한 선택이라고 보아야 할 것 같습니다. 일제에 찬동하기 때문에 일본식 성명 강요를 하는 것이 아니라 그런 질서를 따라가야 내 자식들을 지킬 수 있다는 어머니의 본능이 발동했다고 할까요? 어린 주인공도 자기 이름이 너무 촌스러워서 일본인 성을 따르면 예뻐지지 않을까 하는 단순한 생각을 하지요.

요즘 사람들도 옳은 것과 가치 있는 것이 무엇인지 머릿속으로는 확실히 알고 있지만, 막상 나와 내 가족의 이익이나 불이익이 관련된 일에는 가치 기준이 흔들리는 것과 같은 이치가 아닐까요? 예를 들어, 땅값이 너무 올라서 부동산 거품이 생기는 것이 사회적으로 문제가 된다는 것을 머릿속으로는 알고 있지만 내가 사는 동네의 집값이 떨어지고, 우리 가족이 투자한 돈이 손해를 보는 것은 싫은 것과 같지요. 사회적인 정의와 내 가족의 이익이 상충할 때 자연스럽게 가족을 먼저 챙기는, 그런 마음이랄까요? 대부분의 서민들이 그러하듯이 소설 속 어머니의 이중적인 행동들도 이런 궤도를 따라간 것으로 해석됩니다. 물론 이런 태도의 옳고 그름에 대해서는 좀 더 논의가 필요하겠지만요.

🗝 두 번째 열쇠말_ **성장**

어머니는 성(사대문) 안에 있는 학교에 '나'를 입학시키는 것이 목적이었습니다. 집과 멀다 보니 또래를 사귈 수 없다는 현실은 고려하지 않았지요. 그것이 주인공에게 큰 불행이었다는 생각도 못했고요.

어머니에 대한 원망이나 속상함을 토로하던 '나'는 조금 더 성장한 후에는 어머니의 행동에 대해서 이렇게 이야기합니다. 시골에서는 서울에 산다는 것으로 으스대고, 서울에서는 시골 양반집 가문이라는 것으로 잘난 척하는 어머니. 그 두 모습 때문에 '나'는 혼란스러웠습니다. 그렇지만 그건 '나'만 알고 있는 어머니의 약점이기도 했습니다.

어머니를 바라보는 '나'의 시각이 변화했음이 느껴지는 부분입니다. 단순히 원망이나 속상함을 토로하는 것에서 더 나아가 어머니의 행동에 대해 분석하고 비판할 수 있게 된 것이지요. 마지막 부분에서는 어머니에 대해 사랑스럽다고 묘사하기도 합니다. 어머니는 굉장히 억척스럽게 돈을 벌기는 하는데, 막상 돈 관리는 잘 못합니다. 그래서 지갑을 아무 데나 두곤 합니다. '나'는 어머니의 돈을 몰래 빼내 사탕을 사 먹는 일탈을 하면서 어머니의 이런 허술한 모습을 굉장히 사랑스럽다고 표현합니다. 어렸을 때는 자신의 입장에서만 생각하니까 어머니를 이해할 수 없었지만, 자라면서 다른 사람들의 입장에서 바라보거나 공감하는 능력이 생기면서 어머니를 이해하고 받아들이는 폭도 넓어진 것이지요.

이런 부분이 이 소설을 읽는 재미이자 성장 소설의 매력이라고 생각합니다. 반드시 뭔가 깨닫고 발전하는 것만이 '성장'이 아니라 시간이 지나면서 타인에 대한 이해가 깊어지고 세계를 바라보는 견해가 형성되는 과정 자체가 '성장'인 것입니다. 그 방향성이 꼭 긍정적이지 않더라도요.

세 번째 열쇠말_ 집

집은 어머니의 집과 '나'의 집, 두 가지 의미로 나누어 볼 수 있습니다. 일단 어머니에게 있어서 '집'의 의미부터 이야기해 보겠습니다. 어머니는 시골인 박적골 집을 떠나 서울 사대문 안으로 진출하고, 서울에서도 안정된 집으로 옮겨 가기 위해 고군분투합니다. 어머니의 집에 대한 집착은 안정된 삶, 마음 편하게 지낼 수 있는 것에 대한 갈망에서 비롯된 것입니다. 시대가 혼란스러우니까 반사적으로 안정에 대한 열망이 강했던 것이겠지요. 지금도 그렇지만 집은 내가 사는 수준, 나의 사회적 위치를 가시적으로 보여 주는 대상입니다. 더 좋은 동네, 더 좋은 집으로 옮겨 가고, 그런 곳에 간다면 우리 가족의 수준이 올라가는 느낌을 받는 거죠. 일종의 명품을 사는 심리랑 비슷하다고 할까요? 이러한 까닭으로 어머니는 집에 대한 집착이 강합니다.

그렇다면, '나'에게 집이란 무엇이었을까요? '나'는 여덟 살 무렵까지 박적골이라는 시골에서 할아버지, 할머니, 숙부들의 사랑을 많이 받고 자라다가 어머니의 결정으로 서울의 달동네인 현저동에 와서 살게 됩니다. 그런데 현저동은 물도 아껴 써야 하고, 놀 곳도 없고, 자연도 없습니다. 이 소설의 제목에도 등장하는 '싱아'라는 식물을 맘껏 따 먹을 수도 없는 각박하고 삭막한 공간입니다. 주인공은 어머니가 기대한 것과는 다른 감정을 경험하고 있는 것이죠. 어른들은 아파트도 있고 학원도 많고 교육 환경이 좋다는 공간으로 아이들을 데리고 오지만, 아이들이 성장하는 데 있어서 그 공간이 정말 좋은 공간인지 생각해 보게 되는 부분입니다.

사실 어머니의 입장에서 보면 지금 당장은 주인공이 느끼는 것처럼 싱아도 없고 자연도 물도 없는 곳이지만, 이 척박한 곳에서 열심히 공부하면 나중에는 훨씬 더 좋은 공간에 갈 수 있다는 생각으로 희생을 감수하는 선택을 했을 겁니다. 지금은 불행하지만 나중에는 행복해질 것이라는 기대를 가지고 말입니다. 하지만 소설 속의 어린 소녀는 꼭 행복했던 것 같지는 않습니다. 고향을 계속해서 그리워하고 있으니까요. 요즘도 학원가가 밀집된 어떤 지역의 아이들은 현재의 고통을 담보로 미래의 행복을 기대하며 살고 있습니다. 그러나 미래는 너무 멀리에 있고 우리는 어느 누구도 그 미래를 알지 못합니다.

'나'는 서울 친구들이 아카시아꽃을 먹는 게 신기해서 같이 먹어 보는데, 헛구역질이 나오고 비위가 상했다고 합니다. 그래서 불현듯 싱아 생각이 나면서 온 산을 뒤지고 다니는 장면이 나옵니다. 여기서 '싱아'는 고향의 상징이면서, 어린 시절 느꼈던 행복이나 추억을 상징합니다. 요즘 아이들에게 주인공의 '싱아'처럼 어린 시절의 행복이나 추억을 상징하는 물건은 어떤 것일지 궁금해집니다.

이 소설에 등장하는 박적골은 경기도 개풍군 묵송리라는 곳에 실재하는 마을 이름입니다. 작가는 고향인 박적골에 두고 온 어린 시절에 느꼈던 행복이나 추억, 즐거웠던 기억들을 계속 그리워하는 마음으로 이 소설을 쓰지 않았을까 하는 생각이 들었습니다.

과연 그 많던 싱아는 누가 다 먹었을까요?

설이

『설이』는 심윤경 작가의 첫 번째 성장 소설인 『나의 아름다운 정원』과 밀접한 관련이 있습니다. 『나의 아름다운 정원』의 주인공인 동구는 착하고 속 깊은, 흔히 어른들이 '참 잘 컸구나'라고 칭찬할 만한 순한 아이입니다. 자신이 저지르지 않은 잘못을 대신 짊어질 줄 알고, 주변의 사랑하는 사람들과 가정을 지키기 위해 희생할 줄 아는 아이이지요. 하지만 작가는 한 독자에게서 "선생님, 동구는 행복했을까요?"라는 질문을 받은 후 중요한 사실 두 가지를 잊고 있었음을 깨달았다고 합니다. 동구가 어리고 약한 아이라는 사실과 가족, 주변인의 소중함보다 동구 그 자체가 세상 무엇보다 소중한 존재라는 사실을요.

작가는 『나의 아름다운 정원』을 읽은 독자들, 특히 어린 독자들에게 가정의 행복을 위해 아이들이 묵묵히 자신의 인생을 내걸어야 한다고 말해 버린 것은 아닐까 하는 마음에 『설이』라는 두 번째 성장 소설을 쓰게 되었다고 말합니다.

『설이』의 주인공은 초등학생 '설이'입니다. 그리고 설이와 함께 나오는 '시현'이는 어른들에게 버릇없이 대드는 사납고 거친 아이입니다. 이러한 아이들과, 그들을 자신들이 바라는 대로 끌고 가려는 주변의 어른들을 통해 작가는 무엇을 말하고자 한 것일까요?

🔑 첫 번째 열쇠말_ **표현**

설이는 눈이 흩날리는 새해 첫날 태어나자마자 버려진 아이입니다. 여러 차례 입양 보내졌지만 파양되어, 풀잎 보육원에서 일하던 직원이 맡아 키우게 되지요. 설이는 그녀를 '이모'라고 부릅니다. 그녀가 설이의 보호자인 셈이지요.

설이는 다섯 살에 두 번째로 파양된 후 함묵증을 앓습니다. 그렇게 한동안 좀처럼 입을 열지 않던 설이는 우연한 계기로 상류층 학생들이 다니는 우상 초등학교에 전학을 가게 됩니다. 그러나 우상 초등학교의 학부모들은 전례에 없던 설이의 전학이 특혜라며 크게 반발합니다. 출신도 환경도 안 좋은 설이를 받아들일 수 없다는 것이죠. 그들은 설이의 입학을 공정하게 검토해야 한다며 학력 진단 테스트를 제안하고, 설이는 원어민 선생님에게 영어 테스트를 받게 됩니다. 극한의 상황에 몰린 설이는 말하기는커녕 제대로 듣지도 못하고 맙니다. 그러나 설이가 좋은 학교에서 잘 지냈으면 하는 이모의 소망을 읽고는 극적으로 입을 열어, 유창하게 영어 테스트를 통과합니다.

이후부터 독자들은 설이의 목소리를 본격적으로 듣게 됩니다. 그러나 주로 거칠고 사나운 말과 행동으로 설이는 자신을 표현합니다. 거칠고 사납게 말하고 행동해야 살아남을 수 있다는 판단이 들면, 설이는 어른에게고 아이에게고 할 것 없이 흔히 말하는 불량 학생처럼 말하고 행동합니다.

함묵증과 거칠고 사나운 언행은 아주 상반된 방식이지만, 이 둘 사이의 교집합은 둘 다 설이의 '표현 방식'이라는 점입니다. 앞서 말한 것과 같이 설이는 어린 나이에 감당하기 힘든 지난한 시간들을 견뎌왔습니다.

그랬기에 말을 하지 않음으로써 자신이 흔치 않은 병을 앓는 흔치 않은 아이이고 싶었습니다. 유기 아동과 더불어 함묵증을 앓는다는 이유로 곽은태 선생님이 자신의 걱정을 하는 것을 기대했습니다. 이런 상상 때문에 설이는 도저히 입을 열 수 없었습니다. 그리고 아이들과의 기 싸움에서 지지 않으려면 거칠고 사나운 아이라는 변장술이 필요했습니다. 이것은 설이가 처한 환경에서 스스로 살아남기 위한, 자신만의 방식으로 무엇인가를 말하기 위한 '표현'이었을 것입니다.

설이와 완전히 다른 삶을 살고 있지만 거칠고 사나운 모습은 설이 못지않은 시현이에 대해 살펴볼까요? 시현이는 남부럽잖은 환경에서 부모님의 지원을 받으며 자란 남자아이입니다. 하지만 전학 온 설이를 도발하고, 학급의 약한 학생들을 교묘하게 괴롭히는 불량한 학생입니다. 시현이는 부모님에게도 앙칼지게 대들며 부모님의 속을 뒤집어 놓습니다. 이러한 모습들만 보면 시현이는 단순한 불량 학생처럼 보입니다.

사실 시현이는 아이돌 못지않게 춤을 잘 추는 아이입니다. 그러나 부모님은 시현이가 춤추는 것을 이해하려고조차 하지 않으며 그저 시현이가 공부를 열심히 해서 국제 중학교나 영재 학교에 진학하기만을 바랍니다. 자신이 원하는 것을 인정해 주지 않고 끊임없이 부모님의 기준만을 들이대는 것에 시현이가 느꼈을 괴로움과 스트레스는 이루 말할 수 없겠지요. 이런 사정이 친구들을 괴롭히며, 부모님에게 거칠고 사납게 대드는 시현이의 말과 행동을 모두 합리화시켜 줄 수는 없겠지만, 시현이의 말과 행동이 억눌린 감정의 '표현' 방식임을 이해할 수는 있을 것입니다.

이처럼 소설의 주요 인물인 두 초등학생은 각자의 방식으로 끊임없이 자신의 입장과 마음을 표현하고 있습니다. 작가는 설이와 시현이의 모습을 통해 이 작품을 읽는 독자들이 주변 아이들의 표현 방식에도 이면이 있음을 알아차리고 이해해 주기를 바란 것은 아닐까요?

🔑 두 번째 열쇠말_ **어른**

설이의 주변에는 많은 어른들이 있습니다. 작품 속 어른들의 모습에 주목해야 하는 이유는 이들이 '설이'와 '시현'이 같은 아이들을 만들어 낸 장본인이라는 사실 때문입니다. 소설 속 어른들은 자신의 가치관과 욕심을 바탕으로, 아이들을 자신들이 원하는 모습으로 만들고자 합니다. 시현이 아버지인 곽은태 선생님과 시현이 엄마는 시현이가 영재 학교에 입학하기를 바라는 욕심으로 시현이를 끊임없이 다그치고, 자신이 원하는 방향으로 걸어가지 않으면 자식 키우기가 너무 어렵다며 한탄합니다. 시현이가 학예제 때 멋진 모습으로 댄스 공연을 마쳤음에도 영재 학교 대비반 시험에 늦었다며 시현이의 재능을 칭찬하기보다는 혼내기만 했습니다. 담임 선생님과 풀잎 보육원의 원장님 또한 속세의 가치에 따라 설이를 모범생으로 만들고자 하며, 설이가 진정 무엇을 원하는지, 설이에게 필요한 것이 무엇일지 깊이 고민하지 않은 채 설이를 말로만 사랑하는 듯한 위선적인 어른들입니다.

　이에 비해 이모는 조금 다릅니다. 작품 속에서 이모는 항상 희미하지만 편안한 웃음을 띠는 모습으로 나옵니다. 이모가 설이를 양육하는 방식은 뚜렷한 가치관 없이 '되는 대로' 키우는 것 같다는 생각마저 들게 합니다. 사실 이모는 어떠한 뚜렷한 신념과 기준, 목표를 가지고 설이를 키우지는 않습니다. 다만 설이를 이해하고 믿어 줄 뿐입니다. 생각이 뚜렷한 설이가 방향을 잃지 않을 것을 알기에 걱정하지 않고 설이를 믿는 것입니다. 그리고 아이이기 때문에 이리저리 흔들리는 것이 당연하다는 이해심으로 설이를 대합니다. 이것이 진정한 어른의 모습이 아닐까요?

작품 후반부에서 설이가 이모와 있을 때 편안함을 느낄 수밖에 없었던 이유를 깨닫고, 이모를 믿고 더 의지하게 되는 것은 이러한 이모의 믿음과 사랑 때문일 것입니다.

세 번째 열쇠말_ 성장

속절없이 흔들리던 설이는 점차 안정을 찾고 한 뼘 더 성장합니다. 이모에게서 편안함의 가치를 깨닫고, 자부심마저 느끼게 됩니다. 그리고 곽은태 선생님과 시현이 엄마 같은 진짜 부모님과 풍족한 환경을 동경했던 설이는, 오히려 그들 부부에게 이모가 선생님이 되어 줘야 한다고 생각합니다. 이모가 자신에게 준 것이 진짜 사랑임을 이해하게 된 것이죠. 틈만 나면 침묵을 일삼던 설이는 이제 이모에게 자신의 마음을 솔직하게 말할 수 있게 됩니다. 또한, 이모와 풀잎 보육원 원장님의 거짓말로 인해 그들을 미워했던 과거를 딛고, 그들이 왜 그럴 수밖에 없었는지를 이해하게 됩니다.

성장한 것은 설이뿐만이 아닙니다. 질풍노도의 시기를 겪던 시현이는 설이와 함께 지내는 동안 조금씩 변해 갑니다. 여전히 부모님께 대들고 반항하지만, 안하무인이었던 시현이가 설이를 도와주기도 하고, 설이에게 졸업 공연에 함께 나가자고 손을 내미는 모습은 시현이도 한 뼘 성장했음을 보여 줍니다. 방황하던 두 초등학생이 점차 어지러운 마음을 정리하고 조금씩 자리를 찾아가는 모습으로 끝나는 이 소설은 앞으로 두 아이가 어떤 모습으로 '성장'하게 될지 기대하게 만

듭니다. 우리는 두 아이를 '성장'으로 이끈 것이 무엇인지 곰곰이 생각해 볼 필요가 있지 않을까요?

『설이』는 독자들에게, 특히 어른 독자들에게 많은 생각과 숙제를 남기며 독자들을 성장하게 만드는 소설이라는 생각이 듭니다.

쇼코의 미소

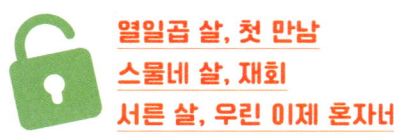

열일곱 살, 첫 만남
스물네 살, 재회
서른 살, 우리 이제 혼자네

  소설집 『쇼코의 미소』에는 총 7편의 소설이 실려 있습니다. 이 소설들은 만남과 이별에 대한 정서를 다루고 있다는 점에서 공통점이 있습니다. 우리가 누군가를 만나고 헤어지는 과정에서 느끼는 정서를 매우 잘 드러내고 있지요.
  이 소설집의 표제작인 단편 소설 「쇼코의 미소」는 최은영 작가의 등단작입니다. 이 소설에는 '쇼코'라는 이름의 일본인과 '나'와의 세 차례에 걸친 만남이 나옵니다. 소설의 내용을 살펴보며, 작가가 이야기하는 관계 맺음에 대해서 생각해 보는 시간이 되었으면 합니다.

 첫 번째 열쇠말_ **열일곱 살, 첫 만남**

  「쇼코의 미소」라는 제목을 보면서 일본 소설인가 하는 생각을 하신

분도 있을 것입니다. 저 역시도 그랬으니까요. 우선 쇼코는 일본인이 맞습니다. 소유라는 이름의 서술자인 '나'가 고등학교 교환 학생 행사로 일본인 학생 쇼코를 일주일간 집으로 초대합니다. 애초에 이들의 만남은 스스로 원한 것이라기보다는, 어쩌다 이루어진 우연에서 시작합니다.

어색한 첫 만남 속에서 쇼코를 분주하게 맞이하는 엄마와 할아버지의 모습을 '나'는 굉장히 낯설어합니다. 평소에 보이는 모습과는 다르기 때문이지요. 그동안 '나'한테는 이것저것 명령만 하고, 대화도 없이 텔레비전만 보는 할아버지였습니다. 그런데 쇼코에게는 일본어로 이것저것 물어봅니다. 우리말이 아닌 일본어로 묻는 할아버지의 목소리는 자신감으로 차 있었습니다. 밥 먹을 때도 대화 없이 텔레비전 소리만 들렸는데, 쇼코가 나타나자 할아버지는 텔레비전도 꺼 버렸습니다. 쇼코와 일본어로 말하며 껄껄대기까지 합니다. '나'는 그렇게 웃으며 이야기를 많이 하는 할아버지를 그동안 한 번도 본 적이 없었습니다.

쇼코는 주인공의 가족들에게 일본인 특유의 예의 바름으로 행동합니다. 그리고 밝은 표정과 미소를 보입니다. 그러나 '나'와 친해지면서 나누는 대화는 좀 다른 양상을 보이죠. 쇼코는 할아버지와 고모와 함께 살고 있습니다. 쇼코는 자신의 할아버지는 부담이 되는 존재일 뿐이라고 말합니다.

어쨌든 쇼코가 지내는 일주일간 '나'의 집은 뭔가 모를 이상한 활력이 돌고, 쇼코의 예의 바르면서도 어른스러운 말들은 '나'에게 많은 영향을 줍니다. 예를 들면 쇼코가 '나'에게 영화 만드는 사람이 될 것 같다고 한 말은 '나'의 마음에 분명한 자국을 남기게 되지요.

　일주일 뒤 쇼코가 떠난 후에 이 인물들은 서로 편지를 주고받습니다. 그런데 쇼코가 '나'에게 보내는 편지와 할아버지에게 보내는 편지의 내용이 확연하게 다릅니다. 할아버지에게는 최대한 자신의 밝은 모습을, '나'에게는 갑갑함이 느껴지는 어두운 이야기를 보냅니다. 여기에서 어떤 괴리가 느껴집니다.

🔑 두 번째 열쇠말_ 스물네 살, 재회

　시간은 어느덧 흘러 두 사람은 성인이 됩니다. 그 사이 주고받던 편지도 끊기고 맙니다. 쇼코의 마지막 편지는 도쿄로 갈 수 없게 되었다는 안타까운 소식이었죠. '나'는 유학 생활 중에 고등학생 때 쇼코와 함께 한국에 왔었던 또 다른 일본인 학생을 만나, 쇼코의 소식을 전해 듣습니다. 쇼코가 가정 사정으로 인해 자기가 원하던 학교가 아닌, 자기 지역의 물리 치료학과로 진학하게 되었다는 것이죠.

　유학에서 돌아온 후, '나'는 일본으로 쇼코를 만나러 갑니다. 그리고 이루어진 두 사람의 재회. 그런데 어른스러웠던 지난 시절 쇼코의 모습은 온데간데없고 망가진 모습의 쇼코가 있습니다. 한없이 약해지고 망가진 쇼코에 대한 실망은 이루 말할 수가 없었죠. 더욱이 자기 할아버지에게 함부로 하는 쇼코의 태도에 진절머리가 나서 '나'는 쇼코를 그대로 둔 채 떠나 버립니다. 쇼코는 지금까지 자기가 할아버지를 돌봐야 하기 때문에 자기 삶이 제약받는다고 했는데 그건 거짓이었고, 정반대의 상황이라는 것을 알게 된 겁니다. 우울증을 앓고 있던 쇼코는 할아버지 덕에 연명하며 생활하고 있었습니다. 이 장면에서 '나'라는 인물이 느끼는 감정은 무엇이었을까요? 당시 '나'는 서울에서의 대학 생활과 해외 유학까지, 자신감이 넘쳐 있었습니다. 그런데 어린 시절에 '나'보다 정신적으로 어른이라고 생각했던 존재가 약해지고 망가져 버린 모습을 보면서 실망감과 함께 약간의 우월감을 느꼈을 것 같습니다.

이후 '나'는 쇼코가 예전에 했던 말에 영향을 받아 영화감독이 되기 위해 노력하지만 뜻대로 되지 않습니다. 이들의 만남은 사실 길고 긴 삶 전체를 놓고 보면 아주 잠깐에 해당하는 시간이지만, 그럼에도 불구하고 그들의 삶에 큰 영향을 준 것만은 틀림없어 보입니다.

'나'는 영화를 만들겠다고 꿈꾸며 열심히 시나리오를 쓰지만 공모전에서 번번이 떨어지고 심사평에서조차 모두 혹평을 듣습니다. '나'는 점점 가족들의 얼굴을 보러 가지 않게 됩니다. 그런 '나'에게 할아버지가 찾아옵니다. 몇 시간 동안이나 비를 맞으며 기다린 채 좁디좁은 고시원 방에 찾아온 할아버지는 '나'의 초라한 모습을 물끄러미 쳐다봅니다. 할아버지는 '나'가 이렇게 살고 있는 것, 하고 싶은 걸 하면서 사는 게 멋지다고 담담하게 말합니다. 아무도 인정해 주지 않는 삶, 사실상 유일한 관객이었던 할아버지가 '나'를 이해해 준 겁니다.

그 말을 듣고 나서야 '나'는 오래도록 끌었던 영화감독이라는 꿈을 끝내게 됩니다.

 '나'는 죄책감에 식사도 대접하지 않고 할아버지를 빗속에 돌려보냅니다. 돌아서는 할아버지와 우산을 건네주기 위해 쫓아가는 '나'. 저는 이 대목에서 울컥하면서 이 소설이 영상화된다면 좋겠다는 생각을 하였습니다. 이 장면 이전까지는 대체로 쇼코라는 인물과 '나'와의 관계에 대해서만 이야기합니다. 그런데 이 장면을 기점으로 이 작품의 서사는 주인공의 가족에 대한 이야기로 확장됩니다.

🔑 세 번째 열쇠말_ 서른 살, 우린 이제 혼자네

 할아버지는 고시원 방으로 '나'를 찾아왔을 때 위로의 말뿐만 아니라 쇼코가 보낸 편지와 폴라로이드 사진을 건넸습니다. 편지 속에는 그동안 쇼코가 살아온 평범한 삶에 대한 이야기가 담겨 있습니다. 그리고 할아버지에게 병이 있다는 사실을 알게 된 '나'는 고향으로 내려갑니다. 할아버지를 돌보며 '나'는 지금까지 가장 잘 알고 있다고 생각한 가족이라는 존재에 대해 다시 생각합니다. 할아버지가 숨을 거두기 전에 어머니와 할아버지, '나'는 함께 누워서 그동안 마음속에 쌓아 두고 하지 못했던 말들을 도란도란 나누기도 합니다. 우리는 사실 타인에게는 미안하다, 고맙다는 말을 쉽게 하지만 오히려 가족들에게는 왠지 부끄럽고 쑥스러워서 망설이게 됩니다. 어쩌면 가족은 가장 낯선 타인일지도 모르겠습니다. 그래서 사랑하는 가족이 죽음에 이를 때 많은 후회를 하게 되는지도 모르겠습니다. 고레에다 히로카즈 감독의 『어느 가족』이라는 영화가 연상되는 부분이기도 합니다.

　가족에 대해 더 많이 알게 된 '나'는 할아버지의 죽음 앞에서 눈물도 흘리지 않는 엄마를 보며 독하다고 말하는 사람들에 대해, 아무것도 모르고 껍데기만 보고 판단한다고 생각합니다. 사실 엄마는 슬픔을 억누르고 억누르다 결국 어떻게 슬퍼해야 하는지도 모르는 사람인데 말이죠. 그저 차가운 손과 발, 두통처럼 보이지 않는 증상으로 아파하는 사람이 엄마라는 것을 이제 '나'는 알고 있습니다. 그리고 '나'의 할아버지가 쓴 편지를 전하기 위해 쇼코가 한국에 옵니다. 다시 재회한 쇼코와 '나'. '나'는 어린 시절 보았던 쇼코의 미소를 다시 보면서 이 작품은 끝을 맺습니다.

　쇼코와 '나'의 세 차례의 만남을 통해 사람 사이의 관계 맺음과 타인을 바라보는 시각의 성장에 대해 많은 생각을 할 수 있는 작품이었습니다. '나'와 쇼코의 이야기 외에 할아버지와 쇼코의 국경과 세대를 뛰어넘는 우정 역시 인상 깊었습니다. 이들은 사실 공통점이라고는 전혀 없는 사이이지만 오히려 그렇기 때문에 서로를 더 편하게 생각하며 유대 관계를 형성하지요.

　소설가 김연수의 표현처럼 최은영 작가는 간단하고 단순한 서사를 근사한 이야기로 만들어 내는 능력을 보여 주었습니다.

공선옥/ 라면은 멋있다
해이수/ 십번기
임태희/ 가식덩어리
이꽃님/ 행운이 너에게 다가오는 중
이도우/ 잠옷을 입으렴
이경화/ 지독한 장난
임솔아/ 최선의 삶
김려령/ 우아한 거짓말
황영미/ 체리새우: 비밀글입니다

3부
친구,
함께 성장하다

라면은 멋있다

<u>선생님:</u> 안녕하세요? 이번 시간에는 『라면은 멋있다』에 대해 이야기하려고 합니다.

공선옥 작가님은 '나의 궁핍한 시절이 글이 될 수도 있다는 생각'을 떠올리며 작가의 길로 접어들었다고 합니다. 작품 활동을 시작한 이후, 개성 있는 작품을 잇따라 발표하며 가진 자에게는 눈물의 슬픔을, 없는 사람들에게는 희망의 기쁨을 안겨 주는 작가로 불리고 있습니다.

이 책의 제목을 보면 '라면은 맛있다'라는 생각이 먼저 떠오르고 그 다음에서야 '어? 라면이 멋있다고? 어떻게 라면이 멋있을 수 있지?'라는 의문이 들지요. 이번 시간에는 이유빈 학생과 함께 『라면은 멋있다』를 세 가지 열쇠말을 통해 살펴보고자 합니다.

 첫 번째 열쇠말_ **가난**

선생님: 본문 중에 연주 아버지 직업에 대한 이야기가 나옵니다. 연주는 민수에게 아빠가 작년과 똑같이 일했는데도 작년보다 살기 힘들어졌다는 말을 하지요. 연주 아버지는 민수가 한 번도 생각해 보지 못한 직업인 '바 타는 사람'으로, 건물 외벽에서 밧줄을 타며 일을 하는 사람입니다. 고1 학생인 주인공들의 대화를 통해 우리 사회의 빈부 격차의 단면을 보여 주는 부분이라고 생각합니다. 유빈이가 볼 때 이 작품에서 '가난'은 어떤 의미였을지 궁금하네요.

이유빈: 저는 가난하면 슬프겠다는 생각을 했어요. 민수네 집도 잘사는 건 아니잖아요. 진희가 민수를 떠나면서 '재섭다(재수 없다)'라고 말하는데, 사실 진짜 이유는 따로 있는 거였어요. 가난한 집 애라서 생일 선물을 사 주지 않아서 삐친 거였지요. 이 일을 계기로 민수는 여자애를 사귈 때 가난하다는 것을 들키지 않도록 철저히 위장해야겠다고 결심합니다. 이 부분을 읽으면서 민수 입장에서는 정말 속상하고 슬프겠다고 생각했지만, 내가 진희 입장이 되면 가난한 남자 친구와 사귈 수 있을까 하고 되묻게도 됐습니다.

선생님: 네, 그랬군요. 유빈 학생은 어떤 답을 내렸나요?

이유빈: 사실 남자 친구도 없고, 제 주변에 이렇게 가난한 친구가 있

는지 잘 살펴보지 않았지만, 책을 읽고 상상해 봤어요. 민수가 진희랑 헤어지고 난 뒤에 민수는 상처를 입고 자신을 위장하는 인물이 되잖아요. 그래서 나에게 민수와 같은 남자 친구가 생긴다면, 어떤 것으로든지 상처는 주고 싶지 않다고 생각했어요. 민수 입장에서도 생각해 보면, 은주에게 가난을 들키고 싶어 하지 않는 모습에 충분히 공감할 수 있었어요. 민수가 위장하는 모습을 정직하지 않다고 비난만 할 수는 없을 것 같아요. 민수 엄마가 환경보다는 '마음먹기' 나름이라고 말하는데, 민수가 가난을 대하는 태도가 달라지면 좋겠지만, 가난한 사람들도 주눅 들지 않고 살아갈 수 있는 사회적인 분위기도 중요하다고 생각합니다.

선생님: 유빈 학생이 책을 읽고 깊이 고민해 본 생각을 들려주셔서 감사합니다.

 두 번째 열쇠말_ **라면**

선생님: '라면'이라는 단어를 들으면 어떤 생각이 떠오르나요?

이유빈: 따뜻함이 떠올라요. 추울 때 먹는 라면 국물의 따뜻함도 있지만, 같이 라면을 먹고 나면 그 사람하고 나눈 마음도 따뜻해지는 것 같아요. 학원을 마치고 편의점에서 친구들과 수다 떨면서 라면을 먹고 나면 스트레스가 확 풀리거든요. 그래서 속상하거나 스트레스 받

을 때는 누군가와 함께 라면이 먹고 싶어져요.

선생님: 이 작품에서 연주는 민수에게 만날 라면을 먹냐고 묻습니다. 민수네 아버지는 행상 트럭을 몰며 길에서 장사하고, 어머니는 식당에서 손이 퉁퉁 부르트도록 기름때 묻은 갈비 불판을 철 수세미로 닦아 내는 일을 하지요. 민수의 누나 또한 대학교 입학 통지서를 받은 날부터 장례식장 식당에서 서빙 일을 합니다. 이런 어려운 가정 형편 때문에 민수는 좋아하는 연주랑 데이트를 하려고 해도 돈이 없어서 라면밖에 먹을 수 없지요. 하지만 그런 민수를 연주는 멋있다고 말해요.

이유빈: 좋아하는 사람과 먹으면 그게 라면이든 뭐든 다 좋을 거 같아요. 책에도 연주가 일하는 햄버거 가게에서 팔다 남은 햄버거를 공원에서 먹는 장면이 나오는데요, 팔다 남은 햄버거를 먹어도 그들은 참 배부르겠다는 생각을 했어요. 여기서 라면과 햄버거는 단순한 음식이 아니라 그 음식을 함께 먹는 대상과 감정들이 포함되어 있다고 생각해요.

🔑 세 번째 열쇠말_ **사랑**

선생님: 그들이 먹는 라면에는 어떤 감정이 포함되어 있는지 다음 열쇠말로 살펴볼까요? 세 번째 열쇠말은 '사랑'입니다. 작품에 '찌잉 찌잉 버저 울린다'는 표현이 있는데요, 어느 장면이었지요?

이유빈: 처음에는 민수가 아버지의 낡은 차 뒤를 보면서 찌잉, 찌잉 두 번 버저가 울렸어요. 이때 민수는 굳이 가슴이 아프다고 하지 않아도 되어서 편리한 표현이라고 말하고는 찌잉 찌잉 연속해서 울리는 버저를 가까스로 잠재우는 장면이 나와요. 자식을 위해 고생하시는 아버지에 대한 민수의 고마움과 미안함이라는 감정의 울림인 것 같았어요.

선생님: 네, 저도 갈비뼈 밑에 부저가 있는 것 같은 착각을 하면서 읽었답니다. 연주에게 생일 선물로 코트를 사 주려 했지만 연주가 마음만 받겠다고 하자, 민수는 분한 마음에 편의점 아르바이트를 하며 가불한 이야기까지 하게 됩니다. 이때 연주는 민수에게 이렇게 말합니다. 그 돈을 엄마 아빠한테 갖다 드리라고요. 민수네 집도 어렵게 사는데 이렇게 돈을 함부로 쓰면 안 된다고 말이지요. 이 장면에서 제 갈비뼈 아래가 찌잉 찌잉 울렸답니다. 그 울림은 아주 인상 깊게 남았죠. 이 울림의 정체는 뭘까요? 유빈 학생은 어땠나요?

이유빈: 연주랑 같이 있을 때 아버지의 낡은 행상 트럭이 나타나서 당황한 민수는 몸을 숨기고 싶어 하지만 숨길 새도 없이 아버지와 맞닥뜨리게 됩니다. 아버지는 구겨진 천 원짜리 지폐 몇 장을 꺼내서 우유라도 사 먹으면서 공부하라고 말하지요. 가난을 숨겨 오던 민수가 얼음이 되었을 상황에서 연주가 먼저 라면 먹으러 가자고 말했을 때,

민수의 갈비뼈 밑에서 버저 울리는 소리가 났다고 나와요. 저는 이 버저 울리는 소리의 정체는 '사랑'이라고 생각합니다.

선생님: 아, 마음을 울리는 '찌잉 찌잉' 버저 소리는 사랑을 알리는 소리였군요. '낡은 화물차', '구겨진 지폐'를 보면서 아버지에 대한 사랑의 울림이 온몸으로 퍼졌을 것 같아요. 작품 마지막은 연주와 민수가 라면을 맛있게 먹는 장면입니다. 민수의 가난한 처지를 이해해 주고 진심을 알아본 연주는 멋있다고 말하죠. 이런 연주에게 사랑을 느낀 민수의 마음이 울려 퍼지며 소설은 마무리됩니다. 그 울림이 가슴 깊이 남는 것 같아요.

이유빈: 마지막 부분을 읽으면서 가난해도 마음만은 가난하지 않은 사랑 이야기에 정말 감동받았습니다. 가난이라는 환경보다는 상대를 이해해 주는 따뜻한 마음이 가난을 이겨 낼 힘이 될 수 있다고 생각했습니다.

선생님: 뒤표지를 보면 "가난하면 연애도 못 하나요?"라는 질문이 있는데요, 신경림 시인의 「가난한 사랑 노래」라는 유명한 시의 '가난하기 때문에 이것들을 / 이 모든 것들을 버려야 한다는 것을'이라는 구절이 떠올랐습니다. 자조적인 분위기의 신경림 시인의 시와는 달리 이 작품에서는 가난한 민수와 연주의 사랑이 마음을 뜨겁게 데워 줍

니다. 갈비뼈 아래를 찌잉, 찌잉 울리면서 말이죠. 라면만 먹어도 서로를 향한 진심이 있다면 '사랑은 멋지다!'라고 당당하게 말하고 있는 정말 멋진 작품입니다.

공선옥 작가님의 말을 전합니다. '그 어떤 현재도 잘못이 아닌 한 부끄러운 일이 아닙니다. 사춘기를 당당히 보내시길.'

그리고 저는 어른들에게도 자신의 삶을 돌이켜 보며 읽어 보시길 권합니다.

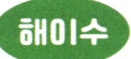

십번기

십번기
수담
대국 장면

  장편 소설 『십번기』는 해이수 작가가 쓴 성장 소설로, 바둑 이야기를 소재로 하고 있습니다. 해이수 작가는 중학생 시절 바둑을 잘 두지 못해서 늘 괴로웠다고 합니다. 그만큼 바둑에 빠져 있었다는 뜻이었겠죠. 『십번기』는 작가의 학창 시절 경험을 바탕으로 청소년들의 풋풋한 사랑과 꿈이 성숙해 가는 모습을 그렸습니다. 그렇다고 꼭 바둑을 잘 알거나 바둑에 흥미 있는 사람만 읽을 수 있는 소설은 아닙니다. 바둑을 전혀 몰라도 아주 재미있게 읽을 수 있습니다.

  이 작품은 액자 소설의 형식을 취하고 있는데요. 처음과 끝에 수석 무용수의 꿈을 이룬 연희와, 그녀를 취재하러 온 서술자 '나'가 만나는 장면이 배치되어 있습니다. 그들의 중학교 3학년 시절의 이야기가 이 액자 소설의 중심이며, 연희가 수원으로 전학 온 이후부터 이야기가 시작됩니다.

사건의 중심은 나와 연희의 십번기 대국입니다. 그래서 첫 번째 열쇠말을 '십번기'로 택했습니다. 십번기를 두면서 둘은 경쟁 관계가 아닌 마음을 나누는 사이가 됩니다. '수담'이라는 말은 바둑을 둔다는 뜻도 있지만 이렇게 마음을 나누어 통한다는 의미도 있지요. 이에 두 번째 열쇠말을 '수담'으로 택했습니다. 긴장감이 넘치는 대국 장면도 놓칠 수 없어, '대국 장면'을 세 번째 열쇠말로 설정했습니다.

🔑 첫 번째 열쇠말_ 십번기

십번기는 실력을 겨루기 위해 열 판 단위로 두는 바둑을 말합니다. '나'는 자존심을 걸고 연희와 십번기 대국을 벌입니다. 이 대결의 결과를 포함하여, 주인공이 이 대결을 통해 무엇을 얻고 무엇을 잃었는지 궁금하시지 않나요? 이제 그들의 십번기 대국을 따라가 보겠습니다.

첫 번째 대결인 1번국의 내용입니다. '나'는 견실하게 실리 위주로 게임을 하고, 연희는 대범하게 세력전을 펼칩니다. 배짱이 두둑한 연희가 승리합니다. 1번국에서 진 '나'는 밤늦게까지 포석을 연구합니다. 그리고 2번국에서는 싸우지 않고, 지키고 조심하려는 방어적 전략을 세웁니다. 지키는 전략을 짠 '나'와 달리 연희는 싸움 바둑을 합니다. 연희는 무섭고 대담한 기세로 '나'를 몰아붙이고 승리를 거머쥡니다. 이제 3번국입니다. 연희가 연속 두 번을 승리했으니 이번 판마저 지면 '나'는 치수가 내려가 연희를 상수로 모셔야 할 판입니다. 그

야말로 자존심을 건 혈투입니다. '나'는 각오를 단단히 하고 바둑에 임합니다. 그런데 연희는 바둑의 정석과 격언에 위배된 전술을 펼칩니다. 결국 3연승을 한 연희는 깔깔거리며 웃었고, '나'는 머리를 떨구게 되지요.

4번국에서 '나'는 역전의 용사가 되기 위해 온갖 전략과 전술을 모두 동원합니다. 이번에는 연희가 고전을 면치 못하지요. 그런데 '나'는 끝내기에서 실수를 범하고 맙니다. 연희는 이를 틈타 판세를 전환하며 두 집 차이로 또 이깁니다. 연희의 4판 4승입니다. 5번국에서 '나'의 각오는 더욱 비장해졌습니다. 6연승까지 가면 '나'는 연희보다 두 점 아래 하수로 잡히기 때문이죠. '나'는 계획대로 포석을 진행했고 세 귀의 집을 지켜 중앙을 치고 들어갑니다. 연희는 '나'의 작전을 방해하지 않으면서도 자신만의 전략을 착실히 전개해 나갑니다. 그러나 결국 한 집 차이로 '나'는 또 지고 말았습니다. 5전 5패. 참담한 심정이지요.

6번국을 지면 십번기는 끝입니다. '나'는 자신의 실력을 인정하며 다시 시작해 보겠다는 각오를 다집니다. 치열한 접전이 벌어집니다. 둘이 번갈아 가며 돌을 따내는 랠리가 이어지자, 무승부 판정을 받습니다. '나'는 이제야 패배에서 벗어나기 시작합니다. 7번국을 두면서 나는 마음이 차분해집니다. 승부보다 수담을 나누는 기분을 갖게 되어 여유 있는 바둑을 두게 됩니다. 비로소 바둑을 즐기게 된 거죠. 결과는 어떻게 되었을까요? 그렇습니다. 즐기는 자를 이기기란 어려운 일이죠. '나'는 처음으로 승리합니다. 그런데 연희는 지고도 활짝 웃었고 '나'도 마주 보며 소리 내어 웃었습니다. 둘은 바둑을 두며 많은 것을 공유하였기에 서로의 감정을 이해하게 된 것이지요.

8번국에서 '나'는 상승세를 탑니다. 서로 처절하게 수를 조이며 마지막 한 수까지 최선을 다하니, 연희가 먼저 돌을 던지죠. '나'의 2연승입니다. 십번기의 9번국에서 '나'의 포석은 그동안의 패인을 분석하며 많이 다듬어집니다. 나는 간신히 이깁니다. 둘은 '승고흔연 패역가희(勝固欣然 敗亦可喜)'라는 바둑의 교훈을 떠올립니다. 승부에서 이기면 물론 즐겁지만, 훌륭한 벗을 만나면 설령 진다고 해도 기쁘다는 뜻이죠. 둘은 서로의 마음을 나누고 있음이 분명해 보입니다.

마지막 10번국을 앞두고 연희는 샌프란시스코로 떠나게 됩니다. 이제 그들의 마지막 승부는 볼 수 없는 걸까요? 아닙니다. 연희와 '나'는 이제 인생이란 판에서 자신들에게 다가올 시간과 사건들을 바둑돌로 삼아 십번기를 두고 있습니다. 바둑에서 인생을 보는 듯했던 이 작품은, 거꾸로 인생에서 바둑을 보게 합니다. 바둑을 두며 어떤 삶의 모습을 찾아야 하는지는 두 번째 열쇠말에서 찾아보겠습니다.

🔑 두 번째 열쇠말_ **수담**

연희를 빼놓고서는 이 작품을 이해할 수 없습니다. 연희는 전학을 오자마자 짓궂은 남학생들의 놀림거리가 됩니다. 그런데도 전혀 개의치 않으며 당당합니다. 남달랐던 연희는 서술자인 훈이는 물론이고 독자들의 멘토가 될 만큼 멋진 캐릭터입니다.

주인공 훈이에게 연희는 처음엔 '미스 신갈'이었습니다. 그러나 대국이 진행되면서 '미스 신갈'이라는 별명은 사용되지 않습니다. 아마추어 바둑계에서 '언더그라운드의 대부'로 통하던 최 사범의 딸인 연희를 인정하기 시작한 것입니다. 작품의 말미에서는 항상 '나'를 일깨워 주었던 연희를 그리워하고, 그녀에 대한 감정이 사랑이었음을 깨닫게 되죠. 바둑을 두는 동안 연희와 '나' 사이에 물길이 흘렀던 겁니다.

연희와 훈이가 주고받았던 필담 중에는 이런 내용이 있습니다. 바둑은 공평하게 서로 번갈아 가며 한 번씩만 둘 수 있다는 것이었지요. 자신이 없다고 무를 수도 없고, 건너뛸 수도 없는 것이 바둑입니다. 참여하는 모두에게 공평한 기회가 주어지는 바둑의 세계에서는 한 판이 끝날 때까지 도망치지 않고 스스로 그 판을 책임져야 하지요. 필담 중에 집중력이 중요하다는 말도 있습니다. 너무 힘을 주지 말고 빼는 것도 실력이라는 내용이지요. 만약 해야 할 일을 앞두고 너무 긴장된다면 이 말을 떠올려 보세요. 적당한 긴장 속에서 끝까지 집중력을 잃지 않는다면 무슨 일이든 해낼 수 있을 겁니다.

연희는 이기든 지든 항상 바둑을 즐깁니다. 사범님도 바둑을 끝까지 할 수 있는 힘을 '유희'라고 했지요. 아무리 어려운 과제가 주어져도 그것 자체에 즐거움을 느낀다면 도망치지 않고 끝까지 해낼 수 있을 겁니다. 즐겁게 놀기 위해서는 마음을 비워야 합니다. 승부에 집착하지 않고 바둑을 즐기면, 진다 한들 억울하진 않겠죠? 연희는 바둑을 진정으로 즐겼던 겁니다.

'나'는 항상 정석과 기보를 외우며 성실하게 바둑 공부를 하던 아이입니다. 그런데 늘 책 좀 그만 보고 외우지 말라는 평을 듣습니다. 연희의 바둑은 정석을 벗어나 자신만의 공식을 만들어 갑니다. 진정 상수가 되기 위해서는 절차와 법을 뛰어넘어야 합니다. 마치 우리가 걸을 때 걷는 법을 생각하지 않고 방향과 목적지만 생각하듯이 말이지요.

여러분에게 괴롭고 힘든 일이 있을 때, 연희의 말을 빌려 다음과 같은 이야기를 해 주고 싶군요. 바둑판에도 흑과 백이 있듯이 우리에겐 밝음과 어둠이 있고, 기쁜 날도 슬픈 날도 있답니다. 훼방꾼이 없는 게임은 없으니까요. 통제할 수 없는 일에도 반드시 응수하세요.

『십번기』에는 이외에도 여러분의 마음을 어루만져 줄 많은 이야기들이 있습니다. 책장에 꽂아 두고 인생의 멘토로 삼을 만한 작품입니다.

🔑 세 번째 열쇠말_ 대국 장면

이 소설에서 바둑은 단순히 이야기의 소재로만 존재하지 않습니다. 각 대국의 진행이 상세히 묘사되어 있는데 마치 흥미진진한 게임을 해설하는 듯합니다. 정적인 게임이라고만 생각했던 바둑은 해이수 작가의 묘사로 살아 움직이며 대국 내내 긴장감과 흥미를 유발합니다. 그래서 바둑을 몰라도 손에 땀을 쥐며 읽을 수 있는 매력이 있습니다. 바둑이 아니라 무협지를 읽는 듯한 장면이 종종 등장합니다. 바둑 두는 장면을 사냥꾼이 말을 잡는 장면에 빗대어 묘사하는 부분에서는 살아 움직이는 듯한 생동감이 느껴집니다.

바둑이라기보다는 격투기 장면이 연상되는 부분도 있습니다. 연희와 장 사장의 대결 장면인데요, 연희의 입장에서 상상하며 읽는다면 장 사장에게 강펀치를 날린 듯 속이 후련해질 겁니다.

연희와 '나'가 나눈 8번국을 읽다 보면, 독자들도 훈이처럼 맥박이 뛰고 온몸이 뜨거워지는 경험을 하게 될 것입니다. 해이수 작가가 이토록 바둑의 대국 장면을 자세하면서도 흥미롭게 묘사할 수 있는 것은 바둑에 심취해 있었던 작가의 경험이 있기 때문이기도 하지만, 경기를 맛깔나게 해설하고 묘사하는 작가의 실력이 워낙 뛰어나기 때문이기도 합니다.

지금까지 '십번기', '수담', '대국 장면', 이 세 가지 열쇠말로 해이수 작가의 『십번기』를 살펴보았는데요, 혹시 여러분은 지금 자신감이 떨어진 상태인가요? 자신이 부족한 점이 많은 것 같아 안절부절못하고 있나요? 모든 것은 여러분 안에 있음을 잊지 마시기 바랍니다. 지금 자신이 가진 것만으로도 이미 여러분은 충분합니다.

중학교 2학년 학생이 이 책을 읽고 작가에게 보낸 말을 대신 전하며 마무리하겠습니다.

해이수 작가님, 이 책은 보면서 잠이 오지 않았어요. 다른 책들은 다 잠이 왔는데. 작가님 책은 재미있어요.

가식덩어리

　임태희 작가의 「가식덩어리」는 단편 소설치고도 매우 짧은 소설입니다. 그러나 생각할 거리를 많이 남긴다는 점에서는 장편 소설의 주제 의식 못지않은 무게감이 있습니다. 다양한 스타일로 마음을 만지는 글을 쓰고 싶다는 임태희 작가는 고1 여학생의 낙태와 자살을 소재로 한 『쥐를 잡자』라는 작품을 통해서 우리 청소년들의 성 문제와 그에 따른 현실을 그리며 사회적 이슈를 불러일으킨 바 있습니다.

　그러면 이제부터 「가식덩어리」를 '은따 vs 왕따', '너의 이름은', '담임 선생'이라는 세 가지 열쇠말로 살펴보겠습니다.

첫 번째 열쇠말_ 은따 vs 왕따

　혹시 '은따'나 '왕따'를 처음 들어 본 분은 안 계시죠? '왕따'는 사전에도 올라와 있을 정도로 이제는 공식적인 용어가 되었습니다. 왕따는 '따돌림'이라는 말에 '매우, 최고' 등을 나타내는 접사 '왕-'이 붙어 만들어진 말입니다. 그런데 '최고의 따돌림'이나 '매우 많이 따돌린다'는 의미보다는 '집단 따돌림'의 의미로 많이 쓰이죠. 이 왕따에서 파생한 말들이, 전교생이 따돌리는 '전따', 겉으로 드러내지는 않지만 은근히 따돌리는 '은따'입니다.

이 소설의 주인공인 '나'는 학급의 '유안나'라는 친구가 전학을 가는 날, 눈물을 흘렸다는 이유로 '가식덩어리'라는 별명을 얻게 됩니다. 그 이유가 무엇일까요?

사실 주인공인 '나'는 우리 반에 '유안나'라는 친구가 있었는지도 몰랐습니다. 그런 친구가 전학을 간다고 했을 때 이유도 모르게 눈물이 났고, 그 모습을 보면서 담임 선생님은 '아름다운 광경'이라며 감탄합니다. 그 때문에 학급 친구들은 '나'에게 '가식덩어리'라고 써 있는 쪽지를 전달하고, 그 후 '나'는 괴롭힘을 당하게 됩니다. '왕따'가 된 거죠.

사실 '유안나'가 '은따'였다는 걸 '나'는 나중에 알게 되었습니다. 주인공인 '나'가 유안나가 은따였다는 사실조차 몰랐다는 것을 보면 유안나는 정말 '은근한 따돌림'만 당하는 학생이었을지 모릅니다. 전체적으로 학생들에게 지속적인 괴롭힘을 당했다면 같은 반 학생이었던 '나'가 몰랐을 리는 없겠죠. 하지만 '나'는 한 단계 더 높은 수준의 '왕따'가 되었고, 학급 친구들은 체육 시간에 주인공의 교복을 찢어 놓기까지 합니다.

처음에 '나'는 자신을 싫어하는 애들이 일부일 것이라고 생각해 좋은 면을 보여 주려고 합니다. 그 좋은 면이라는 것은 나서서 돈을 빌려 주거나, 스타킹 올이 나간 친구를 위해 말없이 스타킹을 사 주는 일, 허락 없이 펜을 가져간 친구에게 마음에 들면 펜을 가지라고 하는 것들이었습니다. 하지만 이런 모든 행동에는 다시 '가식적'이라는 말이 따라붙었습니다.

이 소설을 읽어 보면 '가식덩어리'라는 제목의 부제로 '나의 왕따 탄생기'라고 적고 싶을 만큼 – 물론, '나의 왕따 탄생기'라고 하면 조금 유머러스한 내용을 기대하게 될 것 같긴 하지만 – 학급에서 왕따가 어떻게 만들어지게 되는지, 왜 왕따를 시키고 왜 왕따를 당하게 되는지를 알려 줍니다.

그것을 매우 잘 표현한 소설 속 구절이 있습니다. '나'는 교실을 커다란 수조에 비유하면서 반 아이들이 수조 안을 떠다닌다고 말합니다. 그런데 이 수조 바닥엔 보이지 않는 작은 구멍이 있습니다. 수조 속 아이들이 하수구에 떠내려가지 않는 이유는 누군가가 맨 밑바닥에서 구멍을 막는 마개 역할을 하고 있다는 것이지요.

수조나 구멍, 마개 등이 무엇을 상징하는 것인지 알 것 같나요? 반 친구들에게 왕따를 당하면서도 주인공 '나'에게는 믿음이 있었습니다. 다른 친구들은 다 자신을 거부해도 세 사람만큼은 자기편으로 남을 것이라는 믿음이죠.

🗝 두 번째 열쇠말_ 너의 이름은

주인공 '나'가 자기편으로 남아 줄 것이라고 믿었던 친구들은 'O, S, B'입니다. 이 친구들의 이름은 소설에 등장하지 않습니다. 그래서 '너의 이름은'이라는 열쇠말을 붙였는데요, 그저 'O, S, B'라는 알파벳으로 즉, 기호로 등장할 뿐이지요. 이들은 두려워하며 '미안해'라는 말만 남기고 주인공의 친구가 되기를 거부합니다. 하지만 '나'는 역겨운 가식덩어리와 어울리면 그 애들도 가식덩어리로 낙인찍히고 말 것이라는 것을 알기에 그 친구들의 마음을 이해하지요.

소설에서 이 친구들의 이름은 왜 등장하지 않는 것일까요? 작가가 이름 짓기 귀찮아서 그랬을까요? 아니면 친구에게 등을 돌리는 사람에게 어울릴 법한 이름을 찾아내지 못해서 그런 걸까요? 등장인물들의 이름을 명시하지 않은 유명한 소설 중 김승옥 작가의 「서울, 1964년 겨울」이라는 작품이 있습니다. 이 소설 속에는 주인공 '나'와 더불어 두 명의 주인공이 더 등장하는데, 그들은 각각 '안'과 '사내'입니다. 이들은 이름을 버린 익명의 존재나 기호화된 존재로서의 의미를 갖는데요, 「가식덩어리」에서 친구들의 이름을 'O, S, B'라고 표현한 것은 이 친구들이 결국 주인공에게는 의미 없는 존재들이었다는 것을 나타낸다고 볼 수 있습니다. 그리고 이렇게 피상적인 친구 관계, 친구에게 힘든 일이 생겼을 때 자신에게 돌아올 피해를 생각해 등을 돌려 버리는 친구는 어떤 특정한 인물이 아니라 '너'가 될 수도 있다는 의미 아닐까요? 미국의 정치 철학자 한나 아렌트가 말한 '악의 평범성'처럼 말이죠.

🔑 세 번째 열쇠말_ 담임 선생

세 번째 열쇠말을 '담임' 또는 '담임 선생님'이 아닌 '담임 선생'으로 정한 데는 이유가 있습니다.

이 선생님은 담임이 처음이고, 30대 초반이며 문학 담당으로 감상에 잘 젖어 드는 스타일입니다. 그래서 '유안나'가 전학 가는 것을 보고 주인공이 눈물을 흘렸을 때 '아름다운 광경'이라고 감탄하며 '나'를 한껏 띄워 주고 친구들의 박수를 유도합니다. 그리고 유안나를 위해 교문 앞까지 모두 배웅을 나가자고 하지요.

저는 소설의 이 부분을 읽으면서 굉장히 답답했습니다. 그건 아마 제가 '교사'이기 때문이었을 거예요. 이 선생님처럼 상황 파악을 못하는 교사가 있을까요? 차라리 그 상황을 외면하고, 모르는 척하는 교사가 있을지언정 말이죠. '유안나'가 전학을 갈 때 아이들은 대놓고 관심 없는 티를 냅니다. 그 아이가 전학을 가든 말든, 전혀 관심이 없죠. 또한 교문 앞까지 배웅 나온 담임과 아이들을 '유안나'의 부모님은 '떨떠름하게 바라보다가 차에 타'는 장면이 나옵니다. 선생님은 정말 이 상황에서 반 아이들의 표정, '유안나' 부모님의 눈빛을 읽지 못하는 걸까요? 이런 선생님에게 '나'는 기대하는 것이 있을 수 없겠죠. 자신의 교복이 찢어져 있어도, 자신이 왕따를 당해도 '나'는 선생님에게 아무런 말을 하지 않습니다. 담임이 끼어들면 일만 더욱 복잡해지고 부모님도 알게 되기 때문이죠. 그런 '나'에게 담임은 황당한 이야기를 합니다. '나' 같은 학생들 덕분에 지금까지 큰 사고 없이 교사 생활을 잘해 왔기에 고맙다고 말합니다.

주인공 '나'의 말대로 담임은 혼자 머릿속으로 소설을 쓴 것이죠. 나에게 말할 틈도 주지 않고 떠들던 담임은 '유안나'에게 '선행상'을 갖다주라고 합니다. 결국 '나'는 선행상을 떠맡게 되고, 원래 수조의 마개였던 '유안나'와 지금의 마개인 '나'가 분명히 다르다고 느끼고 싶은 마음과 이 상황을 타개할 수 있는 방법이 있을 것이라는 마음에 '유안나'를 만나러 갑니다. 하지만, 결국 '유안나'나 '나'나 어떤 잘못을 해서 왕따가 된 것이 아니라 그냥 구멍을 메울 수단으로써 왕따가 될 수밖에 없었다는 것을 깨닫게 됩니다.

소설은 이렇게 끝이 나지만 여기서 제가 주목한 것은 담임의 말 속에 있는 '너 같은 학생들'입니다. 담임을 하다 보면 많은 아이들을 만나게 됩니다. 흔히 말하는 모범생 스타일의 학생들은 수업 시간에 눈빛을 초롱초롱 빛내고 대답을 잘하면서 수업 분위기를 이끌어가죠. 다음으로 문제아, 꾸러기, 사고뭉치 등으로 불리는 시끄러운 학생들이 있습니다. 이 친구들은 훈계를 듣거나 상담을 하면서 담임과 비교적 많은 시간을 보내죠. 그리고 남는 친구들이 '너 같은 학생들'입니다. 무언가를 특별히 잘해서 눈에 띄지도, 그렇다고 시끄럽게 굴어서 눈에 띄지도 않는, 그냥 학교에 와서 제 자리에 앉아 있다가 아무 일도 없었다는 듯이 집에 가는 학생들. 항상 이 학생들을 주의해야 한다는 말을 많이 듣습니다. 이런 학생들 중에 우울하거나 힘들어하는 학생들이 많은데, 담임은 아무래도 양극에 해당하는 학생들에게 관심을 쏟기 마련이니까요. '나'는 굉장히 힘든 학교생활을 하고 있습니다. 하지만 그것을 말할 사람이 없죠. 그런 '나'에게 고맙다고 말하는 담임은 같은 교사가 보기에도 자격 미달처럼 보이네요.

「가식덩어리」는 교사로서 많은 생각을 하게 만드는 소설이었고, 학생들과도 많은 이야기를 나누고 싶은 소설이었습니다. 여러분에게도 잠시나마 생각할 거리를 주는 소설이 되었길 바랍니다.

행운이 너에게 다가오는 중

폭력
행운
관심을 가질 것

　『행운이 너에게 다가오는 중』은 인간의 지독함과, 그럼에도 불구하고 사람이 사람을 구원한다는 내용을 잘 담고 있는 작품입니다.
　이 소설을 쓴 이꽃님 작가는 주로 청소년 소설과 동화를 많이 썼는데요, 『세계를 건너 너에게 갈게』로 제8회 문학동네 청소년문학상 대상을 받은 바 있습니다. 『행운이 너에게 다가오는 중』을 창작할 당시에 작가는 임신 중이었다고 하는데요, 그 시기에 어린아이들에게 가해진 학대 뉴스가 사회적으로 파장을 가져왔고, 작가는 '글을 써야만 했다'고 말하고 있습니다. 이러한 작가의 말에서 알 수 있듯, 이 소설은 다소 다루기 조심스럽지만, 우리가 지나쳐서는 안 될 소재를 다루고 있습니다.

🔑 **첫 번째 열쇠말_ 폭력**

소설은 은재가 남의 집 창문을 넘어 들어가는 모습을 우영이와 형수가 발견하면서 시작됩니다. 우영이와 형수는 '자발적 왕따에 천하의 아웃사이더'인 은재가 빈집 털이를 한다고 생각하지요. 다른 날, 두 아이는 은재가 또 창문을 넘어 어느 집으로 들어가는 것을 목격합니다. 우영이와 형수는 그 장면을 동영상으로 찍고 곧 이 영상으로 용감한 시민상을 받아 새 컴퓨터를 살 수 있겠다고 좋아하지요. 그러다 쿵! 와장창하는 소리가 들려옵니다. 두 아이는 은재가 그 집에서 뛰쳐나오지만 곧 어떤 아저씨가 은재의 머리를 낚아채 집으로 끌고 가는 것을 보게 됩니다. 경찰에 신고하려고 했지만, 은재의 '잘못했어요. 아빠'라는 말에 얼어붙고 말지요.

은재가 자기 집임에도 불구하고 창문을 넘었던 건 가장 무서운 존재였던 아버지를 피하기 위함이었습니다. 학교에서 자발적 왕따를 자처하고 더운 여름에도 긴팔 옷을 입었던 것은 자신에게 가해진 신체적 폭력의 흔적을 누구에게도 밝히고 싶지 않았기 때문입니다.

은재 외에도 아픔을 겪는 아이가 한 명 더 있습니다. 바로 어머니에게 정서적인 폭력을 당하는 우영이입니다. 은재의 사연도 마음이 아팠지만, 시간이 지날수록 계속 생각나는 아이는 우영이였습니다. 은재가 겪는 학대는 누구나 학대라고 말하지만, 우영이가 겪는 학대는 외적으로 드러나지 않기에 우리가 모르고 지나칠 수 있는 것이라 더 무섭게 다가왔습니다. 어쩌면 내 주변에서, 또는 내 친구가 겪는 일이지 않을까 하는 우려도 들었고요.

　이처럼 견디기 어려운 상황에 놓여 있는 은재이지만, 이 아이에게 곧 '행운'이 찾아옵니다.

🔑 두 번째 열쇠말_ **행운**

　이 소설의 서술자는 특이하게도 '운'입니다. '운'은 자기를 사람들이 '타이밍', '운', '행운의 여신', '운명의 장난'으로 부르곤 하지만, 본인은 이름 따위는 중요하지 않다고 말합니다. '운'은 인생이라는 판을 짜 놓은 작자를 몹시 싫어하기에, 인생에 휘둘려도 견디는 존재들 옆에서 가만히 때를 기다리는 존재입니다. 소설 끝까지 어떤 개입도 하지 않고 그저 아이들을 관찰하며 이야기를 독자들에게 전할 뿐이지요.

　우리는 보통 행운이라고 하면 로또나 인생 한 방과 같은 뜻밖의 주어진 어떤 운수를 생각하는데, 이 소설 속의 행운은 그런 의미와는 다소 거리가 멉니다. '운'이 개입하는 순간은 딱 한 번뿐입니다. 그때까지 '운'은 은재와 우영, 형수, 지영의 곁에서 가만히 맴돌기만 하지요. 사실 이 '운'이 힘을 발휘하기 위한 조건이 있었던 건 아닌가 생각합니다. 그 필요조건은 바로 '약간의 용기가 있을 것, 이를 응원해 주는 사람들이 곁에 있을 것'입니다.

　여러분이 만약 은재와 같은 친구를 알게 된다면 어떨 것 같나요? 우영이와 형수는 은재가 학대당하는 장면을 본 이후로 은재를 아무렇지 않게 대하려고 하지만, 그게 또 뜻대로 되지 않아 고민에 빠집니다. 형수에게는 은재의 커다란 카디건 안에 숨어 있는 상처들이 보이기 시작하고, 은재는 또 은재 나름대로 형수와 우영이가 자신의 비밀을 봤다는 것에 수치심을 느끼고 혹여나 소문이 나지 않을까 걱정합니다.

은재는 형수에게 평범하고 행복한 집안에서 자란 네가 무얼 아느냐는 등의 반응을 보이지만, 그럼에도 불구하고 형수의 말이 작은 위로가 된다는 것을 느끼기도 합니다. 또 주변의 좋은 어른인 최 코치를 만나게 되지요. 최 코치는 형수의 아버지로 풋살반을 운영하는 선생님이기도 합니다. 최 코치는 인생을 축구에 비유하면서, 누군가 자기 공을 뺏으려고 한다면 다른 친구에게 인생을 부탁하라고 합니다. 그게 바로 '패스'라고요.

이처럼 은재는 자신의 곁에 머물러 주는 좋은 어른과 친구들을 보며, 자신의 인생이라는 공을 빼앗기지 않기 위해 다시 용기를 냅니다.

소설의 결말에서 은재가 포기하려고 했던 순간에도 '살아가기'를 결심할 수 있었던 건, 유리문 너머로 자신을 지켜봐 주는 아이들의 눈을 발견했기 때문입니다. 그리고 조용히 기다리던 '운'은 은재가 용기를 그러모았던 그 순간에, 은재에게 구원이 되어 주지요.

이 소설 속에 등장하는 인물들은 처음에는 주저하지만 다들 용기를 지닌 존재입니다. 하지만 단지 용기가 있다는 이유로 자신의 상황을 극복할 수는 없으며, 곁에 누군가가 있어야 그 용기가, 또는 행운이 힘을 발휘할 수 있음을 작가는 이야기하고 싶었던 것은 아닐까요?

🔑 세 번째 열쇠말_ 관심을 가질 것

　세 번째 열쇠말은 두 번째 열쇠말 '행운'에서 이어집니다. 곁에 누군가 있어야 행운이 힘을 발휘할 수 있다는 말을 앞에서 했는데요, 결국 이 소설에서 말하는 '행운'이란 것은 어떤 초월적 존재가 가져다 주는 것이 아니라 사람이 만들어 내는 것이라는 의미로 해석할 수 있겠지요.

　누군가의 인생을 바꾸는 것은 어려운 일입니다. 그런데 작가는 '운'이라는 이름의 초월적 존재를 통해 이것이 쉬운 일이라고 말합니다. 관심을 가질 것. 너무 쉬워서 그렇게 될 것이라고 아무도 믿지 못하겠지만 관심을 가지면 한 사람의 인생을 바꿀 수 있다고 이야기합니다. 여러분은 어떻게 생각하나요? 누군가의 인생을 바꿀 수는 없더라도, 적어도 누군가에게 관심을 가지는 것이 그리 힘든 일이 아니라는 것만은 공감할 것입니다. 외로운 이에게도, 상처를 가진 이에게도, 고통을 겪고 있는 이에게도 그 옆에 관심을 가진 한 사람이 있다면 그 사람의 인생은 충분히 달라질 가능성이 있다고 생각합니다. 내가 누군가에게 관심을 가진다면 그 사람에게도 행운이 다가가고 있다는 거겠지요.

　이 소설의 제목처럼 행운이 나에게 다가오는 중이라고 기대하며 산다면 매일이 얼마나 설렐까요? 지금 행운이 여러분 곁에 다가오기를 바라면서 오늘의 이야기를 마치겠습니다.

잠옷을 입으렴

　『잠옷을 입으렴』은 엄마의 가출 후 외가에 맡겨진 소녀가 동갑내기 사촌을 만나 특별한 우정을 나누고, 아프지만 아름답게 성장하는 이야기를 그린 작품입니다. 서른여덟 살이 된 주인공이 겨울부터 다음 해 여름까지 세 계절을 보내면서, 현재와 어린 날의 회상이 교차하며 서술되는 방식으로 이야기가 전개됩니다. 이 작품은 작가 특유의 따뜻한 시선과 깊고 서정적인 문체를 담고 있어서 많은 독자의 사랑을 받으며, '천천히 오래 아끼며 읽고 싶다'는 평을 듣고 있습니다.

🔑 첫 번째 열쇠말_ 아름다운 시절

　주인공인 열한 살 소녀 '고둘녕'은 엄마가 홀연히 집을 떠난 후 모암 마을에 있는 외가에 맡겨집니다. 외가에는 외할머니와 부부 교사인

은이 이모 내외, 막내 경이 이모와 외삼촌 율이, 그리고 동갑내기 이종사촌 정수안이 살고 있었습니다.

　외가에 온 지 오래도록 둘녕이와 수안이는 친해지지 않았지만, 길눈이 어두운 둘녕이가 오일장에서 길을 잃은 사건을 계기로, 둘은 쌍둥이처럼 지내게 됩니다. 이모가 사다 준 같은 디자인의 잠옷을 입고, 같은 책을 읽고, 같이 종이 인형 놀이를 하고, 수안이가 동화책에서 읽거나 지어낸 이야기에 맞춰 같이 놀았죠.

　수안이가 읽은 동화책 중에는 『슈티펠만의 아이들』도 있었습니다. 부모 잃은 네 남매가 숲에서 선물을 안겨 주는 순례자와 만나고, 그 덕분에 부모도 만나게 된다는 내용이었지요. 그 이야기를 율이 삼촌에게 하면서 둘녕이는 참을 줄도 알고 내색하지 않는 법도 배웠지만 무언가를 기다린다는 건 힘든 일이라고 이야기합니다. 두 소녀는 책을 통해 자기 삶을 채우고, 세상과 세상의 언어를, 그 언어 속에 담긴 사람들의 삶과 생각을 배워 가기 시작하지요.

　소설 마지막 부분에서 둘녕이는 다시 모암 마을 외가를 찾습니다. 그곳에서 유년의 아름다운 시절을 회상합니다. 한때 자기 것이었다가 떠났던 것들, 자신이 받아들이지 않았던 것들, 처음부터 자신의 것이 될 수 없었던 것들이 있던 시절을 말입니다. 하지만 한때 아름다웠던 것들을 둘녕이는 기억하고 있습니다. 그것이 지금의 둘녕이를 살아가게 만드는 힘일지도 모르겠습니다. 여러분에게도 아름다운 시절이 있었겠지요?

🔑 두 번째 열쇠말_ 성장과 고통

둘녕이는 자신이 처한 현실을 늘 생각하는 아이였고, 수안이는 특이한 아이여서 친구가 없었습니다. 수안이와 늘 함께해야 했던 둘녕이 역시 다른 아이들과 놀지 못했습니다.

수안이가 어떻게 특이하냐고요? 수안이는 자신과 친구가 되고 싶은 사람에게 좋아하는 낱말을 열 개 적어 보라고 한 뒤, 그 열 개 중 적어도 다섯 개는 자기 마음에 들어야 친구가 될 수 있다고 말합니다. 사춘기 소녀의 치기 어린 낭만이 느껴지지 않나요? 또 수안이는 아주 먼 나라의 말을 배우고 싶어 했습니다. 그래서 핀란드어를 공부하기도 하고, 세상에 없는 문자를 만들겠다며 둘녕이와 둘이 그 문자로 편지를 주고받자고도 하지요.

상대방에게 내 마음이나 생각을 그대로 전하기는 사실 어려운 일입니다. 그 시절 수안이는 늘 쓰던 흔한 언어보다는 잊혀 가는 숨은 언어로 자신의 진짜 마음을 표현하고 싶었는지 모르겠습니다.

율이 삼촌과, 삼촌의 처남인 산호가 들려준 이야기 중에서 기억에 남는 것이 있습니다. '너무 추워서 사람들의 말이 얼음알갱이로 변해 버려 겨울 동안은 아무도 서로의 말을 들을 수 없는 마을' 이야기입니다. 마을의 젊은 처녀가 사랑하는 청년에게 남긴 유언도 얼어 버렸는데, 가난했던 처녀의 가족들은 이웃에 사는 부자에게 처녀의 유언을 팔았지요. 봄이 되어 허공에 떠돌던 말들이 녹아 메아리치며 들려오기 시작했고 청년은 마을에 돌아왔지만, 유언은 이미 팔려 버려서 어떤 내용인지 전해 들을 수 없었다는 이야기입니다. 누군가에게 간절히 전하고 싶은 말, 누군가한테서 간절히 듣고 싶었던 말을 듣지 못하는 사람들의 안타까운 마음이 느껴지는 이야기였습니다. 어린 시절의 수안이와 둘녕이도 그런 느낌이었겠죠?

수안이와 둘녕이는 중학교에 들어갑니다. 거기서 백승모, 이충하라는 소년들과 스물다섯 살의 박연희 국어 선생님을 만납니다. 수안이는 연희 선생님, 승모와 독서 토론반을 함께하며 첫사랑에 빠집니다. 연희 선생님은 스카우트 반도 이끌었는데 수안과 둘녕, 승모와 충하 모두 스카우트 반에 참여합니다. 하지만 그 여름 집중 호우에 휩쓸려 승모가 갑자기 죽으면서 아름다웠던 첫사랑은 끝납니다. 그리고 승모와 가까웠던 사람들의 삶도 흔들리죠. 연희 선생님과 상담하며 상처를 치유하던 수안이는 연희 선생님 집을 찾아갔다가 반가워하지도 않고 화를 내는 연희 선생님을 보게 됩니다. 모든 걸 이해해 주는 선생님이었는데, 수안이가 선을 넘었다고 경고음을 보낸 것입니다. 수안이는 실망했고, 배신감에 상처를 받습니다.

둘녕이는 수안이를 지켜보며 상처가 극복되기를 바랐지만 수안이는 쉽게 극복하지 못하고 불면증과 이명에 시달렸습니다.

시간이 흘러 고2 여름, 얹혀사는 자신의 처지를 잘 알았던 둘녕이는 진학 대신 취업을 선택합니다. 둘녕이의 뜨개질 솜씨를 알아본 가정 선생님과 뜨개질 가게 주인 덕분에 일자리를 얻고, 친구 미주의 도움으로 방앗간 옥탑방에서 자취를 시작합니다. 그리고 둘녕이는 이제 다시 그곳으로, 그 시간으로 되돌아갈 수 없다는 것을 깨닫습니다.

둘녕이가 집을 떠난 후 수안이는 불면증이 더욱 심해지고 탈모 증세까지 생겼습니다. 독립해서 자기의 삶을 살아가는 둘녕이와 달리 수안이는 둘녕이와 헤어질 준비가 안 돼 있었던 겁니다. 그리고 열여덟 살 가을, 수학여행에서 수안이는 홀로, 외롭게 먼 길을 떠나고 말았습니다.

다시 현재로 돌아와서 서른여덟 겨울, 율이 삼촌의 처남인 산호가 마을버스 기사가 되어 둘녕이 앞에 나타납니다. 산호는 열두 살 어린 나이의 자신이 친구들과 놀지 않고 누나의 심부름을 했다면 수안이가 그렇게 되지 않았을 거라며 자책합니다. 더불어 둘녕이가 어떻게 지내고 있는지 걱정되었다고 말합니다. 산호와 만나며 둘녕이는 어린 시절을 돌아보고, 자신의 상처를 극복해 가기 시작합니다.

스카우트 활동을 할 때 연희 선생님은 나침반 같은 사람과 풍향계 같은 사람에 대해 이야기한 적이 있었습니다. 나침반이 언제나 북극과 남극을 가리키듯, 나침반 같은 사람은 자기 목표가 분명하기 때문에 자기 길을 잘 찾아갑니다. 반면 풍향계는 바람 방향에 따라 바늘이 바뀌지요. 훗날 수안이는 둘녕이에게 '풍향계 같은 사람'이라며, 자신을 내세우지 않고 바람이 부는 대로, 어딜 가서든 잘살 거라고 말하지요. 그때 둘녕이는 그 말이 다정하게 느껴지면서도 한편으로는 못내 서운했습니다. 그런데 수안이의 말대로 둘녕이가 풍향계처럼 자신의 인생길을 걷기 시작한 반면, 수안이는 나침반도 풍향계도 되지 못했습니다.

🗝 세 번째 열쇠말_ 잠옷과 안식

어린 시절 둘녕이가 외가에 처음 갔을 때 수안이는 잠옷 대신 빛바랜 빨간 내복을 입고 있었습니다. 낡은 옷밖에 없었던 둘녕이는 그 모습을 보고 마음이 놓였죠. 이모는 두 사람을 위한 잠옷을 사 오지만, 둘녕이에게는 작아서 바꿔 오기로 합니다. 그러자 수안이는 둘녕이에게 맞는 잠옷이 올 때까지 기다렸다가 함께 입겠다고 하지요.

수안이는 동화 속 주인공을 꿈꾸며 현실에서 살짝 발을 떼고 산 듯했고, 둘녕이는 처지가 처지인 만큼 늘 현실을 염두에 두며 애어른처럼 살았지요. 수안이는 동화 속 세상을 꿈꾸었고, 둘녕이는 그것을 감당할 수 없어 동화 속에서 도망친 것입니다.

이처럼 둘녕이는 수안이와 많이 달랐지만, 친구가 없었던 수안이 때문에 둘은 계속 붙어 있을 수밖에 없었습니다. 하지만 두 소녀는 조금씩 성장하며 자기 삶에 대해 생각하지요. 율이 삼촌이 있던 양지 여관에 처음 갔을 때 수탉 모양의 풍향계를 본 수안이가 나침반과 풍향계 이야기를 꺼냅니다. 나침반 같은 사람이 되고 싶었지만, 이제는 바람의 방향에 따라 바뀌는 풍향계 같은 사람의 삶을 사는 게 더 자유로울지도 모른다는 말을 합니다.

그 후 수학여행에서 이탈하는 수안이를 둘녕이는 결국 따라가지 않았습니다. 꼼짝없이 붙어 지내던 그 시절에서 조금은 벗어나고 싶었기 때문입니다. 이렇게 둘은 헤어지고 둘녕이는 수안이의 뒷모습을 마지막 모습으로 기억합니다. 그리고 스물한 살 그 고장을 떠난 둘녕이는 외할머니의 임종 때를 빼곤 모암 마을에 가지 않습니다.

둘녕이는 수안이를 제대로 보내지 못한 채 살아왔습니다. 그리고 이십 년이 지나서야 비로소 수안이를 보낼 수 있게 됩니다. 그 옛날 불면증에 시달리던 수안이가 편하게 잠들기를 바라는 마음으로 잠옷을 만들어, 수안이가 마지막으로 있었던 나무 아래에서 잠옷을 태워달라고 산호에게 부탁합니다. 그 이후 둘녕이는 서서히 상처를 극복해 나갑니다. 수안이의 뒤를 쫓지 못했던 그 시절의 자신을 이제 용서하고 받아들일 수 있게 된 것이지요.

그리고 열여덟 겨울 이후 만나지 못했던 충하를 만납니다. 다음에 또 보기 어렵겠다는 말을 꺼내는 충하에게 둘녕이는 돌아오고 싶다는 의지를 밝힙니다. 이제 수안과 둘녕, 모두 안식을 취할 수 있겠죠?

『잠옷을 입으렴』은 밤 10시나 12시에 시작되는 라디오 방송에서 차분하고 감미로운 목소리의 진행자가 청취자의 사연을 들려주는 느낌을 줍니다. 삶이 고단할 때, 옛 추억에 아련해질 때, 누군가가 그리워질 때, 잠시 현실을 내려놓고 휴식을 취할 수 있는 이야기이죠. 많이 부족하고 치기 어린 시절이 불현듯 떠오르더라도 외면하지 말고, 그 시절을 들여다보며 그때의 나와 지금의 나를 꼭 안아 주었으면 좋겠습니다.

이경화

지독한 장난

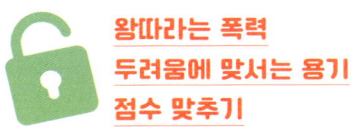

왕따라는 폭력
두려움에 맞서는 용기
점수 맞추기

　장편 소설 『지독한 장난』은 가해자-피해자-관찰자, 각각의 시선으로 학교 폭력의 모습을 그려 낸 청소년 소설입니다.
　아동 청소년 문학을 본격적으로 시작하면서, 지금도 자주 청소년들과 만나 세상 살아가는 이야기를 나눈다는 이경화 작가는 다양한 동화와 청소년 소설을 써오고 있습니다. 작가는 대학 구내식당에서 라면 끓이기와 설거지하기, 직장인들이 출근하기 전에 외국어 학습지 배달하기, 아파트 단지 안에서 김치 팔기, 리어카에서 꽃 팔기 등 다양한 비정규직 일을 경험했다고 합니다. 아마 이런 경험들이 소설 속에 녹아들어, 내용의 풍성함과 함께 구체적인 묘사와 실감 나는 대화로 이어졌으리라 생각합니다.

이 소설은 아이들 사이에서 사소하게 시작해서 때로는 심각한 문제가 되기도 하는 우리 사회의 '왕따' 문제를 다루고 있습니다. 왕따의 가해자 '강민'과 피해자 '준서', 옆에서 방관하며 갈등하는 '성원'까지, 세 아이의 시점을 교차하면서 이야기가 진행되는 독특한 구성을 보여 줍니다. 이러한 구성은 각 인물의 속마음을 구체적으로 들여다볼 수 있다는 장점과 더불어, 왕따에는 영원한 가해자도, 방관자도, 피해자도 없다는 주제 의식을 효과적으로 전달하고 있습니다.

첫 번째 열쇠말_ 왕따라는 폭력

이 작품에는 왕따를 묘사하는 구체적이고 다양한 장면들이 등장합니다. 그리고 왕따라는 폭력이 어떻게 확장되어 가는지 잘 보여 줍니다.

조금은 가난하지만 평범한 가정에서 자란 준서는, 철물점을 하는 아빠와 집에서 재봉틀을 돌리는 엄마를 두었습니다. 그는 키도 크고 어깨도 떡 벌어진 강민이와 단순히 함께 다니기 위해 혜진이를 왕따 시키는 일에 앞장서기 시작합니다. 준서는 양심의 가책을 느끼면서도 혜진이의 목띠를 빼앗아 '경매! 미친 예수의 목띠'라는 제목으로 글과 사진을 인터넷에 올립니다. '미친 예수'는 강민이가 혜진이를 놀리기 위해 지은 별명이었죠. 그리고 이 인터넷 글에는 '미친 예수의 목을 저 목띠로 졸라 주자'는 등 반 친구들의 댓글이 줄지어 달립니다. 개인 간의 대화에서도 사이버 폭력은 많은 정신적 상처를 남기는

데, 이렇게 댓글이 달릴 정도로 만천하에 공개되는 사이버 폭력이라면 피해자의 심정은 어떨까요?

사실, 이를 뒤에서 배후 조종하는 강민이 또한 초등학교 시절, 키가 작달막하여 '난쟁이 똥자루'라고 불리며 왕따를 당했던 아픔이 있었습니다. 그 당시 강민이는 자신의 마음을 제대로 위로받지 못했습니다.

명문대 교수인 강민이의 아빠는 강민이가 학원 강사에게 대들었던 사건에 대해 알게 되었을 때, 아빠를 욕먹게 했다고 폭언을 퍼붓습니다. 아빠 기대에 못 미치는 강민이를 자식 취급도 안 합니다. 이런 상황에서 강민이의 어머니도 잘못된 소통을 합니다. 문제를 제대로 들여다보고 해결하기보다는 무조건 강민이의 잘못을 감싸거나 거짓말을 곧이곧대로 믿어 버리는 겁니다. 강민이는 그럴 때마다 이렇게 못난 자식을 직면하는 것이 더 괴로울 테니, 적당한 거짓말을 둘러대며 폭력성을 더해 갑니다.

피해자에서 가해자로, 부모에게서 자식으로 확대 재생산되는 폭력의 모습이 섬뜩하면서도 안타깝게 느껴지는 장면이라고 할 수 있습니다.

🗝 두 번째 열쇠말_ **두려움에 맞서는 용기**

강민이는 혜진이를 더 이상 왕따시키기 어려운 상황이 되자, 다음 왕따로 '준서'를 선택합니다. 준서는 순식간에 왕따의 가해자에서 피해자로 변하게 됩니다. '난쟁이 똥자루'라는 별명과 함께요. 준서는 혜진이가 당했던 것처럼 인터넷상에서 사이버 폭력을 당하기도 하고, 검은색 쓰레기봉투에 억지로 들어가는 수모를 겪기도 합니다. 준서는 한 사람이라도 자기에게 다가와 주면 덜 비참하겠다고 생각하지만, 가해자였던 준서를 도와줄 이는 아무도 없습니다.

학교 급식도 못 먹고, 벌레가 된 느낌으로 살아가던 준서에게 억지로 음식을 먹이려던 강민이와 꼬붕들. 참다못한 혜진이가 욕설과 함께 그만 좀 하라고 당당하게 외칩니다. 그런 혜진이에게 강민이가 폭력을 가하려던 찰나, 성원이가 나섭니다. 준서가 왕따를 당하는 광경을 목도하며 그동안 양심의 가책만 느끼던 성원이는 자신이 왕따가 될 수도 있다는 두려움을 딛고 용기를 내기 시작한 것이지요. 불의를 참지 않으며 두려움에 맞서는 용기는 또 다른 변화와 발전을 가져옵니다.

이 사건을 계기로 강민이는 자신의 과거를 알고 있고, 이제는 자신에게 맞서기 시작한 성원이를 왕따시키기 위해 준서를 회유하려고 합니다. 하지만 이젠 예전의 준서가 아닙니다. 준서는 강민이의 폭력에 피를 흘리면서도 굴하지 않고 용기 있게 맞섭니다. 이에 뒷걸음질 치는 강민이를 보며 준서는 작가가 써 준 시나리오대로만 움직이는 프로레슬러는 되지 않겠다고 다짐하지요. 혜진, 성원, 준서는 이렇게 왕따라는 굴레에서 벗어납니다.

세 번째 열쇠말_ 점수 맞추기

부모로부터 사랑받지 못한 아이들이 습관적으로 도둑질을 하는 행동이 바로 이 '점수 맞추기'에 해당합니다. 부모가 가장 싫어하는 일을 함으로써 복수를 하는 것입니다. 다른 사람들로부터 받는 불평등한 대우, 가난한 가정 환경, 만족스럽지 못한 외모, 개발되지 않은 재능을 '잃어버린 점수'라고 생각하여 범죄와 일탈을 합리화합니다. 분노의 화살을 '밖'으로 돌리고 자신에게 되돌아올 부메랑 같은 화살을 쉬지 않고 쏘아 댑니다. 이렇게 정당화된 범죄에는 온통 피해자만 존재하지요.

하지만 이제는 문제의 원인을 '밖'이 아니라 '안'에서 찾아야 합니다. 그러기 위해서는 칼바람 부는 허허벌판으로 내쫓긴 자신의 유약한 영혼을 다시 불러들여야 합니다. 자신을 따뜻하게 안아 주고 위로하며 이렇게 말해야 합니다. 실수해도 괜찮다고요, 늘 잘할 수는 없는 거라고요, '잃어버린 점수' 덕분에 오히려 더 강해질 수 있다고요.

이 글을 읽는 지금도 대한민국 어느 교실에서는 학교 폭력이 진행되고 있을지 모릅니다. 지금 누군가를 따돌리고 싶거나 따돌리고 있다면 또는 방관하려 한다면, 그 이유를 외부 환경이 아닌 바로 여러분 자신에게서 찾아보기를 이 소설은 권하고 있는 듯합니다.

이 책을 읽으며, 작품 속 강민이를 마냥 미워할 수만은 없었습니다. 나쁜 짓을 한 것은 맞지만, 이런 행동을 하게 된 것이 꼭 그만의 잘못은 아니라는 것을 우리 모두가 알기 때문입니다. 왕따를 시키는 모습이 미워지다가도, '그동안의 상처가 얼마나 컸으면 이렇게 다른 사람에게 그 상처를 다시 키워서 표현해야만 했을까?' 하는 안타까운 마음이 함께 들었습니다. 혹시 우리 교육이, 우리 사회가 또 다른 강민이를 만들어 내고 있지는 않은지 되돌아볼 일입니다.

최선의 삶

  임솔아 작가는 시로 등단하였고, 소설로 여러 상을 수상하였습니다. 작가의 말을 빌리면, 소설은 오래 앉아서, 시는 수첩을 들고 돌아다니면서 쓴다고 하는데, 이렇듯 성격이 다른 두 장르를 넘나들며 작품 활동을 하는 것이 특이합니다.

  이번에 소개할 『최선의 삶』은 문학동네 대학소설상을 수상한 작품으로, 작가가 열여섯 살 때부터 십 년 이상 꾼 악몽을 소설로 옮긴 것이라고 합니다. 이 소설은 2021년 독립 영화로 제작되기도 하였는데요, 영화로도 제작된 이 작품의 매력은 무엇일까요?

이 소설은 고등학생인 '나'가 친구들과 함께 가출을 한 뒤 일어나는

일련의 사건들, 그리고 다시 가족으로, 학교로 돌아와 일어나는 일들을 그리고 있습니다. 이 소설에서 '친구'는 주인공에게 매우 중요하고 큰 영향을 미치는 존재로 그려지기 때문에 첫 번째 열쇠말로 선택하였습니다.

주인공 강이는 부모님의 욕심 때문에 자신이 살고 있는 곳이 아닌 다른 동네에 있는 좋은 학교에 다닙니다. 소위 말하는 위장 전입이지요. 강이는 자신이 살고 있는 '읍내동'과 학교가 있는 '전민동' 사이에서 괴리와 소외감을 느낍니다. 읍내동 친구들 입장에서 강이는 부유한 건물에 사는 아이였고, 전민동 친구들 사이에서 강이는 가난한 동네에 사는 아이였기 때문입니다.

그런 소외감 속에서도 동급생 소영이와 아람이는 강이에게 참 소중한 존재입니다. 그들은 강이를 자신의 집에 초대해서 재우고 택시비까지 두둑이 챙겨 주는가 하면, 미성년자를 받아 주는 술집을 찾아내고 담배꽁초를 권유하기도 합니다. 어느 날 소영이는 집을 나갈 것이라며 같이 행동할 것인지 친구들에게 의향을 묻습니다. 강이와 아람이는 소영이의 가출 동지가 되어 아파트 계단을 전전하며, 때로는 집을 구해 삽니다. 그러다 소영이의 변심으로 셋은 집으로 다시 돌아가게 됩니다. 집에 돌아와 각자의 가족과 만나는 순간, 강이와 아람이와 소영이의 각기 다른 처지가 드러나면서 그들의 관계는 복잡해지고 어두워지기 시작합니다. 그 이후의 이야기는 세 번째 열쇠말에서 더 자세히 이야기하겠습니다.

이 소설의 처음부터 끝까지 친구들은 강이에게 가장 강력한 영향을 미치는 존재입니다. 친구가 좋아지든 싫어지든 강이는 친구에게 얽매여 있습니다. 서로 같은 방에서 옷을 벗고 지낼 정도로 가까운 사이였다가, 또 죽이고 싶을 정도로 미운 존재이기도 합니다. 이는 가족들과의 관계와 비교해 보면 더욱 명확해집니다. 주인공은 가족들의 말과 행동에는 마치 크게 상관없는 타인을 보듯 담담하게 반응하는 반면, 친구들과의 관계에서는 빠르게 반응하고 빠르게 변해 갑니다. 청소년기의 학생에게 친구가 중요한 존재임은 너무 당연한 일 아닐까요? 그래서 이 소설은 주인공 강이와 친구들과의 관계를 통해 서사를 힘 있게 이끌어 나갑니다. 실제로 임솔아 작가는 '살아야겠어서 내 마음대로 상상했고 곁에 묶어 두었던 내 친구 아람에게'와 같은 헌사로 자신의 친구에게 이 책을 바친다고 밝히기도 하였지요.

🗝 두 번째 열쇠말_ 강이

　이 작품의 주인공 이름은 '강이'입니다. 그리고 '강이'라는 이름을 가진 또 다른 존재가 등장합니다. 바로 강이네 집에서 키우는 강아지입니다. 강이는 자신이 키우는 강아지가 너무너무 멍청하다는 점, 너무너무 탐욕스럽다는 점, 한 가지 생각밖에 하지 못한다는 점이 자신과 똑같아서 자신의 이름을 강아지에게 붙여 줍니다.

　강아지 강이는 밖에 나가는 것을 너무너무 좋아합니다. 밖에 나가면 더 멀리 달려 나가고 싶어 했지만 눈이 오는 날만큼은 다릅니다.

눈을 너무나도 좋아하지만 막상 눈 위에서는 꼼짝도 하지 않는 강아지 강이. 강이는 스노볼이라도 사 줘서 강아지가 눈에 익숙해지도록 해 주어야겠다 생각합니다. 그때는 익숙해질수록 더 무서워지는 무언가가 있다는 것을 몰랐기 때문입니다.

 이 부분은 주인공 강이가 앞으로 걸어갈 길을 강아지를 통해 보여 주는 복선입니다. 강이는 강아지가 눈을 좋아하면서도 무서워하는 것처럼, 친구 소영이를 좋아하면서도 무서워합니다. 강아지가 눈에 익숙해지면 눈을 두려워하지 않을 것이라고 생각했듯이, 강이는 소영이에게 익숙해지려고 노력합니다. 하지만 익숙해질수록 더욱 진저리 쳐지는 관계에 빠져들고 맙니다.

 이 소설에 등장하는 또 다른 '강이'는 주인공 강이가 마트에서 사 온 물고기입니다. 투어라고 불리는 이 물고기는 다른 물고기와 함께 있으면 그 물고기가 죽을 때까지 싸우는 속성이 있다고 합니다. 그리고 거울을 보여 주면 자기 모습을 보고 적인 줄 알고 싸우기 위해 지느러미를 펼치는데, 이렇게 지느러미를 펼칠 수 있도록 매일 거울을 보여 주지 않으면 지느러미가 말려들어 가서 죽고 만다고 하네요.

 강이는 물고기를 보며 살 것을 다짐하지만 물고기는 거울을 보고도 더 이상 지느러미를 펼치지 않고 결국 곰팡이 속에서 포근하게 죽어 갑니다. 소영이와 싸운 뒤 티셔츠에 싼 식칼을 매일 학교에 들고 다니면서도 미처 그 식칼을 사용할 용기를 내지 못했던 강이는 마치 싸우지 않고 지느러미도 펼치지 못한 물고기와 닮았습니다. 죽은 물고기를 버리면서 강이는 다시 시작할 것을 다짐합니다. 그리고 자신이 준비해 두었던 티셔츠에 싼 식칼을 들고 집으로 돌아갑니다.

🗝 세 번째 열쇠말_ **최선**

앞서 첫 번째 열쇠말에서 가출했다가 집에 돌아온 이후 강이, 소영, 아람이의 관계는 점점 복잡해졌다고 이야기했습니다. 가출이 끝난 뒤 소영이는 부모로부터 모델 학원의 등록비를 얻어 냈으며, 아람이는 아버지에게 머리카락이 잘렸고, 강이는 자신을 위해 기도하고 있었던 엄마, 어색하게 꽃을 건네는 아빠를 다시 만납니다.

이 소설 속에서 소영이는 특별한 아이로 그려집니다. 소영이는 예쁘고 키도 컸으며 성적도 최상위권이었습니다. 이러한 점을 이용해 소영이는 한 친구와 사이가 나빠지면 나머지 친구들에게 선택을 종용했습니다. 다수에 속하고자 하는 아이들은 소영이를 선택하고, 두려움에 떨면서도 친절한 미소를 연기합니다. 강이는 그중에서도 가장 최선을 다해 연기하는 아이였습니다. 하지만 이간질했다는 이유로 소영이에게 보복을 당하고 강이는 결국 친구들에게 외면당합니다. 강이는 식칼을 들고 다니며 소영이에게 복수하고자 했지만, 식칼을 꺼낼 용기조차 없는 자신을 인정하며 편안해집니다.

이후 강이는 아람이와 같이 서울로 떠나 비키니 바에서 일을 하기 시작하고, 둘은 서로에게 유일한 가족이자 친구가 됩니다. 하지만 목욕을 하러 나갔던 아람이는 계좌에 든 돈과 함께 사라집니다.

다시 집으로 돌아온 강이는 칼을 든 채 소영이를 찾아갔고, 찌르지 못하는 자신을 보며 비웃는 소영이의 목울대에 칼을 찔러 넣습니다. 그로 인해 배우 지망생이었던 소영이는 유명해집니다.

극한의 상황에서 누군가를 괴롭히거나, 버리거나, 배신하거나, 폭력을 쓰는 등 등장인물들의 일련의 행동들을 이 소설에서는 '최선'이라고 명명합니다. 삶에 서툴렀기 때문에 그것은 아름답지 않았고 연민할 만한 일은 아니었지만, 적어도 우리들에게는 최선이었다고, 작가는 우리에게 각자의 최선을 인정하자고 이야기하는 것 같습니다.

임솔아 작가의 장편 소설 『최선의 삶』은 따뜻하고 애틋한 성장 소설은 아니지만, 있는 그대로의 진실에 한층 더 다가서는 소설이어서 사람들을 끌어당기는 것 같습니다.

우아한 거짓말

진실과 거짓
다섯 개의 봉인 실
용서

　혹시 『소설의 첫 문장』이라는 책을 읽어 보셨나요? 이 책의 저자는 자신이 읽었던 많은 소설 중에서 인상적이었던 첫 문장들을 골라 소개하고 있는데요, 소설가들이 작품의 첫 문장을 얼마나 중요하게 생각하는지, 얼마나 공들여 쓰는지를 알 수 있게 해 주는 책입니다.

　『우아한 거짓말』 또한 '천지가 죽었다'라는 다소 충격적인 첫 문장으로 시작합니다. 담임을 저주하는 문장으로 시작되는 『완득이』와 얼핏 비슷해 보이지만 소설 내내 유쾌하고 해학적인 분위기로 이끌어 가고 있는 『완득이』와 달리 이 소설은 어둡고 무거운 내용으로 많은 생각을 불러일으킵니다.

🔑 첫 번째 열쇠말_ **진실과 거짓**

첫 번째 열쇠말은 '진실과 거짓'으로 정해 보았습니다. 위장되거나 포장된 거짓 속에 감춰진 진실을 들추어야 이 소설의 제목이 왜 '우아한 거짓말'이 되었는지 이해할 수 있기 때문이지요.

『우아한 거짓말』은 평범해 보이던 중학교 1학년 소녀, 천지의 죽음에서 시작됩니다. 언니 만지는 동생의 죽음이 도무지 의문투성이입니다. 엄마는 딸의 죽음을 가슴에도 묻지 못합니다. 말 잘 듣는 딸이자 어른스러웠던 동생은 왜 갑자기 죽음을 선택해야 했을까요? 유언조차 남기지 않은 이 죽음에는 어떤 진실이 감추어져 있을까요?

초등학교 5학년 때 전학 온 천지를 환한 웃음으로 맞아 준 건 화연이었습니다. 그러나 얼마 지나지 않아 화연이는 우정과 친절을 가장한 괴롭힘을 시작합니다. 실수인 척, 위하는 척 말이지요. 직접적인 괴롭힘에 비해 화연이와 같은 '우아한' 괴롭힘은, 당하는 사람을 더욱 고통스럽게 합니다. 천지는 이런 고통을 어떻게 견뎠을까요?

천지는 화연이의 의도적인 거짓말을 믿어 주는 척하고 남몰래 공부도 열심히 합니다. 아무 일 없다는 듯 가족들 앞에서는 태연했고, 우울증 책을 읽은 후 거기에서 나온 행동 유형과는 반대로 행동하기도 했지요. 이렇듯 계속되는 천지의 거짓 행동은 다른 이들에게 상처를 입히지 않기 위한 천지만의 방식이었습니다. 차라리 아프다고, 힘들다고 솔직하게 털어놓았다면 결과가 달라졌을까요? 진실이 있어야 할 자리에 버젓이 거짓이 와 있을 때 어떤 결과가 뒤따라오는지 생각해 보게 하는 대목입니다.

🗝️ 두 번째 열쇠말_ **다섯 개의 봉인 실**

　천지가 세상과 이별하면서 남긴 다섯 개의 실타래가 무엇을 의미하는지 생각해 보는 것은 천지가 왜 이렇게 극단적인 선택을 해야만 했는지 이해하는 열쇠가 될지도 모르겠습니다.

　평소 뜨개질을 하던 천지는 붉은색 실타래를 다섯 개의 뭉치로 만들어 다섯 사람에게 전해 줍니다. 만지는 동생이 남긴 실타래를 풀다가 뜻밖에도 동생이 남긴 쪽지를 발견합니다. 사실 엄마는 만지보다 먼저 실타래의 정체를 알고 있었죠. 엄마의 실타래에는 가슴 아픈 글이 남겨져 있었습니다. 먼저 가서 미안하지만, 자신이 없어도 씩씩하게 살아 달라는 천지의 당부입니다. 천지의 죽음 뒤, 음식을 제대로 소화시키지도 못하는 엄마가 하루하루를 씩씩하게 살아가는 듯 보였던 것은 천지와의 약속을 지키기 위한 엄마의 처절한 노력이었던 겁니다.

　천지는 세 번째 봉인 실은 화연이에게, 네 번째 봉인 실은 미라에게 남겼습니다. 미라는 화연이의 괴롭히는 방식을 알면서도 천지에게 충고하는 식으로 말해 오히려 상처를 입힌 인물입니다. 사실 미라는 자신의 아빠와 천지 엄마의 관계로 인해 천지를 싫어했습니다. 미라의 어머니가 아픈데도 불구하고 천지 엄마에게 접근한 미라의 아버지가 문제였죠. 뒤늦게 이 사실을 알게 된 천지 엄마는 결국 미라 아버지와 헤어졌지만, 미라의 분노는 아무 죄도 없는 천지에게 향했던 것입니다.

천지는 화연이와 미라에게 남긴 쪽지에 '용서한다'고 말합니다. 죽을 것 같이 힘들어서 죽기를 결심한 사람이 이렇게 자신을 죽음으로 내몬 사람을 용서하는 것이 가능한 일일까요? 아니면 남겨진 이들이 받을 고통을 예견했던 것일까요? 천지의 다섯 번째 봉인 실은 과연 누구에게 전해졌을까요?

세 번째 열쇠말_ 용서

화연이는 천지를 괴롭히기 위해 했던 거짓된 행동들 때문에 나중에는 반 친구들에게 왕따를 당합니다. 화연이의 거짓에 동조하거나 침묵했던 아이들이 이제는 날카로운 화살의 끝을 화연이에게 겨눕니다. 화연이는 이런 상황에서 밝은 척, 아무렇지도 않은 척 행동하지만 속마음은 괴로움으로 들끓고 있었죠. 친구들의 비난 때문만이 아닙니다. 자신의 죄를 영영 용서받을 수 없다는 사실을 이제야 자각한 것입니다.

한편 미라는 어땠을까요? 천지가 자기 아빠의 부끄러운 정체를 알게 될까 봐 겁이 났던 미라는 천지에게 이런 말을 했어요. '누구 하나 죽어야 정신 차린다고. 화연이는 누가 죽어야 정신 차릴 애라고.' 천지가 죽은 후, 자신이 했던 이 말을 떠올린 미라는 계속 괴로워했지요. 만지의 친구이기도 한 친언니에게 잘못했다고, 그냥 한 말이었다고 울면서 말하지만, 언니는 뒤늦은 사과를 받아 줄 사람은 이제 없다고 말합니다.

　잘못을 깨닫고 용서를 빌려고 할 때 그것을 받아 줄 사람이 없다면 우리의 죄는 어떻게 용서받을 수 있을까요? 인간에게 그것은 가혹한 형벌일 것이고, 어쩌면 천지는 이것을 예견한 건지도 모르겠습니다.

　천지가 죽은 후 엄마와 언니가 이사한 곳은 화연이네가 사는 동네였습니다. 천지 엄마는 화연이네 중국집을 찾아가 화연이의 생일 선물로 최신형 mp3 플레이어를 전해 줍니다. 그것은 천지가 죽기 전 타의에 의해 준비했던 것이었지요. 이때 천지 엄마는 이렇게 평생 피해자 가족의 얼굴을 보면서 살아 보라고 혼잣말합니다. 사실 천지 엄마는 오래전에 화연이의 부모를 찾아와 괴롭힘을 말려 달라고 했으나 화연이 부모는 받아들이지 않았습니다. 그래서 화연이 엄마는 천지가 죽은 후 찾아와 태연히 자장면을 먹는 천지 엄마가 달갑지 않습니다. 하지만 위로도 사과도 섣불리 할 수가 없습니다. 어린 딸의 잘못을 인정해 버리면 치러야 할 값이 너무 컸기 때문입니다.

　우리 사회에는 잘못을 하고도 그 잘못을 인정하지 않는 사람들이 있습니다. 잘못을 저질렀다는 사실을 인지하지 못하는 것일까요? 아니면 그 잘못을 인정했을 때 치르고 싶지 않은 무엇인가가 있기 때문일까요? 어떤 이들은 왜 용서하지 않느냐고 오히려 피해자들에게 잘못을 묻기도 합니다.

　서울대 정신건강의학과 안대현 교수는 사과에는 4단계가 있다고 말합니다. 1단계는 무작정 미안하다고 말하는 것입니다. 흔히 말하는 '잘못이 있다면, 사과할게'라는 말은 진정한 사과가 아닙니다. '잘못이 있다면'이 아니라 '이러이러한 점을 잘못해서 미안해'라고 먼저 잘못을 인정해야 하는 것입니다. 2단계는 내 잘못이라고 이야기하는 것입니다. 예를 들어 '차가 밀려서 늦었어'라는 말은 변명이지 사과가 아닙니다. '많이 기다리게 해서 미안해'라고 해야 합니다. 3단계는 재발 방지를 약속하는 것입니다. 같은 잘못을 계속 반복한다면, 진심에서 나온 사과라고 생각할 수 없겠지요. 마지막으로 4단계는 구체적인 보상을 해 주는 것입니다. 여기에는 사과할 일을 저지른 것에 대한 합당한 처벌을 받는 것도 포함됩니다.

 상대방의 진정한 반성과 사과가 있어야 용서도 가능합니다. 우리는 어떤 사건에 대해 누구 하나 내 잘못이라고 나서는 사람이 없는 사실을 목도한 경험이 있습니다. 그리고 그런 사건은 한 번이 아니라 여러 번 되풀이되고 있습니다. 사회에서 일어나는 일이든, 개인 간에 일어나는 일이든 자신에게 잘못이 있다면 스스로 반성하고 용서받는, '상식'이 통하는 사회가 되었으면 좋겠습니다.

체리새우: 비밀글입니다

인싸
공감
자기 위로의 글쓰기

　황영미 작가의 『체리새우: 비밀글입니다』는 중학교 교실에서 흔히 볼 수 있는 복잡하고 미묘한 친구 관계에 대해 다루고 있습니다. 주인공은 마치 허물을 하나씩 벗으며 성장해 나가는 체리새우와 같은 모습을 보여 주지요.

　'체리새우'는 주인공 다현이가 자신만 볼 수 있는 개인 블로그에서 사용하는 닉네임입니다. 이 비밀 블로그에는 사뭇 진지하고 고전적인 취향을 담은 내용들이 가득합니다. 블로그의 내용에서 알 수 있듯이 다현이는 가곡이나 교향악과 같은, 또래 청소년들이 보기에는 이색적인 취향을 가지고 있습니다. 이런 취향 때문에 친구들로부터 너무 진지해 보인다며 은따를 당한 경험이 있지요. 그래서 친구들 무리에 끼기 위해 자기 취향을 드러내지 않고 인간관계에 민감하게 된 중학교 2학년 학생입니다.

다현이에 대해 조금 더 알아볼까요? 다현이는 많은 청소년들이 그러하듯, 친구라는 울타리에 속할 수만 있다면 어떤 희생이든 감내할 준비가 되어 있습니다. 이런 주인공이 자신의 취향과는 공통점을 찾기 어려운, 소위 '다섯 손가락'이라 부르는 친구들과 한 무리가 됩니다. 다현이는 이 무리와 어울리기 위해 자신의 감성이나 취미에 대한 언급을 피하고 자주 선물을 하며, 무리 내부의 친구로부터 부당한 요구를 받더라도 이를 기꺼이 수용합니다. '따'가 되지 않기 위해서요.

새 학년을 맞아 새로 배정된 반에는 아빠가 변호사이고 영어를 잘하는 강남 출신의 '노은유'라는 학생이 있었습니다. 은유는 다른 친구들 사이에서는 평판이 좋은 편이지만, 다섯 손가락 무리는 별다른 이유도 없이, 아무 잘못도 없는 은유를 싫어했죠. 하필이면 다현이는 바로 이 은유와 짝이 되고 거기에다 모둠 활동까지 같이하게 됩니다.

그런데 은유와 한 모둠으로 배정되고 마을 소식지를 만드는 수행 평가를 오랜 시간 같이 진행하면서 다현이의 취향과 감성은 은유를 비롯한 다른 모둠원들에게 자연스럽게 받아들여지게 됩니다. 결국 다현이는 이들과 좋은 관계가 형성되고, 다섯 손가락 무리와는 점점 멀어지죠.

용기를 얻은 다현이는 체리새우의 비밀 블로그를 공개로 전환합니다. 모둠원들은 체리새우의 블로그에 공감 가득한 댓글들을 달아 주고, 다현이는 자신을 응원해 주는 친구들로 인해 더 이상 다른 이들의 시선에 자신을 맞추며 관계에만 집착할 필요가 없다는 것을 깨닫게 됩니다. 마침내 자신의 성장을 가로막고 있던 관계의 굴레를 벗어 버리게 된 것이지요.

🔑 첫 번째 열쇠말_ **인싸**

최근에는 다른 이들과 어울리지 않는 것을 부정적으로 인식하는 경향이 다소 존재하는 것 같습니다. 그런데 다른 사람과의 관계 속에서 에너지를 얻는 사람들도 있지만, 자기에게 집중하면서 자신만의 영역에서 에너지를 충전하는 경우도 있지요. 물론, 회사와 같은 사회에서는 대인 관계 능력이 뛰어나고, 다른 사람들과 잘 지낼 수 있는 능력을 많이 요구합니다. 그러다 보니 다른 사람들과 잘 어울리는 모습을 연출하기 위해 자신의 취향이나 개성을 감추는 경우도 생기지요.

청소년 사회는 어떨까요? 또래들과의 관계를 무엇보다 중요하게 여기는 학생들이 많은 것이 사실입니다. 인간은 사회적 동물이니, 무리에 속하고 싶은 것은 어쩌면 당연한 일인지도 모릅니다. 그러나 단순히 무리에 속하고 싶은 열망이 문제가 아니라 그 무리 안에서 비정상적인 권력관계가 형성되고, 더 나아가 '따'를 만들고, '따'에 대한 배타성과 폭력성을 띠게 되는 것이 문제라고 생각합니다. 이런 비정상적인 관계에서는 '인싸'가 단순히 인기 있는 학생이라는 범주를 넘어서서 무리에 대한 소속감과 무리 속에서의 인정 욕구를 충족시켜 주는 의미로 확장되는 것이죠.

소설 속에서 다현이는 다섯 손가락의 무리 중 하나인 아람이에게 쇼핑백 셔틀, 학원 교재 셔틀을 당합니다. 자신을 종처럼 부려 먹는 부조리한 행위를 당하고 있고, 또 이것이 비정상적인 관계임을 눈치채지 못한 것은 아니었어요. 그런데 또래 집단에 소속되고 싶어 하는 열망이 너무도 강하다 보니 어쩌면 학교 폭력이라고도 할 수 있는 상황임에도, 이것이 진짜 폭력인지 관계 형성인지 구별을 못하는 상황이 생기기도 하지요. 외톨이가 되고 싶지 않은 마음에 다현이 역시 이런 관계를 지속합니다.

🔑 두 번째 열쇠말_ 공감

청소년들에게 친구는 매우 중요한 존재입니다. 더구나 우리나라처럼 학생이 학교에 장시간 머무는 조건에서 자신과 일상을 함께할 친구가 없다는 것은 심리적으로 매우 외롭고 견디기 힘든 상황일 것입니다.

다섯 손가락 모임 친구들은 다현이의 진지한 취향을 '공감'하지 못합니다. 이것은 취향을 넘어서 존재감에 대한 부정으로 이어지죠. 다현이가 자기 자신의 취향을 감추고 부정하면서도 무리에 포함되려는 이유는 따돌림에 대한 공포 때문이었습니다.

많은 이들이 따돌림의 고통을 호소하는 이에게, 신경 쓰지 말라고, 널 싫어하는 사람이 아니라 좋아하는 사람한테나 집중하라고 조언하기도 합니다. 하지만 이런 말조차 당하는 이들에게는 공감하지 못하는 공허한 조언처럼 들릴 수 있을 것 같습니다.

소설 속 다현이는 어땠을까요? 자신만의 취향이 확고하고, 비밀 블로그에 글쓰기를 하는 등 자기 세계를 든든하게 구축할 만한 능력을 갖고 있어서, 나중에는 이러한 문제를 극복하게 됩니다. 어떤 집단에게는 공감받지 못했으나 다른 집단에게는 공감을 받았기에 가능한 일이었을지도 모르겠습니다. 우리를 살아가게 하는 여러 가지 힘 중의 하나가 이러한 공감이 아닐까 생각합니다.

🔑 세 번째 열쇠말_ 자기 위로의 글쓰기

다현이는 다른 사람에게 공개하지 않고, 자신의 내면을 온전히 쏟아 낼 수 있는 비밀 블로그 공간을 갖고 있었습니다. 그곳에 자신만의 관심사에 관한 글을 올리면서 스스로를 위로합니다. 글을 쓴다는 것은 자신을 있는 그대로 인정하고 드러낼 수 있는 자기만의 공간을 갖는다는 의미입니다. 이것은 단순한 위로의 차원을 넘어 치유하는 힘을 갖고 있지요. 작품 마지막에 다현이가 비밀 블로그를 공개로 전환하는 것을 보면, 다현이는 이제 타인에게 휩쓸리지 않고 자신의 세계를 온전히 드러내며 행복하게 살 수 있는 힘을 길러 낸 것 같아 마음이 놓입니다.

황영미 작가는 확고한 취향이 자신만의 행복을 좀 더 온전히 누릴 수 있는 바탕이라는 말을 한 적이 있습니다. 김영하 작가 또한 '감성 근육'이라는 말로 자기 취향이 확고해지면 다른 사람의 의견에 휘둘리지 않는다고 말한 바 있지요. 예를 들면, 음악을 자주 듣다 보면 자기가 좋아하는 음악이 생기고, 그렇게 되면 최신 유행 가요를 듣기는 해도 그것에 휘둘리지 않고 자기 취향의 음악을 찾아 듣게 된다는 것입니다. 글도 마찬가지입니다. 많은 글을 읽다 보면 자기가 좋아하는 글을 발견하게 되고 그러면 베스트셀러나 인기 도서에 구애받지 않고 자신이 좋아하는 책을 골라 읽게 됩니다. 확고한 취향을 바탕으로 자신만의 행복을 좀 더 온전히 누릴 수 있게 되는 것이지요. 이렇게 확고한 색깔은 그 사람만의 매력으로 나타납니다. 우리가 멋있다고 생각하는 사람들과 예술가들 중에는 이처럼 자기만의 세계와 매력을 갖고 있는 사람들이 많이 있습니다. '나'를 감추고 건강성을 상실한 채 '우리'라는 집단에 속하는 안정감만을 추구하는 경우, 그의 삶은 과연 행복할지 생각해 보게 하는 대목입니다.

『체리새우: 비밀글입니다』는 집단에 속한 안정감과 자신의 취향을 존중받고 싶어 하는 열망 사이에서 혼란스러워하면서 자신의 정체성과 감성 근육을 키워 가는 한 청소년 화자의 심리를 손에 잡힐 듯 생생하게 보여 주고 있습니다. 여러분은 확고한 자신의 감성과 취향을 가지고 있나요? 혹시 자신의 취향이 너무 개성적이어서 고민하고 있다면 이 소설이 도움이 되었기를 바랍니다.

박완서/ 자전거 도둑

황석영/ 아우를 위하여

안도현/ 짜장면

백온유/ 유원

남상순/ 사투리 귀신

김선영/ 시간을 파는 상점

최시한/ 허생전을 배우는 시간

이경화/ 담임 선생님은 AI

박완서/ 배반의 여름

송병수/ 쑈리 킴

손원평/ 아몬드

은희경/ 내 고향에는 이제 눈이 내리지 않는다

세상 속으로 나아가다

4부

자전거 도둑

이번 시간에 이야기 나눠 볼 작품은 박완서 작가가 1979년에 발표했던 것을 1999년에 동명의 책으로 재출간한 『자전거 도둑』입니다.

박완서 작가는 등단하기에 이른 나이라고 할 수 없는 마흔 살에 등단하여 우리 문학사에 길이 남을 작품을 많이 남긴 소중한 작가라고 할 수 있는데요, 한국 전쟁을 겪으며 심화된 내면 의식을 섬세하고 현실적인 감각으로 그려 냈다는 평을 받고 있습니다.

🔑 첫 번째 열쇠말_ 세운 상가

이 작품은 1970년대 청계천에 있었던 '세운 상가'를 배경으로 하고 있습니다. 세운 상가는 1968년에 완공된 우리나라 최초의 주상 복합 건물인데요, 상층부에 건설된 아파트의 인기가 대단히 높아서 유명

인사들이 다수 입주했다고 합니다. 시공 때부터 엘리베이터가 설치되어 서민들에게는 선망의 대상이 되었던 건물입니다. 세운 상가는 한동안 서울에 있는 유일한 종합 가전제품 상가로 굉장한 호황을 누렸지만 강남권 개발과 용산 전자 상가 건설 등으로 인해 쇠락의 길을 걷습니다. 철거 위기까지 갔다가 2017년 9월에 재개장했지요.

1960년대 이후 근대화, 산업화가 되면서 수단과 방법을 가리지 않고 좋은 결과만을 내려는 사회 풍조가 생겨났습니다. 많은 이익을 낸 사람들을 부러워했고 학교에서는 성적 지상주의, 사회에서는 실적주의가 만연했습니다. 물질만능주의가 팽배해지며 도덕적 가치나 인권 같은 개념들은 뒷전으로 밀려나게 되었지요.

이 소설의 주인공인 수남이는 학교에 갈 나이에 서울로 올라와 세운 상가에서 일을 합니다. 수남이의 눈에 비친 세운 상가의 사람들은 이익과 손해에 민감하며 사람보다 물질을 더 중요하게 여겼지요. 바람이 세차게 불어 대던 날, 떨어진 간판으로 인해 아가씨가 다쳤을 때도 아가씨의 안부보다 간판집 주인의 손해를 더 걱정했던 사람들입니다. 작가는 산업화로 인해 변해 가는 사람들의 모습을 이 세운 상가라는 배경을 통해 상징적으로 보여 주려고 한 것입니다.

🔑 두 번째 열쇠말_ **바람**

이 소설에서는 바람이 크게 두 가지 역할을 하고 있는데요, 첫 번째는 복선으로서의 역할입니다. 복선은 앞으로 일어날 사건이나 상황을 미리 암시하는 서사적 장치를 말합니다. 복선을 공부하고 난 후, 소설을 읽다 보면 어떤 서술이나 등장인물의 대화를 읽으면서 뭔가 불길하다는 느낌을 받을 때가 있습니다. 소설을 끝까지 읽다 보면 그것이 복선이었던 것이 드러나지요. 또한 생각지도 못했던 복선을 나중에야 깨닫고 작가의 치밀함에 놀라기도 합니다.

사건이 일어난 날은 바람이 세차게 몰아쳐 전선 도매집 주인아저씨네 간판이 떨어지고, 지나가던 아가씨의 정수리를 들이받는 사고가 있었습니다. 수남이는 아저씨도, 아가씨도 재수가 옴 붙었다고 생각합니다. 왠지 본인도 재수가 옴 붙을 것 같은 예감을 느끼며 주인아저씨의 심부름을 갑니다. 바로 이 부분이 수남이가 겪게 될 사고가 바람과 연관이 있음을 암시하는 복선입니다. 바람 때문에 무슨 일이 생길까 궁금해하며 책을 읽던 우리는 결국 수남이의 자전거가 넘어지면서 고급차에 흠집을 내고, 신사에게 붙잡히는 모습을 보게 됩니다.

이 소설에서 바람은 도시와 시골을 구분 짓는 역할을 하기도 합니다. 바람 부는 서울, 특히 뒷골목 풍경은 낭만적이지 않습니다. 바람 때문에 간판이 날아가는 일이 시골에서는 생길 리가 없습니다. 도시의 먼지는 시골의 먼지와도 다르고요. 서울의 바람은 쓰레기를 몰고 오기도 합니다.

이처럼 서울의 바람은 사람들을 괴롭히는 존재로 나타납니다. 세운상가 사람들이 그렇게도 싫어하는, 물질의 손해를 일으키는 존재로 그려지죠. 하지만 수남이에게 시골의 바람은 전혀 다른 의미입니다.

시골의 바람은 보리밭을 우아하게 타고 다니며, 큰 나무를 춤추게 하고, 화창하고 아늑하게 갠 봄의 날들을 베푸는 존재입니다. 그래서 수남이는 서울을 떠나는 짐을 꾸리면서 내일도 바람이 불었으면, 그래서 바람이 물결치는 보리밭을 보았으면 좋겠다고 생각합니다.

🔑 세 번째 열쇠말_ 누런 똥빛

고급차의 주인인 신사는 수남이의 자전거가 바람에 쓰러져 자신의 차에 흠집이 생기자 수남이에게 수리비를 물어내라며 자전거에 자물쇠를 채웁니다. 고급차를 타고 다니는 것을 보면 그는 부유한 사람인 듯합니다. 그가 요구한 수리비 5천 원은 지금의 시세로 환산해 보았을 때 15만 원에서 50만 원 정도로 예상할 수 있어 아주 큰 금액은 아닙니다. 적어도 신사에게는 말이지요. 하지만 세운 상가에서 심부름 일을 하는 수남이에게 이 돈은 매우 큰돈입니다. 수남이가 잘못한 것이 아니라 바람으로 인해 벌어진 일인데, 신사는 수남이를 봐주기는 커녕 일하는 데 꼭 필요한 자전거를 볼모로 삼아 수남이를 협박하는 몰인정한 인물입니다.

결국 수남이는 자신의 자전거를 자신이 훔치는 아이러니한 행동을 하게 되고, 그 자전거를 끌고 가게로 돌아옵니다. 그리고 이 사실을 주인 영감에게 이야기합니다. 수남이는 원래 주인 영감에게 매우 호의적이었습니다. 주인 영감의 칭찬이 좋았고, 주인 영감이 짜아식이라고 하면서 쓰다듬어 주는 손길이 좋았습니다. 하지만 수남이가 자전거를 가지고 온 이야기를 듣고 하는 칭찬은 좋지 않았습니다. 영감님의 모습이 도둑놈 두목 같아 보였고, 그 얼굴이 누런 똥빛으로 보였습니다. 이 얼굴은 수남이의 형이 도둑질을 하고 집에 온 후 보였던 바로 그 얼굴이었고, 수남이가 미처 깨닫지 못한 자신의 얼굴이기도 했습니다. 누런 똥빛은 올바르지 못한 양심과 부도덕함을 의미한다고 할 수 있지요.

수남이는 결국 누런 똥빛을 하고 물질만능주의적인 모습을 보이는 어른들이 없는 곳으로 돌아가기로 결심을 굳힙니다. 도둑질만은 하지 말라던, 도덕적으로 자기를 견제해 줄 아버지가 있는, 그리고 자신에게 무언가를 베풀어 줄 수 있는 바람이 있는 고향으로 말입니다. 그리고 수남이의 얼굴은 누런 똥빛을 걷어 내고 소년다운 청순함으로 빛나게 됩니다.

박완서 작가는 이 소설을 통해 물질만능주의가 싹트기 시작한 우리 사회에서 잃어버린 양심과 도덕에 대해서 이야기하고자 했습니다. 작가가 물질만능주의가 팽배한 비정한 도시에서 일련의 사건을 겪으며 한 걸음 성장한 한 소년의 이야기를 한 지 20여 년이 흘렀습니다. 그 시간 동안 우리 사회는 어떻게 변했을까요? 우리는 도덕과 부도덕 사이의 눈금, 그 어디쯤에 살고 있는지 생각해 보는 시간이었길 바랍니다.

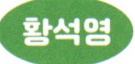

아우를 위하여

노깡
병아리 선생님
아우를 위하여

 황석영 작가는 고교 재학 시절 사상계 신인문학상에 「입석부근」이 입선하면서 일찍이 작가로서의 재능을 인정받았습니다. 「객지」, 「삼포 가는 길」, 『장길산』, 『개밥바라기별』 등 제목만 들어도 알 수 있는 유명 작품들을 많이 발표하였지요. 또한 황석영 작가는 사회 현실에 적극적으로 참여하는 작가로도 알려져 있는데, 1989년에 정부의 허가 없이 북한을 방문했다고 하여 옥고를 치르기도 하였습니다. 이번 시간에 이야기할 단편 소설 「아우를 위하여」에는 이러한 작가의 정신이 담겨 있습니다.

 첫 번째 열쇠말_ **노깡**

 '노깡'은 샘을 만들 때나 수로를 놓을 때 사용하는, 가운데가 빈 원

형의 콘크리트 통으로 쉽게 말해 배수관을 말합니다. 노깡이 무엇인지 머릿속으로 그려지시나요? 어린 시절의 '나'는 총알을 찾으러 노깡 속에 들어갑니다. 그런데 그 안에서 뼈다귀를 본 경험 때문에 악몽에 시달리지요.

작품의 시대적 배경은 1950년대 한국 전쟁 직후의 서울 영등포입니다. 주인공인 '나'는 폭격으로 파괴된 열차의 구석에 난 까마중 열매 따 먹기를 좋아하는 초등학생으로, 전쟁의 참상이나 폭력으로 인한 아픔, 세상의 현실에 대해서는 잘 알지 못합니다. 그런데 노깡 속에서 뼈다귀를 만났다는 것은 전쟁의 참상 혹은 세상의 폭력과 맞닥뜨리게 되었다는 의미로 해석할 수 있습니다. 그리고 '나'는 그 공포에 완전히 굴복하고 맙니다.

'나'의 심리가 노깡에 대한 공포로 혼돈 상황이듯이, 학교도 마찬가지로 열악하고, 제대로 된 환경을 갖추지 못한 혼돈 상태입니다. 전쟁 직후라 학생들은 창고나 들판에서 공부를 합니다. 담임 선생님은 학생들에게 무관심한 채 사적인 일에만 신경 쓰고, 교장 선생님도 학교 관리를 제대로 하지 않습니다. 이러한 상황에서 미군의 보호를 받는 '영래'라는 아이가 전학을 옵니다. 그리고 급장, 즉 반장이 되지요. 영래는 미군 부대 하우스보이(개인이 살림하는 집이나 군부대 따위에서 허드렛일을 하는 남자아이)로 일하고 있는데, 전학 올 때 미군 지프를 타고 옵니다. 전쟁 직후 미군들의 영향력은 막대해서 미군 지프를 타고 온 영래는 일종의 권력을 등에 업은 것이라고 할 수 있지요.

영래는 폭력적이고 교활한 방법으로 자신의 권력과 학급의 질서를 유지하고, 부정적인 방법으로 이득을 취합니다. 거기에 영래의 권력에 기생하는 은수와 종하 같은 학생들도 생겨나지요.

'나'는 노깡의 공포에 굴복하였듯이, 영래의 공포에도 굴복합니다. 상급 학교 진학이 더 중요하다는 이유로 영래의 폭력을 방조하고, 폭력적인 질서에 순응하는 자신을 합리화하지요. 담임인 메뚜기 선생님도 학급 일에는 무관심합니다. 그러는 사이 영래의 폭력성은 더해 가지요.

노깡은 초등학생인 주인공이 성숙한 존재로 성장하기 위한 통과 제의, 즉 성장의 과제입니다. 이 소설 속의 담임을 비롯한 기성세대처럼 정의롭지 못하고 무기력한 모습으로 살아가지 않기 위해서는 더더욱 노깡 속의 공포를 극복하는 것이 중요하겠지요. '나'의 이러한 노깡에 대한 공포는 병아리 선생님의 도움으로 극복됩니다.

🔑 두 번째 열쇠말_ **병아리 선생님**

병아리 선생님은 교육 실습을 나온 교생 선생님입니다. '나'는 병아리 선생님을 좋아해서 학교에 가는 것을 더 즐거워합니다. 그러나 한편으로는 학급 분위기를 더욱더 부끄러워하게 되지요. 여기에서 '부끄러움'이라는 감정에 주목할 필요가 있습니다. 지금까지 '나'는 자기 합리화를 하면서 학급의 폭력적 질서에 무관심으로 일관하였습니다. 하지만 병아리 선생님으로 인해 부끄러움을 느꼈다는 것은 부당한 현실과 사회적 윤리 의식 사이에 갈등이 생겼다는 의미입니다. 이러한 부끄러움은 주인공이 부끄럽지 않은 상태로 나아가려는 성찰과 반성의 기능을 합니다.

병아리 선생님은 혼자서는 좋은 사람이 될 수 없으니, 누군가 잘못했다면 여러 사람이 고쳐 주어야 한다고 말합니다. 모르는 체하는 사람도 나쁜 사람이라고 말이지요. '나'에게 공동체적 질서, 민주주의, 용기, 관심과 사랑을 일깨워 준 것이죠. 이후에 주인공이 가난한 기지촌 아이들을 위해 도시락을 싸 가는 것도 병아리 선생님의 가르침 때문입니다.

'나'는 수업 시간에 병아리 선생님을 모욕하는 종잇조각을 본 후에 더 이상 두려워해서는 안 된다고 결심합니다. 머릿속으로는 별의별 무서운 공상에 시달리지만, 그래도 쉬는 시간에 영래 패거리에게 용기 있게 저항을 합니다. 이러한 '나'의 행동은 반 아이들의 동참을 얻어 내고, 결국 영래를 비롯한 아이들의 폭력을 제지시킵니다.

병아리 선생님은 '나'에게 노력해 보지도 않고 무조건 무서워하면 비굴해진다고, 겁쟁이는 무서움에서 벗어날 수 없다고 충고합니다. '나'는 용기를 내어 노깡 속으로 들어갑니다. 그리고 노깡 속의 공포, 즉 뼈다귀와 대면합니다. 지금까지 무슨 뼈다귀인지도 모른 채 그 뼈다귀를 무턱대고 사람 뼈로 착각했다는 것을 깨달은 '나'는 드디어 노깡의 공포에서 벗어나지요.

🗝 세 번째 열쇠말_ **아우를 위하여**

이 소설은 액자식 구성을 취하고 있습니다. 액자식 소설은 이야기 안에 이야기가 들어 있는 형식을 말합니다. 외부 이야기는 성인이 된 형이 아우에게 편지를 보내는 구성이고, 내부 이야기는 지금까지 제가 이야기했던, 형의 어린 시절에 대한 내용입니다. 이런 서간체 소설은 화자가 구체적인 수신자를 설정하고 이야기를 전개하므로, 전달력의 효과가 강하게 나타납니다. 이 소설에서는 형이 아우의 내적 성장을 유도하기 위해 편지 형식을 사용하고 있습니다.

아우는 현재 군대에 있습니다. 군대는 규율과 규칙을 준수해야 하고, 그것을 강요받는 조직입니다. 1970년대만 하더라도 군대는 남북의 대립으로 항상 긴장 상태였고, 상명하복의 문화가 일반적이었습니다. 또한 '얼차려'로 불리는 각종 가혹 행위가 군대 내에서 빈번하게 일어나고 있었습니다. 그러므로 아우는 군대 내에서 폭력적인 현실과 마주쳤을 가능성이 큽니다. '나'가 어린 시절에 노깡과 영래를 통해 공포와 두려움을 경험한 상황과 유사하다고 볼 수 있지요. 어린 시절 주인공이 병아리 선생님의 가르침으로 인해 공포에서 벗어나 성장했듯이, 형은 아우가 겪고 있을 두려움 혹은 공포에서 벗어날 수 있도록 가르침을 주고 있는 것이죠. 병아리 선생님이 어린 시절 주인공에게 한 역할을, 성인이 된 주인공이 아우에게 하고 있는 셈입니다. 어린 시절 배운 가치들이 형의 삶에 지속적으로 긍정적인 영향을 미치고 있음을 알 수 있는 부분이기도 합니다. 여기서 수신자인 아우는 꼭 군대에 있는 사람만을 뜻하는 것은 아닐 것입니다. 이 소설이 발표된 시기를 생각한다면 1970년대 억압된 현실 속에 살아가는 민중들을 가리키는 것이기도 하겠지요.

  작가는 성장과 발전을 위해서는 두려움의 실체를 파악하고, 용기를 가지며, 이를 극복해야 한다는 것, 무관심과 방관으로 정의가 짓밟히는 일이 없도록 타인에 대해서도 관심을 가져야 함을 말하고 싶었으리라 생각합니다.

  불의에 굴복하지 않는 용기를 내려면 어떻게 해야 하는지 배우는 시간이 되었기를 바라며 이야기를 마치겠습니다.

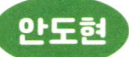

짜장면

일탈과 반항
학교 밖 배움
양파 껍질 벗기기

　'어른을 위한 동화'라는 곁들이 이름이 붙은 소설 『짜장면』은, 우리에게는 시인으로 더 잘 알려진 안도현 작가가 2000년에 쓴 작품입니다. 열일곱 살인 주인공이 가출을 하고 짜장면 배달원이 되면서 벌어지는 일들을 통해, 인생에서 가장 뜨거운 시기라고 할 수 있는 사춘기의 좌절과 성장의 의미를 다룬 소설이지요.

　이 책을 쓴 안도현 작가는 1984년 동아일보 신춘문예에 시가 당선되어 등단했습니다. 국어 교사로 오랫동안 재직하였고, 전교조 활동으로 해직의 아픔을 겪었습니다. 『서울로 가는 전봉준』, 『외롭고 높고 쓸쓸한』 등 시집뿐 아니라, 어른을 위한 동화 『짜장면』, 『연어』 등의 책들을 출간했습니다. 열일곱 살 무렵 제대로 일탈해 보지 못했던 자신의 어린 청춘에게 진 빚을 갚기 위해, 이 책 『짜장면』을 썼다는 재미 있는 머리말을 남겼습니다.

🗝 첫 번째 열쇠말_ **일탈과 반항**

　이 작품의 주인공은 사춘기인 열일곱 살입니다. 사춘기의 상징이라 할 수 있는 일탈과 반항의 여러 모습들을 보이지요. 가출, 오토바이 폭주, 노랑머리 염색 등이 바로 그것입니다. 물론 처음부터 그런 것은 아니었습니다. 새벽에 등교했다가 밤늦게 집으로 돌아오던 열일곱 살의 '나'는 학교에서 1등을 하는 나름 모범생이었습니다. 그리고 그에게 오토바이 타는 법을 손수 알려 줄 만큼 자상한 아버지를 두었지요.

　평범한 일상을 살아가던 어느 날, 나름 창의적으로 표현한 그림 과제가 미술 선생님께 '이유 없는 반항'으로 낙인찍혀 혼이 납니다. 게다가 아버지가 없는 틈을 타 아버지의 오토바이를 타고 달리다 사고를 당하는 일이 발생합니다. 화가 날 대로 난 아버지는 '나' 대신 어머니를 탓하며, 어머니에게 심한 폭력을 행사합니다. 초등학교 교사인 아버지의 행동에 분노와 충격에 빠진 '나'는 반항의 표현으로 '가출'을 합니다.

　그리고 낯선 도시에서 짜장면 냄새에 끌려 '만리장성'이라는 중국집에 들어선 후부터 '나'에게는 철가방을 들고 125cc 마그마를 타고 '날아다니는' 나날이 전개됩니다. 매일 오토바이를 탈 수 있게 된 것이죠. 그러다가 오토바이 폭주에도 동참합니다. 청소년에게 오토바이 운전은 대개 위험한 일로 여겨질 것입니다. 하지만 피할 수 없는 가출을 했던 주인공에게 오토바이는 사춘기 반항의 상징이자 해방구 역할을 합니다. 하루 종일 오토바이를 타고 있으면, 아무도 '나'를 알아보지 못합니다. 심지어 자신도 누구인지 잊어버릴 때가 있을 정도로 행복함을 느낍니다.

만리장성 주방장이 옛날 군대 시절 이야기를 하며 '나'의 머리에 대해서 꼰대처럼 간섭하자, 주인공은 아예 노랑머리 염색으로 맞서기도 합니다. 염색을 하고 중국집 배달원을 하는 이들을 '구제할 수 없는 문제아'로 바라보는 세상의 편견에 대항하기라도 하듯, '나'는 날마다 눈물을 흘리며 양파를 까는 주방 보조 역할과 노랑머리를 날리며 배달하는 일을 열심히, 한편으론 반항하듯 수행해 나갑니다.

🔑 두 번째 열쇠말_ 학교 밖 배움

학교와 집을 뛰쳐나와 중국집 배달원 생활을 하던 주인공은 학교 밖에서 여러 사람을 만나며 인생에 대해 배웁니다.

'나'가 자주 배달을 가는 '코끼리편의점'에는 늘 짬뽕 한 그릇을 시키는 노부부가 함께 일하고 있습니다. 할아버지는 자신의 가게뿐 아니라 주변 골목길 일대까지 남모르게 매일 청소하고, 할머니는 손에 들고 갈 수 없을 정도로 물건을 사는 손님을 위해 고령임에도 손수 그 사람의 집까지 태워다 줍니다. 주인공은 이 두 노인이 이마를 맞대고 앉아 짬뽕 한 그릇을 다정히 나눠 먹는 모습을 보면서 '인생이란 짬뽕

국물을 숟가락으로 함께 떠먹는 일'일지도 모른다고 생각합니다. 그러면서 중요한 삶의 비밀 한 가지를 배우게 되었다고 말합니다.

'나'는 어린아이들이 서투른 젓가락질로 입술이며 턱에 시커멓게 짜장을 묻혀 가며 먹는 모습을 보면서도 여러 생각을 합니다. 어른들은 아이들이 짜장을 흘릴 때마다 아이의 이마를 쥐어박거나 휴지를 들고 있다가 입가를 닦아 줍니다. 그 모습을 보면서 '나'는 짜장면을 다 먹은 다음에 아이에게 휴지를 줘서 직접 닦을 수 있도록 해 줄 거라고 생각합니다. 그렇게 사춘기의 '나'는 학교가 아닌 곳에서, 학교에서 배우지 못했던 인생에 대해 하나씩 깨우쳐 갑니다.

🔑 세 번째 열쇠말_ **양파 껍질 벗기기**

소설 끝부분에서 '나'는 또 한 번 오토바이 사고를 당합니다. 거의 죽다 살아난 '나'는 그때까지 한 번도 혼자서 마음 놓고 울어 보지 못했음을, 남이 아니라 오직 자기 자신 때문에 울어 본 적이 없었음을 생각합니다. 그리고 자신이 이제 막 허물을 벗고 최초로 내 목소리로 울어 보는 매미가 되었음을 깨닫습니다. 그와 더불어 자신의 손끝에 남은 미세한 양파 냄새도 머지않아 사라질 것이라고 생각합니다.

이 소설에서 양파는 사춘기의 비유로 해석할 수 있을 것 같네요. 사춘기란 결국 양파 껍질을 벗기는 일과 같다고 생각합니다.

어른들은 맞춤법을 들어 '짜장면'을 '자장면'으로 자꾸 고치라고 하는데, 이 세상의 권력을 쥐고 있는 어른들이 언젠가 아이들에게 배워서 '자장면'이 아닌 '짜장면'을 사 주는 날이 올 것이라 기대하면서 소설은 끝이 납니다. 지금은 한글 맞춤법이 개정되어 '짜장면'도 복수 표준어로 인정되었지만, 아이들의 사춘기를 있는 그대로 인정해 주는 시대가 되었는지는 아직 모르겠습니다.

어쩌면 사춘기는 빨리 지나가야 할 시기가 아니라, 오히려 '재미없고 단조로운 어른들'이 사춘기로부터 배워야 하는 것일지도 모릅니다.

이 소설을 읽으며, 인생의 배움이란 학교 안의 책상에서만이 아니라 양파 껍질을 벗기듯 사춘기의 방황 속에도, 편의점 노부부의 한 그릇 짬뽕에서도 이루어짐을 깨닫길 바랍니다. 그리고 무엇보다 어른에게 아이를 끼워 맞추는 것이 아니라, 어른들이 아이들에게서도 배울 수 있음을 생각하는 시간이 되었으면 좋겠습니다.

유원

    백온유 작가의 장편 소설 『유원』은 창비 청소년문학상과 민음사 오늘의작가상을 동시에 수상한 작품입니다. 이 작품은 아픔을 딛고 성장해 나가는 십 대, 그리고 그 시기를 지나온 사람이라면 누구나 공감할 수 있는 성장 소설로, 우리 시대 화두로 떠오른 '상실과 치유', '회복과 생존'의 문제를 다루고 있습니다.

첫 번째 열쇠말_ 죄책감

    책의 제목인 '유원'은 주인공의 이름입니다. 이 이름은 주인공의 언니가 지어 주었습니다. 유원이에게는 나이가 10살 정도 차이 나는 언니가 있었습니다. 이 언니가 주인공이 엄마 배 속에 있을 때 동생을 너무 원해서 이름을 '유원'이라고 지었다고 합니다. 영어로 want의 뜻도 있고요. 내가 태어나기도 전부터 나를 이렇게 기다리는 사람이 있다는 것, 그리고 그게 내 언니라는 것이 참 행복하고 든든할 것 같은데요, 하지만 이 언니는 지금 세상에 없습니다.

11년 전 일어난 은정동 화재 사건. 위층 할아버지의 담뱃불이 유원이네 집 베란다로 들어오게 되고, 베란다에 있던 종이 뭉치에 불이 붙어 화재가 났습니다. 당시 어린이집에 다니던 유원이와 17살인 언니 유예정은 낮잠을 자고 있었는데, 잠에서 깨어났을 때는 이미 불길이 온 집 안을 뒤덮어 빠져나갈 곳이 없었습니다. 결국 언니는 물을 묻힌 이불에 동생 유원이를 둘둘 말아 11층 아래로 던집니다. 누군가 받아 주기를 간절히 희망하면서요. 다행히 11층에서 떨어지는 아기를 온 몸으로 받아 낸 아저씨 덕분에 유원이는 구조됩니다. 그러나 동생을 살린 언니는 불길과 연기 속에서 죽습니다. 유원이를 살려 낸 아저씨는 그 사고로 다리를 다쳐 평생 장애를 가지고 살아가고요.

유원이는 언니와 아저씨, 그 두 사람의 희생으로 인해 살아났지만 죄책감을 떠안고 있습니다. 사람들은 유원이에게 죽은 언니의 몫까지 두 배로 행복하게 살아야 한다고 합니다. 언니의 기일마다 아직도 언니를 잊지 못하는 사람들 속에서 유원이는 자신이 죽었어야 했다고 생각하기도 합니다. 사람들은 유원이에게 '너는 행복하게 살면 안 돼.' 이렇게 말하는 것만 같습니다. 언니 대신 살아남았다는 죄책감으로 맘 편하게 큰 소리로 웃지도 못하는 유원이가 안쓰럽기만 합니다.

유원이를 구해 준 아저씨는 언론을 통해 의인으로 칭송됩니다. 사람들은 유원이에게 평생 아저씨에게 감사하며 살라고 하지요. 하지만 아저씨는 사고 이후 다리를 절뚝이며 유원이네 집에 수시로 찾아와서는 새로 사업을 시작하려 한다며 돈을 요구합니다. 유원이 부모님은 넉넉하지 못한 살림에도 이를 거절하지 못합니다. 이 모습을 보면서 유원이는 아저씨를 점점 미워하게 되지요. 고마워해야 할 대상에게 미안함을 느끼고, 그 미안함은 이제 증오가 됩니다. 그리고 고마워해야 할 사람에게 이런 사나운 마음을 갖는 것에 대해 유원이는 다시 죄책감을 느끼며 괴로워합니다.

🔑 두 번째 열쇠말_ **치유**

유원이는 학교에서든 동네에서든 유명 인사입니다. 유원이라는 이름보다도 화재 사건 당시의 '이불 아기'로 더욱 유명하지요. 그렇기에 어디서나 사람들의 시선과 기대를 받습니다. 누구보다 열심히 살라는 말이, 언니 몫까지 행복해야 한다는 말들이 어린 유원이에게 다소 폭력적으로 느껴집니다.

학교에서 만난 친구들도 유원이에게 연민의 감정을 느껴 친절하게 대해 주지만 유원이는 그런 시선들이 불편하고 부담스럽기만 합니다. 중학생이 되어서는 본격적으로 혼자 다니고, 쉬는 시간이면 학교 옥상 입구의 구석진 곳을 찾습니다. 그러던 어느 날 유원이는 그곳에서 옥상 마스터키를 가지고 있는 신수현이라는 아이를 만납니다. 그 후로 둘은 옥상에서 만나 많은 이야기를 나누지요.

수현이는 유원이와 다르게 하고 싶은 말을 거침없이 내뱉고 직설적인 성격에 자기표현도 잘하는 솔직한 아이입니다. 수현이는 전학을 와서 그런지 유원이에 대해 잘 모르는 듯하고, 그런 수현이에게 유원이는 마음의 문을 열게 됩니다. 함께 쇼핑도 하고 노래방도 가고 서로의 집에도 초대하는 등 둘은 함께하는 시간이 많아집니다. 유원이는 그동안 착한 아이 콤플렉스 때문에 생전 해 보지도 않았던 학원 땡땡이도 칩니다. 수현이와 보내는 시간이 즐겁기만 하고, 수현이와 함께 있으면 자꾸 솔직해지고 싶습니다.

세상 밖으로 조금씩 마음의 문을 열게 된 유원이는 마침내 수현이에게 내면의 상처를 털어놓습니다. 자신을 살린 언니를 미워하고, 자신을 구해 준 아저씨를 미워한다고요. 그리고 수현이에게도 남모를 아픔이 있다는 이야기를 듣습니다. 둘은 지금의 자신을 있게 만든 과거를 자연스레 이야기하면서 상처를 공유하고 마음의 짐을 나눠 들게 됩니다.

그런데 어느 날 갑자기 나타난 수현이의 정체가 궁금하지 않으신가요? 수현이의 정체는 책을 통해 확인해 보시기 바랍니다.

🔑 세 번째 열쇠말_ **성장**

유원이는 수현이와의 만남을 통해 자신의 상처를 꺼내 마주하고, 상처를 치유하며, 한 뼘 더 성장하게 됩니다.

어느 날 아저씨가 찾아와 유원이에게 방송 출연을 제안합니다. 과거에 유명했던 사람들을 추적하는 방송이었지요. 그때 그 화재 사건의 이불 아기는 어떻게 컸는지, 아기를 구해 준 아저씨와는 어떻게 지내는지 많은 사람들이 궁금해할 거라며 함께 출연해 달라고 부탁합니다. 방송에 출연하면 아저씨의 사업에도 도움이 될 것이라는 말도 덧붙입니다.

유원이의 부모님은 여느 때와 마찬가지로 아저씨의 부탁을 거절하지 못해 절절맵니다. 그때 유원이는 그동안 아저씨께 하지 못했던 말을 합니다. 이제는 당당하고 편하게 살고 싶다고요. 유원이는 자신의 솔직한 마음을 털어놓으며 방송 출연을 거절합니다. 유원이는 부모님에게도 자기가 하고 싶은 말을 합니다. 더 이상 아저씨에게 절절매지 말라고. 그러면 내가 자꾸 미안해진다고.

이렇게 유원이는 살아남았다는 죄책감, 가족을 향한 미안함, 증오와 연민 등 꽁꽁 싸매어 두었던 복잡한 감정들을 하나둘씩 꺼내기 시작합니다. 자신의 마음을 꺼내 보이면서 아픔을 딛고 성장하는 유원이의 모습은 그 시기를 지나온 사람들의 마음을 뭉클하게 만들지요.

이 소설과 같은 극단적인 상황이 아니더라도 우리는 모두, 나로 인해 누군가가 힘들어하는 상황을 얼마든지 겪을 수 있습니다. 누군가를 미워하며 또 그 미워하는 마음에 죄책감을 가지기도 하고요. 더욱이 그 대상이 내가 사랑하는 사람일 때 그 마음을 감당하기는 더욱 힘들지요. 그런 모순투성이의 감정을 마주하게 되면 혼란스럽습니다. 그러나 높은 곳에 서려면 용기가 필요하듯 그 감정을 마주하고 인정해야 유원이처럼 극복하고 성장할 수 있습니다.

　이 소설은 우리가 살면서 느끼는 다양한 모순투성이의 마음들을 들여다보게 하고, 그런 마음들을 위로해 주고 있습니다. 굉장히 흡입력이 있는 작품이어서 몰입해서 읽을 수 있고, 주인공의 다양한 심리가 잘 묘사되어 있으며 사람 사이의 갈등을 실감나게 표현하고 있습니다. 이 책을 읽고 나면 한 뼘 더 성장한 자신을 만나 볼 수 있을 겁니다.

사투리 귀신

괄호 안에 속하기
개루와
연

    2012년에 출간된 남상순 작가의 청소년 소설 『사투리 귀신』. 이 작품은 고향을 떠나 서울로 전학 오게 된 주인공이 큰아버지 댁에 살며 근처의 빈집에 관심을 가지게 되고 친구들과 그곳에 얽힌 비밀을 풀어 새로운 공간으로 만들어 간다는 이야기입니다. 청소년 소설인 만큼 청소년들의 삶과 고민이 잘 표현되어 있지요.

첫 번째 열쇠말_ 괄호 안에 속하기

    이 소설은 고등학교 1학년인 '연정이'가 주소 하나만 들고 경상북도 가은읍에서 서울 자양동에 있는 큰아버지 집을 찾아오는 것으로 시작합니다. 그런데 주소에 적힌 곳으로 찾아가 보니 동네 사람들이 귀신이 나온다고 꺼리는 빈집이었습니다.

슈퍼 아줌마 덕분에 겨우 큰집을 찾았지만 막상 큰엄마는 연정이가 서울에 온다는 것도 모르고 있었습니다. 큰집에는 딸 셋이 쓰고도 남을 만큼 방이 여러 개 있었지만, 큰엄마는 연정이에게 옥상에 있는 방을 내줍니다. 가족의 일원으로 인정하고 싶지 않다는 뜻이었겠죠. 하지만 연정이에겐 옥탑방이 차라리 마음 편한 곳이었습니다. 첫 번째 열쇠말인 '괄호 안에 속하기'는 '우리'라고 지칭될 수 있는 '무리에 포함되기'를 의미합니다. 연정이는 큰집 식구들과 같이 살기는 하지만 그 가족 안에는 속하지 못한 거지요.

전학 간 새 학교에서 연정이의 짝은 '진영'이라는 아이입니다. 연정이가 미니 홈피에 '혼잣말하는 왕따'라고 표현한 것처럼 진영이는 밝고 명랑하지만 친구가 없는 아이입니다. 그리고 공부는 잘하지만 사람을 질리게 하는 구석이 있는 '전영교'라는 아이도 있습니다. 못생겼다고 놀림받는 영교는 연정이의 사촌 순선이와 라이벌 관계입니다. 연정이, 진영이, 영교는 모두 괄호 안에 속하지 못한다는, 즉 관계를 제대로 맺지 못한다는 공통점을 갖고 있지요.

이 소설의 창작 동기와 관련된 작가의 이야기를 잠깐 소개하겠습니다. 작가가 어느 날 버스를 타고 가다가 한 학생이 보내는 문자를 봤는데, 그 내용은 '네가 아무리 내 뒷담화를 까고 다녀도 난 상처받지 않아!'였다고 합니다. 청소년들이 관계에서 인정받지 못할 때 얼마나 상처받는지 이 문자를 통해 알 수 있지요. 그 학생은 표면적으로는 상처받지 않는다고 했지만, 실제로는 많은 상처를 받았을 겁니다.

사투리는 표준어로 인정받지 못한 말이죠. 표준어와 사투리는 어느 것이 더 우수하거나 낫다고 할 수 없어요. 그런데 사람들이 표준어만을 공식적인 언어, 교양 있는 언어라고 인식함으로써 점점 사투리는 설 자리를 잃어 가고 그 지역의 젊은이들마저 외면하고 있는 것이 현실입니다. 작가는 이러한 표준어와 사투리의 관계를 은유로 사용하여, 주류에서 밀려난 이들의 모습을 괄호 밖의 사람들로 표현했습니다. 연정이는 사투리를 쓴다는 이유로 놀림을 받고, 전학 와서 학급 친구들과 어울리지 못하고 혼자 밥 먹으며 눈치를 봅니다. 연정이도 괄호 안에 속하지 못한 것이죠.

한 가지 덧붙이면, 연정이의 아빠도 괄호 안에 속하지 못한 사람이었습니다. 아빠는 정치인들의 연설문을 써 주는 일을 했는데요. 관계에서 상처를 받고 시골로 와서 사슴을 길렀지만, 마음의 상처가 깊어져 그마저도 못하고 병원에 입원해 있습니다. 미술 대학 진학에 뜻을 품었다고는 하지만, 연정이가 서울로 갑자기 올라오게 된 데에는 이러한 아버지의 사연이 있었던 것입니다.

🔑 두 번째 열쇠말_ 개루와

'개루와'는 '괴로워'라는 뜻으로, 빈집에 살던 새댁이 사투리를 쓰지 못해 힘든 상황을 표현하던 말입니다. 연정이도 경상도 사투리를 씁니다. 연정이의 사투리를 들은 슈퍼 아줌마는 연정이에게 '서울에서 살려면 말투부터 고치라'고 하지요.

연정이는 빈집에서 그림을 그리던 영교와 친해집니다. 영교는 동네에서 무섭기로 소문난 노란 나무 대문 집 할머니와 어린 시절부터 알고 지낸 사이였습니다. 할머니는 빈집에 살던 새댁의 죽음이 자신 때문이라고 자책하고 있었습니다. 그래서 빈집을 더 이상 방치해서는 안 된다고 생각했고, 문제를 해결하기 위해 영교와 함께 방법을 찾고 있었지요. 여기에 연정이도 동참합니다.

소설 속에서 새댁은 사투리를 쓰지 못해서 자살한 것으로 나옵니다. 사투리를 쓰지 못해서 자살했다니, 납득하기 어렵지요? 말의 뉘앙스라는 것이 있습니다. '구렁이'와 '구리이'는 모두 같은 뜻을 담고 있지만, 새댁에게는 '구리이'가 자신의 정체성을 나타내는 말입니다. '구렁이'로는 도저히 사람의 발목을 노릴 때의 사악함, 공포를 표현할 수가 없습니다. 사투리야말로 자신을 제대로 표현하는 언어였던 것입니다.

사투리를 쓰지 못하는 상황이 지속되면서 새댁에게 문제가 발생합니다. 사투리를 쓰지 못하면 몸에 두드러기가 생겨났고, 사투리를 쓰지 않기 위해 글로 의사를 전달하는 방법을 쓰자 가족 관계에 문제가 생겼습니다. 남편은 외도를 했고, 시댁에서는 우울증 행동을 하는 새댁으로부터 아이들을 보호한다며 새댁과 아이들의 접촉을 막았습니다. 어느 날 새댁은 아이들이 자신을 보는 눈빛이 달라졌음을 알고 절망했습니다. 두 번째 열쇠말로 '괴로워'가 아닌 '개루와'를 꼽은 데에는 존재 자체로 인정받지 못한 새댁의 마음을 잘 표현한 단어라고 생각했기 때문입니다.

　새댁의 옆집에 살던 할머니는 사투리를 쓰지 못해 괴롭다는 새댁에게 사투리는 자신에게 와서 실컷 쓰고 집에서는 사투리 대신 글로 대화를 하면 어떻겠냐고 조언을 해 주었습니다. 그 때문에 할머니는 새댁의 죽음의 원인이 자신에게 있다고 자책한 것입니다. 그 자책감 때문에 할머니는 입안이 빨갛게 되는 병을 앓고 있었지요.

　새댁의 결혼 전 직업은 뉴스를 진행하는 아나운서였습니다. 뉴스에서는 발음도 정확하고 똑똑하고 예쁜 사람이었는데, 일상생활에서 사투리를 썼지요. 새댁은 자신이 사투리를 쓰면 주변 사람들이 자신을 이상하게 쳐다보고, 자신의 사투리를 받아들이지 않는 상황을 견디기 힘들어했습니다. 자신의 정체성을 부정당하는 느낌이었겠지요. 결국 새댁도 자신의 존재 그 자체로는 '괄호 안에 속'하지 못한 인물이었던 겁니다.

🗝 세 번째 열쇠말_ 연

　연은 둘째를 낳은 새댁 부부가 첫째 아들을 위해 만든 것으로, 새댁의 행복했던 시절을 상징하는 물건입니다. 빈집의 얼굴을 찾는다며 연정이와 친구들이 빈집을 살피고 있을 때 영교의 동생이 연을 발견합니다. 연정이는 그 연을 서울에 오던 첫날 봤다고 기억하는데, 다른 사람들은 아무도 그 연을 본 적이 없다고 하지요. 결국 진실을 확인하기 위해 몇 년 전에 빈집을 찍은 사진을 구해 옵니다. 사진을 살펴보니 연이 있기는 했는데, 신기하게도 사진 속의 연은 지금보다 더 낡고 초라한 모습이었습니다. 어쨌든 연은 빈집을 계속 지켜보고 있었던 겁니다. 마치 죽은 새댁의 분신처럼 말이지요.

연정이는 연이 기다려 주지 않았다면 사투리 귀신은 더욱 기승을 부리고 동네 전체가 귀신이 사는 마을로 변했을 거라고 생각합니다. 그래서 빈집을 수리해서 마을 주민들의 공간인 '해피 하우스'를 만들던 날, 그 연을 날립니다. 연에 팔도 사투리를 빼곡히 적어서. '밥 잡샀니껴?', '니 띠 머라', '엿 바까 먹자', '얹힐라', '폴새', '쪼깐만', '후려 때린', '워메', '속 터져 부러', '앙당한', '누뤄 알', '참벌', '텅납새' 등 재밌는 말들을 가득 적었습니다. '건듯하면', '빼추다', '저녁답', '가지끈', '혼따발', '점두룩', '내붙이지 말고', '꼬디', '부애가 나서', '알분지기', '무수아', '씨구아' 같은 말도 적혀 있었죠. 그리고 입안이 빨개졌던 할머니의 병도 해피 하우스가 만들어지면서 증세가 사라졌습니다. 결국 버려졌던 빈집, 흉흉한 소문을 키워 가던 빈집은 모든 사람들의 관심과 노력으로 다시 옛날의 행복했던 공간으로 회복되면서 이야기는 끝납니다.

사투리가 연에 실려 자유롭게 날아갔듯이 새댁의 한도 풀렸겠지요? 그리고 연정이는 할머니의 입에서 재앙이 빠져나갔듯 병원에 계신 아빠도 예전의 멋진 모습으로 돌아올 거라는 희망을 품게 됩니다.

인간관계를 맺는 것은 자기를 알아 가는 것 못지않게 중요한 인생

과업입니다. 그리고 관계 맺음에서 가장 바람직한 것은 상대방을 존재 그 자체로 받아들이는 것이라고 생각합니다. 사투리를 쓰든 표준어를 쓰든, 못생겼든 잘생겼든, 공부를 못하든 잘하든 상관없이 말이지요.

시간을 파는 상점

시간의 유동성
익명성과 솔직함
치유와 성장

  김선영 작가는 시간에 대한 사유를 하고 있을 때쯤, 신문에서 어떤 중국 여자의 사진과 함께 실린 '제 시간을 팝니다'라는 기사를 접했다고 합니다. 그리고 같은 시기에 아들을 통해 한 아이의 죽음을 전해 들었지요. 한 아이가 학교에서 도난 사건의 범인으로 지목되고, 다음 날 스스로 목숨을 끊는 일이 있었답니다. 작가는 그 아이가 겪었을 두려움과 절망의 시간을 희망의 순간으로 바꿀 수 있지 않을까 하는 생각으로 이 소설을 썼다고 합니다.

  '온조'라는 여학생이 '크로노스'라는 닉네임을 달고 '시간을 파는 상점'이라는 인터넷 카페를 오픈합니다. 시간의 경계를 나누고 관장하는 크로노스야말로 온조가 생각했던 물질과 환치될 수 있는 진정한 시간의 신이었습니다. 죽은 아빠의 못다 이룬 뜻을 이어받은 온조는 상점에서 손님들의 의뢰를 해결해 주고, 이 과정에서 주인공과 의뢰인 모두 성장하게 된다는, 일종의 성장 소설입니다.

🗝 첫 번째 열쇠말_ **시간의 유동성**

먼저 이 작품의 줄거리를 살펴보겠습니다.

온조는 인터넷 카페 '시간을 파는 상점'을 열면서 첫 번째 사건을 의뢰받습니다. 첫 번째 사건은 교실에서 분실된 PMP(음악 및 동영상 재생, 디지털 사진 촬영 따위의 기능을 두루 갖춘 휴대용 재생 장치)를 원래의 주인에게 돌려주라는 것입니다. 작년에 학교에서 발생한 도난 사건으로 이미 한 명의 친구가 자살한 적이 있기 때문에, 의뢰인은 또다시 이런 일이 일어날까 봐 익명으로 사건을 의뢰한 것입니다. 온조 또한 지난해와 같은 끔찍한 일이 일어나는 것을 막기 위해 고군분투합니다.

두 번째로 온조는 자신의 할아버지와 맛있게 식사를 해 달라는 의뢰를 받습니다. 물려받은 재산을 가지고 미국으로 이민 간 강토네 부모는 한국에 있는 부모님들에게 관심이 없습니다. 세계 여행을 하던 할아버지는 미국으로 강토네를 찾아갔다가 교통사고를 당합니다. 그리고 그 와중에 한국에서 가족을 기다리던 할머니는 홀로 쓸쓸하게 돌아가시고 맙니다. 가족의 붕괴와 상처로 강토 또한 마음의 상처를 입었지요. 그래서 할아버지와 직접 만나 식사를 할 자신이 없어서 온조에게 할아버지와의 식사를 의뢰하게 된 것입니다. 강토와 할아버지는 서로 마음의 상처를 치유할 시간이 필요했을 겁니다. 이런 여러 사건들이 복잡하게 얽히면서 아이들이 서로를 보듬어 가며 위로와 격려를 통해 성장하면서 이 소설은 끝이 납니다.

　소방대원으로 일했던 온조의 아버지는 뜻하지 않은 사건으로 젊은 나이에 죽습니다. 아버지가 온조에게 남긴 편지에는 이 세상에 영원한 것은 없으니, 온조 스스로 삶의 주인공이 되었으면 좋겠다는 바람이 담겨 있습니다. 어쩌면 이 유언이 온조로 하여금 '시간을 파는 상점'이라는 인터넷 카페를 열게 한 계기가 되었는지도 모르겠습니다.

　온조는 혹독한 아르바이트를 경험하며 내가 움직이는 시간이 돈으로 환산된다는 것을 깨닫지만, 온조의 어머니는 온조에게 알 수 없는 말을 합니다. '시간이 금이다'라는 말이 좋은 말이긴 하지만, 폭력적인 뜻도 담겨 있다고 말이지요.

　온조는 어머니의 말이 무슨 뜻인지 아무런 감도 잡지 못합니다. 아마 온조의 어머니는, 시간을 조각내어 계산하고, 그렇게 계산된 시간이 반드시 생산적인 결과물을 낳아야 하는 자본주의 시대의 폭력성을 이야기하고 싶었던 것은 아니었을까요?

　이 소설에서 시간은 소설 전체를 관통하는 중요한 의미로 작용합니다. 두 번째 의뢰 사건에 나오는 할아버지와 온조를 비유적으로 표현한 것을 통해서도 알 수 있습니다. 온조가 일분일초의 시간을 조각내어 끊임없이 움직이게 하는 크로노스라면 할아버지는 카이로스에 비유할 수 있습니다. 카이로스는 행과 불행을 가르는 기회의 신으로 시간 너머, 의미를 관장하는 신입니다. 할아버지는 요즘의 빠른 속도가 꼭 행복한 건 아니라고 말합니다. 오히려 기계든 사람 간의 관계든 지나치게 빠르면 꼭 문제가 생기게 된다는 할아버지의 말을 통해 온조는 평소 자신이 생각하던 시간의 의미와는 정반대의 시간을 깨닫게 됩니다. 인간의 본능 중 행복한 행위를 함께하고 싶은 욕구, 그게 바로 카이로스의 시간을 나누는 방법이 아닐까 하는 깨달음을 얻게 된 것이죠. 결국 시간이란 과거와 현재가 단절되어 있는 것이 아니라 상호 침투와 상호 연쇄 작용을 하고 있고, 우리가 보낸 시간은 사라지는 것이 아니라 계속 존재한다는 것이죠.

🔑 두 번째 열쇠말_ **익명성과 솔직함**

이 작품의 재미는 익명의 의뢰인으로부터 사건을 의뢰받는 것에서 옵니다. 또한 독자들은 카페의 주인장을 알고 있지만, 익명의 의뢰인들은 그 정체를 모른다는 것이 매우 흥미로운 점인 것 같습니다. 또한 의뢰인들은 누구일까, 하는 궁금증을 가지면서 읽게 되는 추리 소설 기법으로 소설의 재미를 더해 갑니다. 사건이 전개되면서 익명의 의뢰인들이 조금씩 자신의 모습을 드러내기 시작하고, 서로 의지하면서 사건을 해결해 나갑니다.

익명의 의뢰인으로부터 받은 정보만으로는 사건이 해결되기보다는 더 꼬이기만 해서 온조를 당황스럽게 만듭니다. 그러나 한 명씩 의뢰인이 밝혀지기 시작하면서 그들은 서로의 지혜를 모아 위기 상황을 해결해 갑니다. 익명성에 묻혀 서로에게 무관심하게 살고 있는 요즘의 현대인에게, 자신을 드러내고 솔직함을 보여 주는 것이야말로 이 세상을 따뜻하게 만드는 것이라는 깨달음을 주는 대목이죠.

　사람은 혼자 사는 것이 아닙니다. 다른 사람들과 더불어 살아갑니다. 함께 살아가야 한다면 미워하고 싫어하는 것보다 사랑하고 도와주며 사는 것이 훨씬 행복하게 사는 길이 아닐까요? 누군가를 미워하면서 자기 자신을 괴롭히는 것은 자기 살을 스스로 뜯어내는 것과 같습니다. 이 세상은 남들과 나누며 누군가에게 도움이 되고자 하는 사람들이 있기에 살아볼 만한 세상이 됩니다. 한 사람 한 사람이 그렇게 노력한다면 그것은 큰 파도가 되어 세상을 바꾸기도 합니다.

🔑 세 번째 열쇠말_ **치유와 성장**

　아이들은 여러 사건을 겪으면서 조금씩 서로를 이해하게 됩니다.

　예전에는 슬픔에 처해 있는 사람들을 위로하는 일이 너무나 당연하게 생각되었는데, 요즘에는 막상 나의 위로가 오히려 슬픔에 처한 사람에게 실례가 되지 않을까 하는 생각을 자주 합니다. 사랑하는 사람을 잃어버린 온조와 할아버지는 타인이 아무리 이해한다고 해도 당사자와 같은 심정은 될 수 없다는 것을 알게 되었습니다. 그것은 온전히 그 사람이 감당해야 할 슬픔이고 시간인 것을 알게 된 것입니다.

　하지만 이 세상에서 일어나는 일의 대부분은 사람들로 인해 생겨나고, 사람들로 인해 생긴 문제는 또 다른 사람들의 도움으로 해결할 수 있습니다. 온조의 어머니에게 새로운 남자 친구가 생기면서 온조가 겪는 성장통을 이미 온조의 절친인 혜지는 겪고 있었습니다. 온조는 혜지를 통해 혼란스러운 마음을 잡아 갑니다. 그렇게 서로를 보면서 치유하고 스스로 성장해 나가는 모습을 보입니다.

온조가 인터넷 카페 '시간을 파는 상점'을 통해 성장해 갔듯이 독자 여러분도 소설 『시간을 파는 상점』을 통해 한층 성장할 수 있기를 바랍니다.

허생전을 배우는 시간

일기
왜냐 선생님
허생전

　최시한 작가의 「허생전을 배우는 시간」은 열악한 교육 환경에서 감수성이 예민한 한 고등학생이 겪는 방황과 고민을 섬세하게 그려 낸 작품입니다. 이 작품이 수록된 소설집 『모두 아름다운 아이들』은 2008년 개정판을 펴내면서, 작가가 여러 차례 문장을 다듬었다고 합니다. 여기에는 총 5편의 소설들이 연작 형식으로 수록되어 있는데, 「섬에서 지낸 여름」은 다른 연작과 같은 '일기체'로 형식을 바꾸고 스토리와 문장의 디테일도 연작 형식에 맞게 수정하였다고 합니다.

🔑 첫 번째 열쇠말_ 일기

　일기는 '날마다 그날그날 겪은 일이나 생각, 느낌 따위를 적는 개인의 기록'을 뜻합니다. 그러니까 일기에는 일기 쓴 사람이 겪은 그날그날의 사건과 감정이 잘 나타나 있지요.

　이 소설은 주인공이 7월 1일부터 14일까지, 2주 동안 쓴 일기로 구성되어 있습니다. 이 일기를 쓴 주인공 '선재'는 남자 고등학생입니다. 선재는 학교가 자율이 아닌 '타율 학습'을 강요하는 수용소 같은 곳이라고 생각합니다. 문예반 소속으로 글을 읽고 쓰는 것을 좋아하고, 국어 선생님인 '왜냐 선생님'을 좋아하지요.

　선재의 같은 반 친구인 '윤수'는 긴장하면 말을 더듬는 버릇이 있습니다. 하지만 선재가 편해서 그런지 그의 앞에서는 말을 더듬지 않을 것 같다고 이야기하죠. 윤수 역시, 왜냐 선생님을 좋아합니다.

　어느 날 윤수는 왜냐 선생님이 내주신 「허생전」 줄거리 요약하기 숙제를 선재에게 보여 주면서 평가해 달라고 합니다. 윤수의 줄거리 요약문에는 '아무도 자기를 알아주지 않아서, 허생은 아무도 모르는 곳으로 가 버렸다'고 쓰여 있습니다. 선재는 이 부분이 엉뚱한 면이 있기는 하지만 그럴듯한 해석이라고 생각합니다. 둘은 자연스럽게 「허생전」에 대한 이야기를 나누지요. 선재는 윤수 자신이 남들이 알아주지 않는 사람이기 때문에 허생에게 지나친 감정 이입을 한 것은 아닐까 생각하지만, 윤수에게는 그런 생각을 솔직하게 말하지 못합니다. 그러다 보니 횡설수설하고 말지요.

　7월 7일, 왜냐 선생님은 교장 선생님과 싸우느라 국어 시간에 들어오지 못하고, 결국 「허생전」과 관련한 수업은 못하고 있었죠. 그런데 윤수와 윤수의 짝인 동철이의 자리가 유난히 시끄럽습니다. 줄거리

쓴 공책을 보여 달라는 동철이와 이를 완강히 거부하는 윤수 사이에 실랑이가 벌어졌기 때문이죠. 동철이는 언론에서 주워들은 말을 마치 자신의 생각인 양 말하는 아이입니다.

이 소설은 사건이 시간의 흐름에 따라 구성되어 있어서 내용을 파악하기 쉽습니다. 더욱이 일기 형식으로 되어 있어서 사건에 따른 글쓴이의 생각과 감정 등을 섬세하게 포착할 수 있습니다. 청소년기의 예민한 감수성과 정신적 방황을 다루는 데 있어 이러한 일기 형식이 잘 어울린다고 생각합니다.

🔑 두 번째 열쇠말_ **왜냐 선생님**

왜냐 선생님은 수업 시간마다 왜냐? 왜냐? 하면서 학생들의 생각을 발표하도록 유도하기 때문에 '왜냐 선생님'이라는 별명이 붙었습니다.

이 소설이 쓰였던 때는 선생님의 일방적인 강의식 수업이 주로 이루어지고 있었습니다. 그런데 왜냐 선생님은 끊임없는 질문을 통해서 학생들이 스스로 생각하도록 유도하는 수업을 한 것이죠. 이것은 그리스 철학자 소크라테스가 했던 산파술, 즉 문답법 수업과 비슷한 방식이라고 볼 수 있습니다. 소크라테스는 상대방이 스스로 무지하다는 것을 깨달을 때까지 집요하게 질문을 던졌지요.

남의 생각을 마치 자신의 생각인 양 말하는 동철이는 왜냐 선생님의 계속된 질문에 결국 답이 막혀 버리고 맙니다. 윤수 또한 자신의 생각을 힘들게 말하지만, 심한 말더듬증으로 인해 웃음거리가 됩니다. 선생님의 격려에도 불구하고 윤수는 이미 말을 잇지 못하는 상태가 되었죠. 이 틈을 타 동철이가 다시 발표를 했고, 선재가 동철이의 의견에 반박하며 열띤 토론이 벌어집니다.

왜냐 선생님의 이런 수업 방식은 학생들의 무지를 깨닫게 하는 동시에, 다양한 해석의 여지를 마련해 주었습니다. 하지만 이렇게 흥미진진한 왜냐 선생님의 수업은 중간중간 끊어집니다. 노동조합에 가입했다는 이유로 학교에서 문제 교사로 낙인찍혔기 때문입니다. 노동조합 문제로 교장·교감 선생님은 왜냐 선생님과 자주 싸우고, 왜냐 선생님의 수업을 감시하기도 하지요. 그러다 결국에는 학교에 들어오지 못하도록 교문을 막기까지 합니다.

이런 일련의 사건들에 대해 학생들도 편을 갈라 다툽니다. 동철이는, 교사는 노동자가 아니기 때문에 노동조합에 가입해서는 안 된다고 주장합니다. 교사가 노동조합에 가입하는 것은 불법 행위이며, 정부가 막고 다른 선생님들도 동의하지 않는 일을 하는 것은 잘못이라고 왜냐 선생님을 비판하지요. 선재는 왜냐 선생님이 옳다고 생각하지만 적극적으로 옹호하지 않고 침묵합니다. 이런 선재를 보고 윤수는 왜 동철이와 싸우지 않느냐, 너처럼 글도 잘 쓰고 말도 잘하는 애가 동철이의 주장에 반대 의견을 내지 않는다면 누가 하겠느냐며 비판합니다. 이 말을 들은 선재는 마음속으로 혼란과 부끄러움, 그리고 비참한 기분까지 느낍니다. 옳은 일에 대해 마땅히 해야 할 말을 하지 않은 것에서 기인한 감정이었지요.

왜냐 선생님과 관련된 이런 모든 것들이, 학생들에게는 배움의 계기를 제공해 주는 것 같습니다. 그렇다면, 선생님은 과연 무엇을 가르치고 싶었던 것일까요? 이 질문은 세 번째 열쇠말 「허생전」과 연결 지어 설명할 수 있습니다.

🗝 세 번째 열쇠말_ 허생전

「허생전」은 조선 후기 실학자 박지원이 쓴 한문 소설입니다. 허생은 남산 밑 묵적골에 살며 책 읽기만 하던 가난한 선비입니다. 어느 날 생활고를 견디지 못한 아내의 질책을 듣고 장안의 부자인 변 씨를 찾아가 돈 1만 냥을 빌립니다. 그러고는 과일과 말총을 매점매석하여 큰돈을 법니다. 이후 도적의 소굴로 찾아가 도적들을 설득한 뒤, 이들을 이끌고 어느 섬으로 들어갑니다. 섬에서 농사와 무역으로 자신의 이상국을 건설한 허생은 다시 섬에서 나와 나라 안의 빈민을 구제합니다. 변 씨에게서 허생의 이야기를 들은 이완 대장은 허생을 찾아가 나라 안의 문제를 해결할 방법을 묻습니다. 이에 허생은 여러 방법들을 제시하지만, 이완 대장은 모두 불가능하다고 말합니다. 그러자 허생은 지배층의 허례허식과 무능을 비판하면서 이완 대장을 내쫓습니다. 그리고 다음 날, 허생이 자취를 감추는 것으로 이야기는 끝납니다.

허생은 사대부 양반으로 지식인입니다. 예리한 안목으로 당대 사회를 비판하고, 많은 과업을 이루는 인물이지요. 하지만 결국 갑자기 사라져 버립니다. 왜냐 선생님은 이를 적극적인 실천 의지가 결여된 것으로, 양반으로서의 한계를 벗어나지 못한 것으로 보고 있습니다. 아울러 이 한계는 작가 박지원의 한계이기도 하다고 지적합니다.

왜냐 선생님 역시 지식인이지요. 그는 교사들의 노동조합인 전교조에 가입하여 진정으로 학생들의 삶에 도움이 되는 참된 교육이 무엇인지 치열하게 고민합니다. 치열하게 고민한 결과를 노동조합 활동을 통해 적극적으로 실천하고 있지요. 이 소설의 시간적 배경은 전교조가 생겨난 지 얼마 안 된 1990년대입니다. 그 이후에 일제 고사가 폐지되고 고교 평준화가 이루어져 중학교만이라도 입시 교육을 탈피하게 되었으며, 촌지와 체벌이 없어지고 친환경 직영 무상 급식이 이루어졌습니다. 이외에도 학교에서 우리가 누리고 있는 교육 민주화는 전교조의 선구적 운동과 요구로 인해 이루어진 것들입니다. 이 과정에서 왜냐 선생님처럼 해직되어 그토록 가르치고 싶었던 아이들 곁을 오래도록 떠났다가 돌아온 선생님도 많지요. 지금은 당연한 것들이 사실은 이런 지식인들의 끊임없는 실천과 투쟁의 결과로 얻어낸 것들이라는 점은 알아야 할 것 같습니다.

왜냐 선생님은 「허생전」을 통해 무엇을 가르치고 싶었던 것일까요? 「허생전」은 과거의 이야기이고, 「허생전」을 배우는 시간은 현재입니다. 우리는 과거의 이야기를 통해 현재의 우리 삶을 돌아보고 앞으로 나아갈 길을 배웁니다. 이 작품을 통해 왜냐 선생님이 가르치고 싶었던 것이 바로 그런 것이 아니었을까요? 왜냐 선생님은 당시 입시

제도에 맞지 않는다는 비판을 들으면서도, 문답식 수업을 진행했습니다. 노동조합 활동 때문에 외부로부터 억압을 받으면서도 회피하지 않고 적극적으로 자신의 길을 걸어갔습니다. 왜냐 선생님이 이처럼 실천적인 삶을 산 것은 허생의 모습을 비판하며, 지식인으로서 우리가 어떻게 살아가야 하는지 간접적으로 알려 주고 싶었기 때문일 것입니다.

그리고 그런 가르침을 가장 잘 배우고 실천한 학생은 윤수였습니다. 동철이가 왜냐 선생님을 비판할 때나, 선생님이 학교에 못 들어오게 되었을 때 했던 말이나 행동을 보면 윤수는 왜냐 선생님의 생각이 옳다고 생각하며 한결같이 옹호합니다. 왜냐 선생님이 학교에 못 들어온 날, 윤수는 자기 생각을 실천으로 보여 줍니다. 땡볕이 쏟아지는 운동장 한가운데에 혼자 앉아 시위를 벌인 것입니다. 윤수는 왜냐 선생님이 학교에 들어오지 못하는 것이 부당한 일이라고 생각하여 나름의 방법으로 시위하며 저항합니다. 윤수의 행동에 선재 역시 운동장으로 뛰어갑니다. 선재는 똑똑하지만 생각이 많은 학생입니다. 하지만 윤수를 본 그 순간에는 생각보다 몸이 먼저 움직인 것 같습니다.

그나저나 왜냐 선생님은 학교로 돌아오셨을까요?

이경화

담임 선생님은 AI

인공 지능 로봇의 시대
성찰
학교

『담임 선생님은 AI』라는 제목에서 알 수 있듯, 이 소설은 인공 지능 AI가 초등학교 담임 교사로 부임하며 일어나는 사건들을 다루고 있습니다. 어린이 장편 동화의 형식을 띠고 있지만, 인공 지능 로봇이 사람을 대체하는 현대 사회를 배경으로, 미래 사회에 관한 다양한 생각과 토론 거리를 제공한다는 점에서 한번쯤 읽어 보기를 추천해 드리는 작품입니다.

하이텔 주최 신인문학상에서 소설 부분 대상을 받으며 작품 활동을 시작한 이경화 작가는, 오늘 다룰 작품 외에도, 가해자-피해자-관찰자 각각의 시선으로 학교 폭력의 모습을 탁월하게 그려 낸 청소년 소설 『지독한 장난』 등 다양한 동화와 청소년 소설을 썼습니다.

이 소설은 미래초등학교 5학년 1반에 특별한 담임 선생님이 오면서 시작합니다. 바로 인공 지능 교사 Teacher-AI(티처-에이아이) 0526#. 4학년 담임 선생님이었던 한민아 선생님이 떠나고 5학년에서 AI 선생님과 새롭게 지내게 된 아이들은 컴퓨터 프로그램으로 움직이는 선생님과 갈등을 겪기도 하지만, 시간이 지나면서 다른 것으로 대체할 수 없는 선생님만의 특별함을 느끼게 됩니다. 그러던 어느 날 선생님에게 치명적인 오류가 발생합니다. 고장 난 인공 지능 로봇은 폐기 처분이 원칙이지만, 세상에 단 하나뿐인 담임 선생님을 이대로 보낼 수는 없습니다. 결국 아이들은 토론을 통해 선생님을 떠나보내지 않기 위한 비밀 작전을 세우기에 이릅니다. 이 정도만 살펴보아도 흥미진진한 내용이지요?

🔑 첫 번째 열쇠말_ 인공 지능 로봇의 시대

이 작품은 사람이 일하고 소통하는 학교라는 공간에 AI 로봇 담임 교사가 부임하면서 벌어지는 이야기입니다. 인공 지능은 현재 얼마나 발전한 것일까요? 여러분은 뉴스에서 4차 산업 혁명이니, 딥 러닝이니 하는 단어들을 이미 접했을 것입니다. 다양한 데이터 학습을 통해 '왓슨'이라는 인공 지능 의사는 환자의 암을 98% 예측하고, 가장 적절한 치료 조치를 권합니다. 이에 따라 인간 의사가 이를 검토하고 치료에 반영하지요. 세계 최고의 프로 바둑 기사인 한국의 이세돌 씨는 '알파고'라는 인공 지능과의 대국에서 단 1승만을 거두고 게임을 접었지요. 바야흐로 이런 시대에 우리는 와 있습니다. '불평하지도 아프지도 않고 고효율을 자랑'하는 로봇들은, 이미 택배 배송 시스템에서부터 공장, 호텔 서비스업까지 침투하였고, 사람을 위해 만든 로봇에 의해 사람이 일자리를 잃는 시대가 되었습니다.

소설에서도, AI 교사에게 날달걀이나 음료수 깡통을 던졌던 아이의 비밀이 옆 반 담임 선생님의 발언으로 밝혀지는 장면이 나옵니다. 이 아이의 아빠는 정리 해고로 실직하였고, 그 업무는 로봇이 대신하고 있었던 것입니다. 대기업은 물론이고 많은 중소기업들이 로봇을 고용하고 있는 시대가 도래한 것입니다.

일자리를 두고 인공 지능 로봇과 경쟁해야 하는 시대, 인공 지능 로봇과 인간의 공존을 고민해야 하는 시대로 접어들었음을 이 소설은 들려주고 있습니다.

🔑 두 번째 열쇠말_ **성찰**

사실, 5학년 1반은 4학년 때 담임 교사의 해직이라는 아픔을 겪었던 아이들이 대부분이었습니다. 그동안 아이들을 따뜻하게 보살피는 담임으로 여겨지던 한민아 선생님의 비밀 블로그가 한 학생의 해킹으로 공개되면서, 학생과 학부모 다수가 마음을 바꿨고, 여러 민원으로 인해 한민아 선생님은 학교를 떠납니다. 자신의 블로그를 해킹했던 학생을 보호하기 위해 끝까지 그가 누군지 밝히지 않고 말이지요. 그리고 바로 그 자리에 인공 지능 교사가 부임해 온 것입니다.

뇌를 자극한다는 '창조의 색'으로 알려진 노란색 정장을 입고 승무

원처럼 쪽머리를 한 인공 지능 담임은 사람의 감정 같은 것을 느끼며 미세 파동 생체 에너지의 과부하 오류를 일으키게 됩니다. 그러자 학부모들은 한민아 선생님이 떠날 때 그랬듯 학교에 집단적으로 항의합니다. 최첨단 인공 지능한테 아이를 맡긴 것이지, 고물 로봇에 맡긴 게 아니라면서 말이지요.

하지만 과거에 아픔을 한 번 겪었던 아이들은 이번에는 다른 행동으로 본인들의 담임 선생님을 지키려고 합니다. 비록 로봇이기는 하지만, 선생님이 학교 폭력을 막겠다고 창문을 깨고 뛰어내리는가 하면 우스꽝스러운 화장을 하고도 거리낌 없이 활짝 웃던 모습, 커다란 두 눈을 깜빡이며 자신들의 이름을 불러 주는 모습에서 이미 애착 관계가 형성되었기 때문이지요. 무엇보다 교장 선생님이 언젠가 의미심장하게 말씀하셨던 내용을 기억했습니다. 사람을 사람답게 하는 최고의 능력은 지능이 아니라 '자기 성찰'이라는 것을요. 이 능력이 아이들에게서 발휘되기 시작하면서 한민아 선생님 해직 때와는 다른 결말로 나아갈 수 있었습니다.

🔑 세 번째 열쇠말_ **학교**

이 소설의 배경이 왜 '학교'인지에 대해서도 생각해 볼 필요가 있습니다. 학교는 '사람과의 만남'을 경험하며 배우는 공간입니다. 책을 통해 옛사람과 만나고, 동시대를 살아가는 교사라는 사람을 통해 여러 지식을 습득하고 지혜를 깨우쳐 나가며, 온전한 사람으로 성장하는 곳이 바로 '학교'라는 공간이지요. 저마다 다른 상처와 경험을 가진 존재이기에, 서로 다른 존재들과의 만남을 통해 배워 나가는 '성장'의 과정은, 때로는 대립, 갈등 그리고 실패를 통해 더 깊고 넓어집니다. 돈과 성공, 속도와 효율성이 최우선으로 여겨지는 우리 사회 분위기에서, 어쩌면 작고 낮고 느린 것을 배우며 온전한 사람다움을 지켜 내는 마지막 방어선이 되어야 할 곳이 학교인지 모릅니다.

현재 대한민국 학교는 어떤 단어들이 지배하고 있을까요? 대입, 성적, 등급, 학교 폭력, 경쟁, 민원, 효율성……. 이 단어들이 점령한 우리 사회가 만들 미래를 생각하면 우울해집니다. 어쩌면 로봇은 점점 사람이 되어 가고, 사람이 점점 로봇이 되어 가는 사회가 아닌지 성찰해 볼 일입니다.

작가는 '작가의 말'에서 이 글의 주인공은 인공 지능 로봇이지만, 결국 사람에 대해 이야기하고 싶었다고 했습니다. 로봇을 만드는 것도 사람이고, 로봇의 윤리를 만들어 나가는 것도 사람이니까요. 인공 지능 로봇이 점점 더 인간을 닮아 가는 지금이야말로 '인간과 인간다움'에 대해 고민할 때입니다. 먼저 인간다움의 특징이라 할 수 있는, '의인화', '감정 이입', '애착'이 우리 시대에 어떻게 이뤄져 왔는지 되돌아봐야 합니다.

인공 지능 로봇의 발달로 인해 자동화되고 기계화되고 효율성이 우선 추구되는 시대에 학교라는 공간에서 사람됨을 어떻게 지키고 교육해 나갈지, 우리 사회는 인간과 로봇의 의미 있는 공존을 위해 무엇을 준비해야 하는지, 이 소설은 우리에게 다양한 질문을 던지고 있습니다. 그리고 이 질문들에 대해서 이제는 여러분이 답할 차례입니다. 바로 사람이었고, 사람이고, 앞으로 온전한 사람으로 살아가야 할 독자 여러분 말이지요.

배반의 여름

    소설가 박완서는 1970년 장편 소설 공모전에 『나목』이 당선되면서 등단했습니다. 마흔 살이라는 늦은 나이에 등단했음에도 많은 독자들의 사랑을 받으며 왕성한 작품 활동을 벌여, 2011년 타계할 때까지 100편이 넘는 작품을 남겼습니다.

    오늘 소개할 단편 소설 「배반의 여름」은 1976년에 발표된 작품으로, 소년 '나'가 성장하면서 믿었던 우상이 무너지고 깨지는 경험을 하며 어른으로 성장해 가는 모습을 그린 소설입니다.

    주인공인 '나'는 일곱 살 때 자신을 졸졸 따라다니는 누이동생이 귀찮아 따돌렸는데, 동생이 그만 개천에 빠져 죽었습니다. 그 이후 죄책감으로 물을 무서워하게 되었고, 부모님은 큰돈을 들여서까지 '나'에게 수영을 가르치려 했지만 실패하고 맙니다. 다음 해 여름, 아버지와

'나'는 근처 사립 초등학교로 산책을 갔는데 아버지는 풀장에 나를 억지로 빠뜨립니다. 물에 빠진 나를 보고 낄낄대며 웃는 아버지를 보고 '나'는 아버지가 자신을 죽이려 했다 생각하고 지독한 배신감을 느낍니다. 배신당한 충격과 분노로 수영을 배우면서 아버지에 대한 오해가 풀립니다.

'나'는 장래 희망이 아버지일 정도로 아버지는 '나'에게 우상이었습니다. 그런데 아버지의 직장에 따라갔던 '나'는 '위대한 나의 아버지'가 넥타이 맨 생쥐 같은, 비실해 보이는 사람들에게 고개 숙여 경례하는 모습을 보고 충격을 받습니다.

고등학생이 된 '나'는 아버지 대신 전구라 선생을 우상으로 여기고, 그의 사진과 저서들을 보며 꿈을 키워 나갑니다. 그런데 아버지에게서 전구라 선생의 비열하고 위선적인 행동들에 대해 이야기를 듣고는 또 한 번 우상이 무너지는 순간을 경험하며 절망과 고독에 휩싸입니다.

🔑 첫 번째, 두 번째 열쇠말_ **배반 & 성장 소설**

첫 번째 열쇠말인 '배반'과 두 번째 열쇠말인 '성장 소설', 이 두 가지 열쇠말을 엮어서 함께 이야기해 보겠습니다.

우선, '성장 소설'이란 유년기에서 소년기를 거쳐 성인의 세계로 입문하는 과정에서 한 인물이 겪는 갈등을 통해 정신적 성장과 사회에 대한 각성 등의 과정을 담은 작품을 일컫는 말입니다. 소설의 발단은 대체로 주인공의 지적 미성숙함이나 사회적 지위의 미천함, 애정의 결핍 등으로 인한 증세가 갈등의 양상을 보이며 전개됩니다. 하지만 주인공은 이에 좌절하지 않고 새로운 차원의 단계로 성장하는 모습을 보입니다. 「배반의 여름」도 정신적으로 미성숙한 소년인 주인공이 자신이 믿었던 세계로부터 배반을 경험하면서 진정한 세상의 의미를 배우는 과정을 그린 일종의 성장 소설입니다.

그리고 '배반'은 작품의 제목이자 이 소설에서 가장 중요한 의미를 지니는 단어라고 볼 수 있습니다. 소년은 자라면서 세 가지 배반을 경험합니다. 처음에는 아버지가 나를 수영장에 던져 넣은 일로 아버지를 믿고 의지했던 나의 기대가 무너집니다. 그 결과 아버지에 대한 복수심으로 수영을 배우고 물에 대한 공포를 극복할 수 있게 되었죠. 이 배반을 통해 나는 개인적 차원에서 한 단계 성장합니다.

다음으로, 우상이라고 생각했던 아버지가 다른 사람들에게 경례를 하는 수위였다는 사실을 알고 아버지의 직업에 대해 실망합니다. 세상은 넓고 다양한 사람들로 가득하다는 것, 지금껏 아버지만이 우상이라고 생각했던 나의 세계에 대한 믿음이 처참히 무너지는 두 번째 배반을 경험하지요. 그러면서 개인적으로, 또 사회적으로 한 단계 더 성장합니다.

마지막 배반은 자신이 흠모하고 따랐던 지식인 전구라 선생이 거짓과 위선으로 가득한 인물이었음을 알게 되는 일입니다. 지식인의 이중성, 위선을 깨닫고 자신의 세계가 무너지는 듯한 고독감을 느끼지요. 타인이 아니라 자기 안에서 진정한 늠름함을 키워 나가야겠다고 다짐하면서 주인공은 사회적 차원에서 성장을 이룹니다.

결국 배반이라는 경험, 자신이 간직하고 있던 세상의 아름다움이 일시에 무너져 내리는 아픈 경험을 통해 자신만의 작은 세상을 깨고 더 크고 새로운 세상을 만나는 성장을 할 수 있었던 것입니다. 헤르만 헤세의 『데미안』에도 '새는 힘겹게 알을 깨고 나온다'라는 구절이 있습니다. 하나의 세계를 깨뜨리는 고통스러운 경험을 통해서만 새롭게 탄생할 수 있고, 새로운 세계를 창조할 수 있다는 의미입니다. 『데미안』에서 알을 깨고 나오는 것과 같이, 이 소설에서도 배반을 당한 가슴 아픈 경험이 결국 주인공을 정신적으로 성장시키는 계기가 되었다고 볼 수 있습니다.

세 번째 열쇠말_ 아이러니

'아이러니'는 '반어'라고도 하는데요, 수사학에서 의미를 강조하거나 특정한 효과를 유발하기 위해 자기가 생각하고 있는 것과는 반대되는 말을 하여 그 이면에 숨겨진 의도를 은연중 나타내는 표현법을 말합니다. 아이러니에는 의도적인 무지를 사용하여 상대방을 점차 모순에 빠져들게 하여 스스로 무지를 깨닫게 하는 소크라테스적 아이러니가 있습니다.

「배반의 여름」에서는 각각의 에피소드가 이러한 아이러니의 기법을 통해 전달되고 있습니다. 특히 두 번째 배반에서 '금단추가 달린

검은 제복', '넥타이 맨 쪼다'와 같은 표현을 통해 아버지의 직업이 무엇인지 독자들은 알게 되지만 주인공은 혼자 모르고 있다가 충격을 받습니다. 세 번째 에피소드의 '생쥐 같은 놈이 전구라 선생'이라는 것도 마찬가지죠. 이러한 상황에서 주인공의 무지로 인해, 기대하는 것과 어긋나는 결과가 나타났을 때 아이러니가 발생합니다. 이러한 아이러니의 수법은 극적인 반전을 유도함으로써 작품의 주제를 좀 더 선명하게 전달하는 기능을 합니다.

　소년인 주인공은 자신이 가지고 있던 믿음을 배반당하는 경험을 통해 성장합니다. 이처럼 외부에서가 아니라 자신의 내부에서 알을 깨고 나와야 굳게 성장할 수 있지요. 이 소설은 이러한 깨달음을 아이러니를 통해 유쾌하게 전달합니다.

쑈리 킴

미군 부대
전쟁고아
반전

　송병수 작가는 1957년 『문학예술』의 신인 특집 공모에 「쑈리 킴」이 당선되면서 작품 활동을 시작했는데, 1970년대 이후 문화방송 제작 위원으로 들어가면서 창작 활동과 멀어졌습니다. 작가는 대학을 다니던 중에 한국 전쟁이 일어나자 군에 입대했고, 부상으로 명예 제대를 했습니다. 이때의 전쟁 체험이 작품에 많은 영향을 끼쳤습니다.

　이제 '미군 부대', '전쟁고아', '반전', 이렇게 세 가지 열쇠말을 중심으로 「쑈리 킴」을 음미해 보겠습니다.

첫 번째 열쇠말_ 미군 부대

　이야기는 미군 부대 주변을 중심으로 펼쳐지고 있습니다. 우리 역사에서 미군 부대라는 곳은 좀 특이한 의미를 지니고 있는 곳입니다.

해방 이후에 일제 세력을 몰아내고 미군정이 실시되었는데, 이때 처음으로 미군이 우리나라에 주둔했습니다. 하지만 이들은 정부 수립과 함께 철수했지요. 그러다 한국 전쟁이 일어나면서 연합군의 일부로 들어왔는데, 그 이후 지금까지 우리나라에 주둔하게 되었습니다.

소설 속의 미군 부대는 미군이 우리나라에 막 주둔하기 시작한 초기로, 전쟁과 함께 우리나라에 만들어진 특수한 공간이지요. 미군 부대는 우리 땅에 있으면서 미국 문화가 지배하고 있는 공간이지만, 그렇다고 완전한 미국은 아닌 공간입니다.

여기에는 문화적인 의미도 있고, 경제적인 의미도 있습니다. 한국 전쟁 직후라는 당시 현실을 감안해 보면 새로운 삶의 터전이 형성된 것이라고 볼 수 있습니다. 소설에서 미군 부대가 위치한 곳은 '사람 사는 집이라곤 통 없는 일선 지구 산골'이라고 했습니다. 그런 공간에 생존을 위해 사람들이 몰려든 것이지요. 전쟁으로 남한 산업 시설의 40% 이상이 파괴되었다고 하니, 미군 부대 주변은 그런 와중에 그나마 물자가 풍부한 공간이었을 것입니다.

소설 속에는 미군 부대 주변에서 생계를 이어 가는 다양한 사람들이 등장합니다. '밥띠기', '빨래꾼', '이발쟁이', '하우스보이' 등 미군 부대 안에서 직업을 가지고 살아가는 사람들을 비롯해 양공주나 혹은 이 소설의 주인공처럼 미군들에게 양공주를 소개해 주면서 사는 사람들도 있습니다. 미군 부대 주변에서 기생하는 삶을 살고 있는 것이지요. 어떻게 보면 전쟁과 함께 새롭게 만들어진 사회라고 볼 수 있습니다.

　미국을 선망하기는 했지만 사실 그들이 상대하는 미군들도 별로 교양 있는 사람들은 아니었습니다. 그들의 문화는 주로 유치하거나 퇴폐적인 향락 문화였지요. 돈내기 포커 놀음을 하거나 술을 마시고, 선정적인 잡지 사진을 보면서 낄낄거리고, 마음에 드는 양공주를 찾아서 매춘을 합니다. 그들이 사용하는 영어도 발음이 정확하지 않은 비속어들입니다. 물론 발음은 주인공이 받아들이는 수준에서 그렇게 이해한 측면도 있겠지만 저질스러운 문화인 건 분명하죠.

🔑 두 번째 열쇠말_ 전쟁고아

　주인공의 이름은 '쑈리 킴'인데, 아마 '쑈리'는 '꼬마'라는 의미로 부른 호칭이 아닐까 생각합니다. 꼬마 혹은 심부름하는 아이 정도의 의미이죠. 어린 나이인데 양공주인 따링 누나와 미군들을 연결하는 다리 역할을 하고 있습니다. 딱부리에 대한 이야기를 하면서 '나이는 경치게 먹어 열네 살이나' 먹었다고 했으니 쑈리의 나이는 그보다 더 어린 것으로 추측됩니다.

　쑈리는 전쟁 통에 부모님을 잃고 고아가 되었습니다. 아버지는 빨갱이가 쳐들어왔을 때 다락에 숨어 있다가 잡혀갔고, 어머니는 아기한테 젖을 먹이다가 폭격에 무너진 대들보에 깔려 죽었다고 합니다. 정확한 통계는 알 수 없지만 한국 전쟁 때 대략 10만 명의 전쟁고아가 발생했다고 합니다. 부모가 폭격에 희생된 경우도 있고, 피란 중에 서로 헤어진 경우도 많았습니다.

쑈리와 딱부리는 원래 청계천 왕초 밑에서 거지 생활을 했습니다. 그러나 돈을 못 벌어 온다고 맞는 게 힘들어서 도망을 쳤지요. 그런데 하필 교통순경한테 잡혀서 고아원으로 보내집니다. 당시 고아원은 전쟁고아들을 수용하는 시설이었지만, 고아원 생활은 너무 배가 고파서 견딜 수 없었습니다. 아침엔 우유죽, 저녁엔 깡보리밥만 주는데, 그걸 먹고 견디는 게 너무 힘들었겠지요.

쑈리는 고아원을 도망쳐 나와서 마침 지나가는 양키 트럭에 올라타는 바람에 미군 부대 쪽으로 오게 되었습니다. 그리고 이곳에 오길 참 잘했다는 생각을 하면서 생활에 적응해 나갑니다. 어떤 상황이든 가리지 않고 오직 생존하는 것만이 이 어린 소년에게는 가장 중요한 삶의 목표였던 것이죠.

🔑 세 번째 열쇠말_ **반전**

이 작품은 전쟁에 대해 직접적인 언급을 거의 하지 않습니다. 다만 전쟁 후의 피폐한 모습을 매우 사실적으로 보여 줄 뿐입니다.

이 작품에 등장하는 인물들은 모두 허접한 인물들입니다. 전쟁고아와 미군들을 상대로 몸을 파는 양공주가 중심인물이지요. 쩔뚝이도 군대 가기 싫어서 미군 부대에서 이발장이로 일하는 인물입니다. 그런데 도둑질을 하다가 양키 총에 맞아 쩔뚝발이가 되었죠.

쑈리는 나름의 재주로 미군 부대 주변 생활에 적응합니다. 미군들의 심부름을 하며 하우스보이라도 되면 팔자 고치는 거라는 생각을 하고 있습니다. 열 살 남짓한 아이인데 영악하게 술수를 부려서 돈벌이를 하고 있지요. 스스로 자신의 재능을 대견스러워하면서 자신의 수완을 얘기하는 걸 보면, 순진한 어린아이의 모습이 아닙니다. 그런데도 쑈리가 무섭고 불량스러워 보이기보다는 왠지 불쌍하다는 생각이 듭니다. 그게 이 소설의 특징이 아닐까 싶습니다.

쑈리는 이런 행동을 하면서 도덕적인 판단을 전혀 하지 않습니다. 소설은 아이의 시점으로 진행됩니다. 아이는 선악이나 이념 이전의 상태에 머물러 있고, 지금 단지 생존을 위해 최선의 방법을 모색하고 있는 것이죠. 그래서 독자는 쑈리의 부정적인 행동을 보면서도 오히려 연민을 느낍니다.

쑈리나 딱부리는 미군들과 어울려 술을 마시고 담배를 피우기도 합니다. 딱부리는 미군들과 어울려 여자들의 나체 사진을 보면서 낄낄거리기도 하지요. 쑈리는 한편으로는 싫을 때도 있지만 미군들과 가까워지기 위해서 그들의 놀이에 함께합니다. 가장 결정적인 장면은 딱부리가 따링 누나한테 매춘을 시도하는 장면입니다. 그 말을 듣고 따링 누나는 딱부리의 뺨을 올려붙입니다. 아이들이 자연스럽게 미군들의 퇴폐적인 향락 문화를 따라 하는 모습은 양공주인 따링 누나가 봤을 때도 충격적이었던 겁니다.

그런데 이 장면을 두고도 인성이 타락했다든가 하는 이야기를 할 수는 없을 것 같습니다. 전쟁으로 황폐화된 환경이라든가 생존을 위해 발버둥 치는 아이들의 삶이 먼저 보입니다. 결국 초점은 전쟁의 폐해로 모아집니다.

쏘리나 딱부리는 여전히 동요를 즐겨 부르는 순수한 아이들의 모습을 간직하고 있습니다. 라디오의 어린이 노래 시간에 맞춰 노래를 듣고 따라 부르기도 하지요. 따링 누나하고 '저 산 너머 해님'을 신나게 부르는 꿈을 꾸기도 합니다. 따링 누나가 엠피에게 잡혀간 뒤에는 양키 부대도 싫고 무섭다고 말합니다. 따링 누나를 만나 아무 데나 오래 자리 잡고 '저 산 너머 해님'을 부르며 마음 놓고 살아 보는 것만 생각합니다. 쏘리의 내면에 자리 잡고 있는 인간미, 순수성 같은 것은 여전히 그대로 존재하고 있는 것이지요.

이 작품에는 여러 가지 난잡한 행동과 온갖 비속어들이 등장합니다. 그런데 그런 장면들이 오히려 쏘리나 딱부리, 혹은 따링 누나마저 애처롭다는 느낌이 들게 만듭니다. 이 소설은 반전의 목소리를 직접 드러내지는 않았지만 전쟁에 대한 환멸을 느끼게 하지요. 물론 '양키 고 홈' 같은 표현도 없습니다. 하지만 인물들의 피폐한 삶과 그런 상황 속에도 내면에 간직하고 있는 인간미 같은 것을 드러냄으로써 전쟁의 비극성을 보여 주고 있습니다.

반전의 메시지를 상당히 정제된 표현으로 풀어낸 송병수 작가의 「쏘리 킴」이 독자들에게는 어떻게 다가갈지 궁금합니다.

아몬드

공감
감정 표현 불능증
가능성

  손원평 작가의 『아몬드』는 지금까지 100만 부가 넘게 팔렸고, 전 세계 30개국에서 번역 출간되었을 정도로 인기가 높습니다. 최근에는 새로운 표지를 달고 성인판과 청소년판의 두 종류로 재출간되었다고 하는데요, 세대를 불문하고 이 소설이 이렇게 많이 읽힌 이유가 무엇일까요? 여러 가지 이유가 있겠지만 지금 우리 사회에서 무엇보다 큰 화두가 되고 있는 '공감'의 문제를 다루고 있기 때문이 아닐까 합니다.

  이 소설의 주인공 '윤재'는 선천적 감정 표현 불능증에 걸려 공감 능력이 없이 태어난 소년입니다. 바로 눈앞에서 가족을 잃고도 그 슬픔을 느끼지 못하는 윤재를 소설의 첫 장면에서 만날 수 있는데요, 한 남자의 정신없는 칼부림으로 한 명이 다치고 여섯 명이 죽는 장면에서 윤재는 눈앞에 벌어지는 광경을 무표정하게 바라만 보고 있습니다. 독자들은 책을 펼치자마자 이 충격적인 도입부에 당황할 수밖에 없을 겁니다.

손원평 작가는 영화감독이자 철학도이며, 사회학을 전공한 이력도 있습니다. 이런 이력 때문일까요? 언뜻 보면 한 인간의 내면을 그려 낸 듯하지만, 작품이 주는 메시지는 결코 개인에 국한되지 않을 만큼 묵직함이 있습니다. 책을 내려놓은 뒤에는 보편적 사회 담론을 떠올리게 하지요. 지금부터 이 작품을 '공감', '감정 표현 불능증', '희망'이라는 세 가지 열쇠말을 통해 살펴보겠습니다.

🔑 첫 번째 열쇠말_ **공감**

앞서 말씀드렸듯이 작품에서 던지고자 하는 주요한 메시지 중 하나는 '공감'입니다. '공감 불능'이라는 말이 사람들의 입에 흔하게 오르내리는 이 시대에, 첫 출간본 책 표지에 등장하는 주인공의 무표정한 모습은 인상적일 수밖에 없죠.

편도체 이상으로 감정 표현 불능증에 빠져 '공감'을 상실한 열여섯 살 소년 윤재는 죽어 가는 사람을 앞에 두고도 아무것도 느끼지 못합니다. '공감'이라는 것이 애초에 존재하지 않았던 윤재의 내면은 유혈이 낭자하고 시체가 나뒹구는 상황에서도 별다른 변화가 없습니다. 눈앞에 펼쳐진 상황은 그저 관찰되는 사실과 정보로만 인식될 뿐입니다. '공감'하지 못하는 윤재가 전달하는 무미건조한 정보를 전해 받은 주변인들은, 윤재가 전한 사실의 경중을 제대로 판단하지 못합니다. '공감'의 부재는 상황 판단의 부재로 이어지고, 이는 윤재에 대한 주변인들의 몰이해와 비난을 낳는 악순환으로 이어집니다.

이런 윤재를 할머니는 '귀여운 괴물'이라고 부릅니다. 괴물 같은 윤재의 내면을 어떻게든 평범한 세계로 끌어내기 위해 이렇게 별명을 붙인 걸까요? 엄마도 윤재를 평범한 세계에서 살아가도록 만들기 위해 애씁니다. 공감 불능 상태를 극복할 자구책으로 주입식 감정 교육을 시도합니다. 공감하지는 못하더라도 상대방에게 적절하게 반응하는 방법을 가르쳐 어떻게든 사회에 적응시키기 위해서죠.

공감하지 못한다면 교육해야 한다는 생각은 작가로부터 나온 것입니다. 작가는 타인의 감정에 완전히 공감하는 것은 불가능하다고 생각합니다. 그러니 감정이 올바르게 쓰이기 위해서는 이성이 작동해야 한다는 것이죠. 이렇게 이성과 감정을 적절히 조화시키는 교육으로 윤재는 세상을 이해하고 감정을 배워 가게 됩니다.

진정한 공감에 대해 작가는 많은 고민을 했던 것 같습니다. 여기서 문득 신영복 선생님이 남기신 '함께 맞는 비'라는 말을 떠올려 봅니다. 고 노회찬 의원이 뽑은 '내 인생의 한마디'라고도 하는데요, 많은 분들이 이 짧은 한마디에 담긴 깊은 뜻에 공감할 거라고 생각합니다. 누군가 슬프거나 고통스러운 일을 당했을 때 그에 공감하여 함께 마음 아파해 주는 것. 이처럼 함께 비를 맞아 주는 것이, 그 어떤 것보다 큰 위로가 될 테니까요.

🔑 두 번째 열쇠말_ 감정 표현 불능증

두 번째 열쇠말은 그 이름도 낯선 '감정 표현 불능증'입니다. 낯설기는 하지만 단어가 어려운 것은 아니어서 그 뜻은 금방 이해했을 겁니다. 정신 분석 용어 사전에 의하면, 이 용어는 1970년에 심리학자인 시프너스와 느마이어가 소개한 개념이라고 합니다. 다른 개념들에 비하면 비교적 최근에 나왔죠. 공선옥 작가는 이 소설을 보고는 '어쩌면 현대라는 사회가 집단 감정 표현 불능증을 앓고 있는지도 모른다'라고 말했습니다. 유명 작가의 시선이 아닌 학생들의 시선은 어떨까요? 중학생이 이 소설을 읽고 쓴 서평을 소개합니다.

우리는 살아가면서 수많은 타인을 만난다. 하지만 우리 대부분은 그들의 감정을 이해하려 하지 않고 그들의 감정에 공감하기도 어려워한다. 지금 우리 사회는 철저하게 타인에게 무관심한 무관심 사회가 된 것이다. 무한 경쟁 사회를 살아가는 우리들은 오로지 나 하나만 잘 되면 된다는 생각을 가지고 있다. 그렇게 나 이외의 타인의 감정에는 공감하는 법을 잊어버린 우리 사회의 모습이 떠올랐다. 저자는 감정 표현 불능증을 가지고 있는 주인공 윤재가 타인과 관계 맺음을 통해 감정을 느끼는 것을 보여 주면서 타인에 대해 무관심한 사회를 살아가는 현대인들에게 메시지를 주는 것 같다.

다음은 또 다른 학생의 글입니다.

이 책에서 사람들은 감정을 느끼지 못하는 윤재를 보며 괴물, 소시오패스라고 하지만 어쩌면 감정이 있고 느낌에도 불구하고 이를 외면하는 우리가 괴물이 아닐까 하는 생각이 들었다. 우리 사회가 서로에게 더 관심을 가져야 할 필요성을 느끼는 계기가 되었다.

작가들은 소설을 통해 사회의 단면을 보여 주고 화두를 던집니다. '감정 표현 불능증'을 앓고 있는 게 비단 윤재뿐일까요? 유명 작가와 중학생들이 공통적으로 말하고 있듯이 이 시대를 살아가는 많은 이들에게서 우리는 '감정 표현 불능증'의 예후를 보기도 합니다. 가끔 이 소설의 도입부를 연상시키는 '묻지 마 살인 사건'이나 대규모의 인명 피해를 부른 사고 기사에 달리는 냉혹한 댓글들을 보며, 이들의 '감정 표현 불능증' 앞에 당황하게 됩니다. 이들은 윤재처럼 사실을 하나의 정보로 담담히 진술하지도 않습니다. 실제 사실과는 전혀 상관없는 새로운 정치 논리와 거짓 정보로, 또 다른 아픔을 양산하기도 하지요.

자신과 타인의 감정을 알아차리는 것, 이것이 세상을 더 평화롭고 따뜻하게 만드는 방법이 아닐까 생각해 봅니다. 마지막으로 학생의 서평 한 부분만 더 소개합니다.

나는 예전에 쿨하고 감정이 별로 없는 냉정한 사람을 멋있어 했는데, 이 책을 읽고 나니, 나는 감정이 풍부한 사람이 되어야겠다고 생각했다. 자신의 감정을 잘 알고 잘 표현할 줄 알아야 더 성숙해질 수 있고 더 생각이 넓어질 수 있다는 것을 알았다.

이쯤 되면 제가 하고 싶은 말을 학생들이 글로 다 표현하고 있다는 것을 눈치채셨을 거라고 생각합니다. 소설 『아몬드』를 통해 독자들이 느껴야 할 부분을 학생들이 쉬운 언어로 이야기하고 있는 것이지요.

상담 기법에서 사용되는 감정 카드라는 것이 있습니다. 자신의 감정을 알아차리고 다른 사람들의 감정을 살펴보기 위한 교육 도구이죠. 여기 나오는 감정 단어들을 몇 개 살펴볼까요? 후련하다, 홀가분하다, 뭉클하다, 뿌듯하다, 설레다, 신나다, 서글프다, 안타깝다, 비참하다, 난처하다, 답답하다, 허전하다……. 긍정적인 단어도 있고 부정적인 단어도 있습니다. 여러분은 이러한 감정을 얼마나 섬세하고 예민하게 살피며 살고 있는지요? 자신의 감정이든, 타인의 감정이든 말입니다.

🔑 세 번째 열쇠말_ **가능성**

편도체가 작다고 사람들은 윤재를 그냥 이상한 애, 괴물로 규정지었지요. 아무도 해치지 않고, 아무 짓도 하지 않았는데도 무조건 사이코패스 취급을 했습니다. 이 책의 제목인 '아몬드'는 두뇌의 편도체를 지칭하는 의학적 별칭입니다. 주인공에게는 '아몬드'가 병증의 원인이지만, 엄마에게는 가능성과 희망을 의미하는 것이었습니다. 엄마는 윤재가 '감정'이라는 것을 느끼고 다른 이들과 그 감정을 나눌 수 있으리라는 희망으로 끼니마다 '아몬드'를 밥상에 올리지요.

이런 엄마의 바람 때문이었을까요? 아니면 아무런 선입견 없이 윤재의 이야기를 들어주던 이층 빵집 주인 심 박사의 관심 덕분이었을까요? 윤재는 자기 자신의 고통도 느끼지 못하는 감정 표현 불능증 덕분에 두려움도 못 느낀 채 몸을 던져 곤이를 위험에서 구합니다. 그리고 자신이 느낄 수 있는 딱 그만큼에 맞추어 앞으로의 인생에 부딪혀 보기로 결심합니다.

선천적으로 타인의 감정에 공감하지 못한다고 괴물 취급당했던 윤재가, 괴물이 되어 가던 소년 곤이를 위해 진짜 괴물인 사내와 싸워 한 발자국 앞으로 나아갑니다. 이 부분을 보며 과연 우리 사회의 괴물은 누구이고, 어떻게 만들어지는지 다시 한번 생각하게 됩니다. 그리고 섣부른 '라벨 붙이기'가 얼마나 위험한 일인지 성찰하게 됩니다. 모든 가능성이 열려 있는, 축복 받아 마땅한 아이들이 태어나는데 그들이 어떻게 성장할지는 주위의 사람에게 달려 있을 것입니다. 작가의 말을 빌리자면, 인간을 인간으로 만드는 것도, 괴물로 만드는 것도 사랑입니다.

내 고향에는 이제
눈이 내리지 않는다

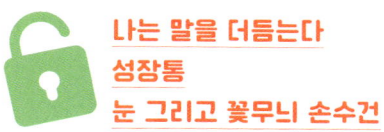

나는 말을 더듬는다
성장통
눈 그리고 꽃무늬 손수건

　은희경 작가의 단편 소설 「내 고향에는 이제 눈이 내리지 않는다」는 동아일보 신춘문예를 통해 등단한 여성 작가들이 2000년에 펴낸 동명의 소설집에, 첫 번째로 실린 작품입니다.
　한 소년의 거친, 도시 생활 적응기 정도로 정리할 수 있는 이 소설은, '나'의 목소리를 통해 이야기가 진행됩니다. 흔히 말하는 1인칭 주인공 시점의 소설이죠. '나'의 목소리를 통해 서술되기 때문에 이 소설을 읽는 독자들은 '나'의 감정에 더욱 쉽게 몰입할 수 있습니다.
　아버지의 사정이 왜 그렇게 되었는지, 엄마는 왜 술집에 나갈 수밖에 없었는지 등 '나'가 알 수 없는 사건들에 대해서 독자 또한 알지 못한다는 한계는 있습니다. 하지만 한정적으로 서술된 것만으로도 어린 중학생이 감당할 수 없는 상황이라는 것을 쉽게 가늠할 수 있습니다.

빈 공간만큼, 혹은 빈 공간을 넘어서까지 상상하고 공감하며 읽는 재미가 있는 단편 소설 「내 고향에는 이제 눈이 내리지 않는다」를 함께 살펴볼까요?

🔑 첫 번째 열쇠말_ 나는 말을 더듬는다

'나'는 말을 더듬습니다. 그러나 소설에서는 담담한 목소리로 서술되고 있습니다. 말을 더듬는다는 것은 언어로는 세상과 원활하게 소통하기 어렵다는 뜻입니다.

말을 더듬는 '나'는 내 이름 하나도 쉽게 말하기 어렵습니다. 당연히 좋아하는 성당 소녀 아녜스에게 고맙다는 말 한마디도 편하게 할 수 없습니다. 다른 사람들에게는 그렇게 쉬운 말 한마디가 '나'에게는 왜 이리도 곤욕인지, 아녜스에게 고맙다고 말 한마디 하는 것이 얼마나 어려운 일인지 아마 주변 사람들은 몰랐을 겁니다.

서술자의 또 하나의 특징은 말투에서 느껴지는, 세상을 바라보는 냉소적인 시각입니다. '냉소'는 쌀쌀맞은 태도로 대상을 업신여긴다는 의미입니다. 주인공인 '나' 역시 감정을 배제한 채, 세상을 비꼬는 듯한 차가운 말투로 어떤 사실들을 서술하기도 합니다.

시골 생활을 하던 당시 '나'는, 자신이 말을 더듬는 것에 대해 누가 먼저 물어 오지 않아도 장황한 설명을 늘어놓는 아버지가 마뜩잖았습니다. 그러나 낯선 도시 생활을 처음 시작했을 때는 벙어리보다는 말더듬이로 취급받는 게 나을 듯하여, 누군가 말을 걸어 주기까지 바랍니다. 주변 사람들과 소통이 없는 삭막한 도시 생활을 비꼬는 것이지요.

그것만이 아닙니다. 빚만 남기고 사라진 아버지를 내놓으라며 낯선 도시까지 찾아와 저녁 밥상을 뒤엎는 남자들에 대해 담담히 서술하고 있습니다. 어른인 지금의 제가 생각해도 무척이나 무섭고 가슴 떨렸을 상황인데도, 그 상황에 대해 놀라움과 공포가 아니라 차가운 목소리로 서술하고 있어서 오히려 마음이 아팠습니다. 말을 더듬는 까닭에 자신의 감정을 제때, 제 목소리로 표현하지 못한 경우가 많았을 테고, 그런 경험들이 누적되어 냉소적인 눈빛을 갖게 한 것은 아닐까 하는 생각이 들었습니다.

🔑 두 번째 열쇠말_ **성장통**

엄마와 '나'가 야반도주하여 도시에 도착한 후 어머니의 소학교 친구 토모꼬 아줌마가 찾아옵니다. 아줌마는 아픈 엄마를 위해 약을 지어 오기도 하고 찬거리를 마련해 와 우리에게 밥을 지어 주기도 합니다. 토모꼬 아줌마가 집으로 찾아오던 날, 아줌마의 아들 '성국이'도 함께 나타났는데, 성국이는 '나'보다 2살 많은 형이지만 친구가 되어 주는 유일한 존재입니다.

성국이와의 첫 만남은 강렬했습니다. 빚만 남기고 도망친 아빠를 찾는다고 빚쟁이들이 나타나 우리가 먹던 밥상을 뒤엎던 날, 성국이는 불한당들의 신발에 개똥을 넣어 골탕을 먹입니다. 그런 성국이가 '나'는 마음에 듭니다. 친해진 '나'와 성국이는 함께 술도 마시고 불량 서클 활동도 합니다. 그러다 우연히 동네 깡패들과 시비가 붙어 주먹질을 하다가 쫓기는 신세가 됩니다. 도피 자금을 마련할 요량으로 시도한 좀도둑질이 집주인들에게 상처를 입히면서 일이 커집니다. 그러나 '나' 대신에 성국이만 잡혀가면서 '나'는 성국이에게 미안함과 죄책감을 느끼게 됩니다. 소년원에 들어가기 전 구치소를 거쳐 감별소라는 곳에 가게 되는데, 그곳에서 '나'는 더러운 성추행을 목격하는 등 힘든 생활을 합니다.

엄마 역시 내 성장통을 이야기할 때 빼놓을 수 없는 존재입니다. 시골에서 살 때 엄마의 세례명은 '파비올라'였습니다. 작품에는 나오지 않는 이야기이지만 파비올라는 로마에 살던 부잣집의 안주인이었습니다. 결혼 생활에 실패하고 고생을 하다가 교회로 귀의하며 속세를 버린 인물이지요. 엄마 역시 파비올라처럼 유복했던 시골 생활에서 내몰린 채 도시에서의 팍팍한 삶을 살아 내느라 힘들었을 겁니다. 엄마도 도시 생활을 하면서 성장통을 겪어 내었고, '나'는 가족이라곤 엄마밖에 없었기 때문에 그런 엄마 역시 내 성장통의 일부가 됩니다.

낯선 도시로 이사 온 후 엄마는 한동안 앓아누웠습니다. 토모꼬 아줌마 덕분인지 무엇 때문인지 정확히 알 수는 없지만 엄마는 차츰 도시 생활에 적응하는 것처럼 보였습니다. 엄마는 점차 화장이 짙어지고 집으로 돌아올 때는 술 냄새가 났습니다. 아마도 술집에서 일을 했던 것 같습니다. 엄마가 술집에 나가 일을 하는 것보다 더 괴로운 것은 술 취한 엄마가 집에 돌아와 '나'에게 털어놓는 넋두리였습니다.

의지할 곳은 어머니밖에 없던 '나'에게, 엄마는 술에 취해서인지 진심인지 모를 무서운 말을 종종 내뱉습니다. 엄마는 '나'에게서 멀리멀리 떠나가려고 하는 것만 같습니다. 그럴 때 '나'는 낯선 도시에 홀로 남지 않기 위해 필사적으로 잠든 척을, 엄마의 이야기를 못 들은 척을 합니다. 어째서 '나'에게 세상은 이토록 가혹한 것일까요? 빚만 남기고 사라져 버린 아빠, 술에 취해 '나'를 떠나겠다고 넋두리하는 엄마까지. 그래서 엄마도 '나'에게는 또 하나의 성장통입니다.

엄마든 아빠든 성당 소녀 아네스든, 누구와도 무관하게 세상은 나 혼자 헤쳐 나가야 할 곳이라는 것을 어렴풋하게나마 알게 되었죠. 그런 것을 알게 된 과정이 고통스럽다는 점이 안타까울 뿐입니다. 하지만 세상은 혼자서 묵묵히 살아가야 하는 곳이라는 걸, 그것이 어른이나 세상이 거창하게 이야기하는 독립심 따위와 비슷하다는 걸 주인공도 조금은 알아차렸을 겁니다.

🔑 세 번째 열쇠말_ 눈 그리고 꽃무늬 손수건

시골에서 유복하게 지내던 '나'에게는, 눈 또한 삶의 풍요로움과 아름다움을 상징하는 존재였습니다. 시골 마을에서 눈 오는 날, 나는 학교에서든, 아버지의 제재소에서든, 집에서든 눈이 날리는 모양새를 살피며 명상하듯 눈 내리는 풍경을 바라보기도 하고, 이불 속에 잠겨 만화책을 보다 스르르 잠들어 버리기도 합니다. 얼마나 풍요롭고 여유롭고 행복한 풍경인가요. 차가운 눈이기는 하지만 정말 따스한 느낌이 들지 않나요?

그런데 도시의 눈은 너무나도 다릅니다. 풍요롭고 아름다운 눈이 있던 시골 마을과는 달리 낯선 도시의 눈 내린 거리는 지저분해진 눈이 쌓여 있고 질척거려 사람들이 다니기에 불편할 뿐입니다. 게다가 졸업식이 있었는지 조화들까지 버려져 더욱 지저분한 모양새가 되었습니다. 그러한 눈 풍경은 내 삶을 풍요롭고 여유롭게 만들어 주지 못합니다. 행인들이 '나'만 빼놓고 무엇인가를 공모하는 사람들처럼 보일 정도로 '나'는 그곳에서 소외당합니다. 시골에서의 눈이 '나'와 세상을 하나로 이어 주는 존재였다면 도시의 눈은 불결하고 불편한 존재로 그려집니다.

그곳과 이곳의 눈이 다름은 낯선 도시에 있는 '나'에게 보내온 아네스의 편지에서도 나타납니다. 편지에서 아네스는 고향에 많은 눈이 내렸다고, 그래서 눈사람이 계속 서 있다는 낭만적인 이야기를 합니다. 그때 '나'는 또 절망을 느낍니다. 이제 '나'는 정말 그곳에 없구나, '나'가 좋아한 아네스도, 풍요롭고 아름다운 눈도 모두 볼 수 없는 거구나, 라고요. 그도 그럴 것이 시골에서 '나'가 아네스에게 주기 위해 갖고 있었던 꽃무늬 손수건을, 이곳으로 이사 온 후 자위행위 뒤처리를 하는 데에 쓰고는 버리니까요. 이제 '나'는 더듬지만 순수한 연정이 담긴 목소리로 아녜스에게 '자, 이거'라고 말하며 꽃무늬 손수건을 내밀 수 없는 사람이 되고 말았습니다. 게다가 소설 마지막 부분에는 눈이 지저분하게 얼어붙은 거리를 묘사하며 더 이상 자신은 예전의 내가 아니라고 말합니다. 더 이상 '나'에게는 시골의 풍요롭고 아름다운 눈은 없다는 인식, 즉 순수하고 행복했던 그 시절로 다시 돌아갈 수 없다는 생각이 담긴 표현이지요.

여기서 다시 소설의 제목을 살펴볼까요? 제목은 '내 고향에는 이제 눈이 내리지 않는다'입니다. 눈이 많이 내리던 고향에 갑자기 눈이 내리지 않는다는 건 고향에서 '나'가 누린 그 순수함의 시간을 되돌릴 수 없다는 것에 대한 비유적 표현입니다. 이제 '나'는 낯선 도시에 왔고, 이제는 예전의 순수함을 회복할 수 없다는 판단이 든 것입니다. 아름답고 풍요로운 눈이 내리던 고향 마을도, 순수한 마음을 담았던 꽃무늬 손수건도, 더 이상 가질 수 없는 대상이 되어 버렸습니다.

성장 소설은 우여곡절을 겪으며 청소년이 몸과 마음의 성장을 이루는 과정을 그려 냅니다. 중학교 1학년 겨울 방학에 온정 넘치던 시골 마을에서 낯선 도시로 이사 올 수밖에 없었던 소년이 도시의 거친 삶에 적응하는 과정이 그려진다는 점에서 이 작품 역시 성장 소설의 자격을 갖추고 있습니다. 같은 사춘기를 보내는 청소년들이 읽는다면 주인공의 이야기를 흥미진진하게 들으며 공감할 수도 있고, 그의 아품에 위로와 격려를 보낼 것입니다. 그리고 사춘기를 이미 지나온 독자라면 묵묵한 응원을 보낼 테지요.

누구나 어려웠던 사춘기의 시간을 보낸 적이 있겠지만 주인공 역시 힘에 부치는 사춘기의 시간을 통과합니다. 소설은 앞으로 주인공의 삶이 어떻게 될 것이라고 알려 주지 않습니다. 하지만 그간 포기하지 않고 꿋꿋이 성장의 시간을 이겨 낸 내공으로 과거의 나보다는 더 성숙한 삶을 살 것이라고 생각합니다. 외부에서 오는 충격에 비틀거리다가도 결국은 그 균형을 회복하는 오뚝이 같은 힘이 모두에게 있다고 믿으며, 모든 사춘기를 관통하는 청춘들에게 위로와 격려를 보냅니다.

본문 작품 자료 출처

성석제, 『내가 그린 히말라야시다 그림』, 창비, 2017
김려령, 『완득이』, 창비, 2008
최진영, 「오늘의 커피」, 『겨울 방학』, 민음사, 2019
은희경, 『새의 선물』, 문학동네, 2014
김중혁, 「나와 B」, 『악기들의 도서관』, 문학동네, 2008
백수린, 「고요한 사건」, 『여름의 빌라』, 문학동네, 2020
윤후명, 「모든 별들은 음악 소리를 낸다」, 『모든 별들은 음악소리를 낸다』, 민음사, 2005
현덕, 『하늘은 맑건만』, 창비, 2018
권정생, 『강아지똥』, 길벗어린이, 1996
김애란, 「노찬성과 에반」, 『바깥은 여름』, 문학동네, 2017
송기원, 「아름다운 얼굴」, 『아름다운 얼굴』, 문이당, 2006

김애란, 『달려라 아비』, 창비, 2019
유하순, 「불량한 주스 가게」, 『불량한 주스 가게』, 푸른책들, 2022
공선옥, 『나는 죽지 않겠다』, 창비, 2009
이희영, 『페인트』, 창비, 2019
김선영, 「특별한 배달」, 자음과모음, 2013
박완서, 『그 많던 싱아는 누가 다 먹었을까』, 세계사, 2015
심윤경, 『설이』, 한겨레출판사, 2019
최은영, 「쇼코의 미소」, 『쇼코의 미소』, 문학동네, 2016

공선옥, 『라면은 멋있다』, 창비, 2017
해이수, 『십번기』, 문학과지성사, 2015
임태희, 「가식덩어리」, 『베스트 프렌드』, 푸른책들, 2007
이꽃님, 『행운이 너에게 다가오는 중』, 문학동네, 2020
이도우, 『잠옷을 입으렴』, 위즈덤하우스, 2020
이경화, 『지독한 장난』, 뜨인돌, 2014
임솔아, 『최선의 삶』, 문학동네, 2015
김려령, 『우아한 거짓말』, 창비, 2009
황영미, 『체리새우: 비밀글입니다』, 문학동네, 2019

박완서, 「자전거 도둑」, 『자전거 도둑』, 다림, 1999
황석영, 「아우를 위하여」, 『아우를 위하여』, 다림, 2002
안도현, 『짜장면』, 열림원, 2002
백온유, 『유원』, 창비, 2020
남상순, 『사투리 귀신』, 창비, 2012
김선영, 『시간을 파는 상점』, 자음과모음, 2012
최시한, 「허생전을 배우는 시간」, 『모두 아름다운 아이들』, 문학과지성사, 2008
이경화, 『담임 선생님은 AI』, 창비, 2018
박완서, 「배반의 여름」, 『배반의 여름』, 문학동네, 2006
송병수, 「쑈리 킴」, 『송병수 단편집』, 지식을만드는지식, 2002
손원평, 『아몬드』, 다즐링, 2023
은희경, 「내 고향에는 이제 눈이 내리지 않는다」, 『내 고향에는 이제 눈이 내리지 않는다』,
　　　생각의나무, 2000 (현재는 은희경 작품집 『상속』(문학과지성사, 2002)에 수록되어 있습니다.)